La Guerre

Publié par :
Gaëlle Cathy
© 2021-2023 par Gaëlle Cathy

****

****

Couverture : SelfPubBookCovers.com/billwyc
Gaëlle Cathy

Lecteur-correcteur : **Christian Philippe**

ISBN (mobi) : 979-10-96374-29-8
ISBN (papier) : 979-10-96374-30-4

Table des Matières

Remerciements

Un énorme merci à Christian pour ses précieux conseils. Et d'avoir pris le temps de corriger ce manuscrit encore et encore.

Merci à mon fidèle lectorat. ☺

Partie Une : Le Choix

Chapitre Un

Sienna se redressa d'un coup dans son lit, une main pressée sur la poitrine.

— Oh la vache, souffla-t-elle, avant d'inspirer profondément en fixant le plafond.

Elle sursauta quand les branches du sapin de Douglas sur le côté de la maison frottèrent sa fenêtre, dues à une légère brise. Elle repoussa l'une de ses longues mèches blondes ondulées loin de son visage, puis secoua la tête et expira fortement.

Elle se remettait à peine de son cauchemar, quand elle tressaillit de nouveau à l'ouverture brutale de la porte de sa chambre. Elle sourit à la silhouette qui s'approcha et sauta sur son lit.

— Joyeux anniversaire, Sin !

Shiloh alluma la lampe de chevet. Son sourire s'estompa en la voyant, il semblait maintenant soucieux.

— Ça va ?

Elle hocha la tête.

— J'ai fait un rêve de fou.

— Fou… coquin, n'est-ce pas ?

Elle rit en ébouriffant les cheveux brun clair, mal coiffés de son meilleur ami.

— Non, assura-t-elle avec une légère tape sur ses larges épaules.

— Bah quoi, tu fais que ça en ce moment, des rêves cochons, p'tite chaudasse.

Sienna s'esclaffa.

— Je jure que pas cette fois.

— Bof. Je retourne dans ma chambre dans ce cas.

— Nooon.

Elle le retint par le bras et il la chatouilla alors qu'elle riait déjà.

Ils s'assirent ensuite contre la tête de lit. Elle jeta un coup d'œil au radio-réveil sur sa table de nuit.

— Oh, ouah ! Je n'avais pas vu l'heure. Effectivement, il vaudrait sans doute mieux que tu retournes dans ta chambre.

— Ouais. Minuit plus deux minutes, donc c'est officiel ; joyeux anniversaire, bébé, glissa-t-il, captif du regard fascinant de Sienna, les yeux de la jeune femme, bien plus gris à cette heure-là que le bleu gris étincelant qui les caractérisaient d'ordinaire.

— T'es incroyable, mon Shiloh. On ne sait même pas à quelle heure je suis née. J'ai peut-être encore seize ans pour quelques heures de plus. Tu y as pensé ?

Le jeune homme haussa les épaules, tandis qu'elle lui sourit.

— Tu ferais bien de retourner dans ta chambre maintenant.

— Tu sais qu'ils ne diront rien. Ils me préfèrent dans ta chambre que dans celle de Grégoire.

Sienna sourit à sa malice. Elle jeta un nouveau coup d'œil à sa fenêtre, où les branches continuaient de caresser la vitre. Le vent soufflait plus fort.

— Ils s'en fichent, tu sais. En plus, ils savent que Grégoire est hétéro.

— Ah, ma p'tite Sienna, petite fille si naïve. Les mecs sont hétéros jusqu'à ce qu'ils te supplient d'aller plus profond.

— Oh non, stop, ne dis plus rien. Je ne veux pas savoir.

— Allez, Sin, tu as dix-sept ans maintenant et t'es en terminale, il va falloir que tu arrêtes de penser autant au cul et que tu t'y mettes pour de vrai. Tu ne peux pas arriver à l'université pucelle.

— Bon allez, bonne nuit, retourne dans ta chambre !

Elle pointa la porte du doigt. Shiloh s'installa plus confortablement sur le lit, n'ayant nullement l'intention de s'en aller.

— Non, non, je veux que tu me parles de ton cauchemar. Ça aussi t'en fait beaucoup en ce moment. Mais d'abord, il faut que je te prévienne pour ce soir, avant que tu pleures. Parce que je ne crois pas qu'il y ait des replays sur les marathons séries.

— Pourquoi raterais-je <u>Veronica Ma</u>–Oh non, ne me dis pas que les Newton ont prévu une fête ?

Shiloh hocha la tête.

— Fais semblant d'être surprise, OK ? Tu as tes DVDs, de toute façon. Bon, maintenant ; ce cauchemar ?

— Je déteste les fêtes. Je ne pensais pas qu'ils m'organiseraient une soirée.

— Tu plaisantes ? Après la mégateuf des seize ans d'Alyssa et les dix-sept de Ben le mois dernier, c'était évident.

— Ils sont déjà si gentils avec nous. Paul et Annie sont de loin la meilleure famille d'accueil que l'on ait jamais eue.

— Je suis bien d'accord.

Sienna regarda de nouveau la fenêtre et trembla. Elle eut presque le réflexe de se lever pour aller voir, sans raison apparente. Un frisson la parcourut une nouvelle fois. Elle se concentra sur Shiloh.

— Mais bon, c'est pas pour ça que j'aime les fêtes d'anniversaire.

— Mais ça, c'était avant, maintenant tu verras, les fêtes, ça sert à une seule chose : pécho. Il faut que tu goûtes une bonne queu–

Sienna couvrit la bouche de Shiloh.

— Ne finis pas cette phrase. Et assure-toi juste que personne n'achète rien, OK ?

— T'inquiète, je te connais. J'ai déjà dit à tous nos potes ; pas de cadeaux. Bon maintenant, tu vas m'en parler de ce fichu cauchemar ?

— C'est super bizarre. Et confus.

— Tu es une fille bizarre, par conséquent… OK, pas le regard de travers, je me tais et je t'écoute.

— Il y avait, je ne sais pas, des bestioles. Des bêtes.

— Des bestioles ?

Il se retenait de rire.

— Je ne sais pas comment qualifier ça. Je ne voyais pas très bien, tout était brouillé, mais il y avait du sang et… des monstres.

— Des monstres ?

— Oh, ne me regarde pas comme ça.

— Comme quoi ? OK, OK, je me tais. Continue.

— C'est tout.

— C'est tout, s'étonna-t-il avec une moue boudeuse.

— T'étais en nage quand je suis entré, tu avais l'air toute flippée et… c'est tout ?

— Je n'étais pas toute *flippée*. Et, OK, peut-être que ce n'est pas *tout*. C'était juste tellement étrange, il y avait des gens, ou je crois que c'étaient des gens. Ils avaient l'air de personnes, puis plus, roh, c'est trop compliqué, mais il y avait du sang et des bêtes poilues et… quoi ? Arrête Shiloh ! Allez !

— Je fais rien.

— Tu rigoles.

— Non.

Sienna patienta quelques secondes, le guettant avant de poursuivre : et les gens étaient morts, je crois. Et ils se battaient, je parle des gens bizarres qui se battaient contre les trucs poilus et tu ris encore !

Shiloh ne pouvait se retenir plus longtemps et rit aux éclats.

— Ce n'est pas drôle ! Ça faisait même super peur.

— Oh si, c'est trop drôle. Tu as rêvé de Bigfoot[1] !

Sienna lui tapa fortement l'épaule, sans qu'il ne cesse de rire.

— Ce n'était pas Bigfoot.

— OK, et donc ces *trucs poilus* ressemblaient à quoi ?

— Je–je ne suis pas sûre, mais ça ne veut pas dire que c'était Bigfoot. En plus, il y en avait plus d'un.

— La progéniture de Bigfoot ?

— Je ne te dirai plus jamais rien.

Sienna croisa ses bras sur sa poitrine.

— T'es trop mignonne quand tu boudes, déclara-t-il en lui caressant une longue mèche ondulée et la plaçant derrière son oreille.

— Je te charrie un peu, Sin. Et puis, il n'y a aucune honte à rêver de Bigfoot quand on vit à Willow Creek en Californie, tu sais. C'est tout de même la capitale[2] de Bigfoot.

— Allez, sors de ma chambre.

Shiloh s'assit plus près d'elle au lieu de se lever du lit.

— Mais non, je te charrie encore. N'empêche c'est vrai, on a des tas d'articles de journaux et les news sur ces disparitions inquiétantes ces derniers temps. Et les attaques d'animaux sauvages qui se multiplient. Les news nous rebattent les oreilles avec, ça nous travaille. Et puis, ne me frappe pas, mais on a quand même regardé le documentaire sur la légende de Bigfoot hier soir. Ce n'est pas pour me moquer, mais tout ce qu'on voit la journée ressort parfois dans nos rêves. C'est la vérité, je t'assure.

— Je sais, je sais, mais c'était tellement étrange, et paraissait si réel. Et la sensation que ça m'a donnée.

— C'est–

---

[1] Le Bigfoot ou Sasquatch est une créature légendaire qui vivrait au Canada et aux États-Unis. La multiplication des témoignages pourrait laisser penser qu'il ne s'agirait pas d'un individu, mais de plusieurs hypothétiques créatures.

[2] Willow Creek s'est nommée elle-même la capitale mondiale du Bigfoot. La ville possède un musée Bigfoot et organise un festival annuel "Bigfoot Daze" en septembre en son honneur, suivi de diverses festivités.

La porte de la chambre s'ouvrit. Les deux jeunes gens ne cherchèrent pas à s'éloigner de leurs positions rapprochées sur le lit.

— Bonjour, vous deux.

— Bonjour, Paul.

— Enfin bonjour… c'est encore un peu tôt. Essayez de ne pas faire de bruit, pour les autres. Je pense d'ailleurs que vous feriez bien de vous recoucher pour être en forme… pour les activités de la journée.

Sienna dissimula son sourire face au clin d'œil à peine caché de monsieur Newton à Shiloh.

Le jeune homme se leva du lit.

— Oui, les activités de la journée. J'ai un match cet après-midi, termina-t-il en offrant à son tour un clin d'œil à Sienna qui leur sourit. Les deux hommes sortirent de la chambre puis monsieur Newton rouvrit la porte pour y passer juste sa tête.

— Joyeux anniversaire, Sienna.

— Merci.

— À plus tard, ma belle.

Sienna hocha la tête et il referma la porte. Sienna contempla de nouveau à travers la fenêtre. Elle inspira profondément, pensive.

***

— Hey, Sin, jette un œil là-dessus.

Sienna accéléra pour rejoindre Shiloh qui se tenait, penché au-dessus du kiosque à journaux installé en face du lycée Captain John, à Hoopa, située à dix-sept kilomètres au nord de Willow Creek, dont la plupart des adolescents y poursuivaient leurs études.

Sienna regarda par-dessus son bras pour voir le magazine qu'il en avait retiré. Elle lut le gros titre.

— Une disparition de plus dans la forêt Nationale de la Trinité. Des animaux sauvages demeurent la piste privilégiée.

Sienna acquiesça, néanmoins elle restait pensive, tandis que Shiloh fronça les sourcils.

— S'ils croient réellement que des animaux sauvages sont responsables, pourquoi le FBI enquête-t-il ?

Sienna tentait désespérément de lire par-dessus son bras malgré le mètre quatre-vingt-quinze du jeune homme. Il lui donna le journal directement et ils traversèrent la rue.

— C'est vrai que c'est bizarre. Il n'y a rien là-dessus dans l'article. Et ça commence à faire beaucoup *d'attaques d'animaux sauvages.*

— Tu devrais leur dire qu'ils ont tout faux ; c'est Bigfoot le responsable.

Sienna le tapa fortement sur l'épaule, mais se fit mal à la main plus qu'autre chose. Le sourire de Shiloh s'accentua. Ils entrèrent dans le bâtiment.

— Un jour je t'aurai, affirma-t-elle, avec le sourire.

Il marchait en arrière, devant elle.

— Non, mais je t'assure, il y a des trucs qui existent dont les gens n'ont aucune idée. Le gouvernement ne nous dit pas tout.

— Comme Bigfoot, c'est ça ? C'est bon, tu t'es bien moqué, ça devient lourd maintenant.

— Je suis sérieux, Sin. Je te le dis, moi ; que le FBI soit impliqué c'est que, je ne sais pas moi, mais ça veut dire quelque chose. Il y a un truc chelou qui se cache derrière ces attaques d'animaux sauvages.

— Je vais t'appeler Mulder.

— Tu ne crois vraiment pas à l'existence d'autres créatures ?

— Comme les extra-terrestres ?

— Oui, mais pas seulement. Des créatures qui ne viennent pas forcément d'autres planètes.

— Je ne sais pas. On vit à Willow Creek depuis quatre ans, alors dès que j'entends le mot créature, je pense *Bigfoot*, donc c'est pas très convaincant. Et puis tu devrais arrêter de lire ces magazines people. Ce n'est pas franchement fiable, Shiloh.

— Les gens commencent quand même à se poser des questions sur toutes ces attaques ou disparitions et ils en ont bien le droit, non ? Les explications et déclarations officielles me laissent toujours sceptique. Je préfère garder l'esprit ouvert. Et je crois fermement à l'existence d'autres créatures.

— Salut, Sienna.

Sienna se retourna pour voir la petite brune qui se tenait face à elle. Elle lui offrit un large sourire.

— Salut Indigo.

Shiloh la salua d'un simple geste de la tête. Il détourna le regard quand trois lycéens bousculèrent volontairement Indigo, elle lâcha les quelques livres qu'elle avait dans les mains.

Les étudiants partirent en riant, tandis que Sienna se baissa pour l'aider à ramasser ses livres.

— Qu'est-ce qu'ils sont cons !

— Je n'y prête pas attention, indiqua Indigo d'un ton calme.

Shiloh prétendait observer autour, les mains dans les poches.

— Tu viens ce soir ?

La question de Sienna le ramena à la conversation.

— Ce soir ? *s'étonna* Indigo, se délectant de l'air embarrassé sur le visage de Shiloh.

Indigo se tourna de nouveau vers Sienna.

— Ah oui, la fête d'anniversaire censée être une surprise et à laquelle je n'ai *pas* été invitée d'ailleurs.

Sienna lança un regard réprobateur à son meilleur ami avant de se concentrer sur Indigo.

— Je n'aime pas les surprises, c'est pour ça qu'il me l'a dit. Et tu es officiellement invitée à partir de maintenant. Tu ne peux pas refuser. C'est mon anniversaire, donc mes désirs sont des ordres.

— Ce soir, voyons voir...

Indigo regarda en l'air de manière intense. Shiloh leva les yeux, mais ne vit que le plafond.

— Ce soir m'a l'air d'un bon soir. Je serai là.

— Tu n'aimes même pas les soirées, déclara Shiloh de manière assez rude.

Sienna mit ses mains sur ses hanches en le fixant.

— Je voulais dire–

— Je pense que celle-ci va me plaire. Et puis l'invitée d'honneur exige ma présence, il en sera ainsi.

Elle commença à s'éloigner.

— Oh, juste un détail, Indigo.

— Pas de cadeaux, la devança Indigo avant de s'éloigner davantage.

— Comment le sais-tu ?

— La petite fée me l'a dit, répondit la brunette puis s'en alla en riant.

Sienna se tourna en direction de sa classe, souriant toujours.

— Pourquoi t'as fait ça, Sin ?

— J'ai fait quoi ?

— L'inviter. Personne ne va lui parler, une fois de plus.

— Je l'aime bien. Elle a toujours été sympa avec moi.

— T'es la seule à lui parler ! Elle est zarbi cette meuf ; la petite fée, sérieux ?

— Elle plaisantait. Et puis de toute façon, c'est *ma* fête, alors j'invite qui je veux.

— Invite le club d'échec tant que tu y es.

— Pourquoi pas ?

Sienna entra dans sa salle de cours. Shiloh secoua la tête et avança plus loin pour retrouver la sienne à l'autre bout du couloir.

***

Sienna se tenait devant son miroir mural, une chemise blanche dans sa main gauche et un petit haut rouge dans la droite. Elle souffla. Elle était pour le moment habillée d'un jean noir et d'un t-shirt et n'arrivait pas à se décider. Elle contempla l'étalage de vêtements sur son lit, notamment un blue-jean foncé, sa jupe noire et un jean de couleur beige. Un coup d'œil à son radio-réveil lui tira un soupir ; elle était déjà bien en retard. Elle regarda par la fenêtre, comme souvent ces temps-ci. Elle secoua la tête, elle devait se dépêcher.

Officiellement, Shiloh l'emmenait au cinéma pour célébrer son anniversaire. Officieusement, il la conduisait à la fête d'anniversaire. Il lui faudrait prétendre être surprise, et ravie. À l'heure actuelle, elle n'avait pas vraiment envie d'y aller, sans réellement savoir pourquoi. Elle savait toutefois que dès qu'elle y serait, elle passerait un bon moment avec Shiloh, les Newton et les autres adolescents du foyer.

En attendant, elle n'était pas motivée et soupira une nouvelle fois. Elle posa les vêtements sur son lit et se dirigea vers la fenêtre qu'elle ouvrit. Elle ferma les yeux et sourit à la brise fraîche qui lui caressa le visage en ce mois de novembre. Elle ouvrit les yeux et observa la forêt plongée dans un noir profond. De nuit, les bois pouvaient être très effrayants, mais à cet instant, Sienna se voyait descendre le treillis sous sa fenêtre pour s'y rendre. Shiloh et elle l'utilisaient régulièrement pour sortir de la maison en cachette, néanmoins, jamais de nuit.

Qu'est-ce qui ne va pas chez moi ?

Elle se pencha pour regarder le sol puis fixa de nouveau cette forêt qui semblait l'appeler. Elle sursauta quand la porte de sa chambre s'ouvrit.

— Sérieusement, Sin ?

Elle ferma rapidement la fenêtre et se dirigea vers son lit.

— Je ne sais pas quoi mettre.

Il soupira, prit la jupe noire et la chemise blanche et les lui tendit.

— J'hésite là. Je la trouve un peu courte. Et cette chemise, on voit carrément à travers.

Il sourit en levant les sourcils de manière explicite.

— Exactement. Ce soir ; mec, drague, tu te souviens ?

Amusée, elle secoua la tête à son attitude et il ajouta : tu vas être trop canon. Cette chemise est parfaite pour ton soutif noir.

Elle fronça les sourcils.

— Comment sais-tu quel soutif je porte ?

— Je te connais par cœur. Maintenant, habille-toi vite qu'on y aille.

— OK. Juste deux minutes, indiqua-t-elle en déboutonnant son jean.

— Il faut que je me maquille un peu.

Elle se dirigea vers sa commode, mais il lui prit son eyeliner des mains.

— Non non. Pas utile que tes yeux ressortent encore plus, bébé.

— Euh, ouais, sûrement, réalisa-t-elle en s'observant dans le miroir sur sa commode.

Shiloh avait raison ; ses yeux d'un bleu clair éclatant, scintillant même, attiraient toujours beaucoup de regards. Ils viraient parfois plus sur le gris, notamment la nuit. D'autres fois, son bleu s'assombrissait et semblait briller. Ni elle ni Shiloh n'avaient jamais vu personne avec de tels yeux.

Elle était perdue dans ses pensées, pourtant elle leva les bras comme un automatisme quand Shiloh commença à lui retirer son t-shirt. Il passa la chemise par-dessus sa tête, là aussi elle le laissa faire. Il lui attrapa le menton délicatement.

— Moi ça ne me dérange pas d'ôter ton pantalon, mais bon, ça serait peut-être pas mal que tu le fasses toi-même, non ?

Elle sourit.

— OK, OK, je me dépêche.

Shiloh se retourna à peine alors qu'elle quitta son jean et enfila la jupe noire.

— Shiloh ?

— Ouais ?

— Tu crois que… tu crois que David sera là ce soir ?

— Oublie-le celui-là, Sin.

Il se retourna tandis qu'elle montait la fermeture de côté de la jupe. Il se rapprocha et lui souleva le menton de deux doigts une fois de plus pour qu'elle le regarde.

— Sérieux, oublie-le. Matthias t'a proposé un ciné la semaine dernière, pourquoi t'as dit non ?

— Je le connais à peine. Enfin, il est cool, mais bon. Je ne sais pas ; j'aimais vraiment bien David. C'est juste… je voudrais comprendre, c'est tout.

— Je t'ai dit, il n'y a rien à comprendre. Nous les mecs on est cons des fois. On fait des trucs, on agit comme des connards parfois. On est nuls. C'est ça les mecs.

Elle sourit et il acquiesça. Mission accomplie, semblait-il penser. Il lui fit un clin d'œil puis la détailla des pieds à la tête avec un hochement de tête satisfait.

— Et ? demanda-t-elle, un peu hésitante.

— Putain, tu es *sexe*.

Elle rit.

— OK, juste un peu de lipgloss et je suis prête.

Shiloh s'approcha et lui appliqua le gloss sur ses lèvres si alléchantes.

— Et c'est parti !

Il lui prit la main pour sortir.

***

La fête battait son plein. Les adolescents dansant au centre du gymnase, transformé pour l'occasion en dancefloor. Les Newton n'avaient pas hésité une fois de plus à demander l'autorisation du maire. En tout début de soirée, Sienna s'était sentie un peu mal à l'aise par rapport à sa tenue, mais une fois qu'Annie Newton lui assura qu'elle était splendide, elle s'était détendue. Shiloh, lui, portait un sweatshirt et un jean bleu foncé. Sienna et lui discutaient dans un coin.

— Tu vois, ce n'était pas une si mauvaise idée que ça, finalement ?

— Tu n'as pas tort. La musique est toujours trop forte pour moi, mais bon, c'est inévitable en soirée.

— Il faut juste s'y habituer. On va aller plus souvent à Eureka[3] dorénavant. On va se trouver un beau mec chacun pour s'éclater avec.

Sienna rit.

— Ouais ; je trouve un mec et toi tu le fais fuir.

— Moi ? Jamais je ne ferais ça.

— Comme si je ne te voyais pas.

— Je ne fais fuir que les losers. Pas de ma faute si t'as une tendance naturelle à craquer pour ceux-là.

Sienna secoua la tête négativement, puis son sourire s'estompa.

— Toi tu fais fuir les losers et moi je fais fuir les bons.

— Hey, tu n'as pas fait fuir David, OK ? Il n'était pas à la hauteur, c'est tout. Tant pis pour lui.

— Si, je t'assure. On s'est embrassés et il s'est enfui et m'a envoyé un texto le lendemain pour rompre. Pas qu'on ait vraiment eu le temps de sortir ensemble, de toute manière. Donc, je lui ai fait peur. Je dois embrasser comme un pied. Ou alors je pue de la gueule sans m'en rendre compte.

— Je te le dirais si c'était le cas et, carrément pas. C'est lui qui a un souci. Ce n'était simplement pas le bon, c'est tout.

— Quoi qu'il en soit, c'était mon premier et unique baiser. C'était le premier garçon que j'aimais bien. Plus ou moins. J'ai l'impression que je ne rencontrerai

---

[3] Municipalité côtière, siège du comté de Humboldt dans la baie de Humboldt dans le nord de la Californie. (55 min de Willow Creek).

9

jamais personne qui me plaira réellement, dont je serais amoureuse. Je ne tombe jamais amoureuse, de toute façon. Qu'est-ce qui ne va pas chez moi ? Cynthia, Betty et Amy sont déjà tombées amoureuses au moins trois fois depuis la sixième. Moi, je ne ressens jamais cela. Pourquoi ? Et si un truc clochait vraiment chez moi ?

— Hey, détends-toi. Tu n'y crois pas sérieusement, j'espère ? Et puis honnêtement, tu n'as pas choisi les meilleurs exemples là ; elles changent de mecs comme de petites de culottes ces trois-là. Je doute qu'elles soient véritablement tombées amoureuses un jour. Ça n'arrive pas comme ça, tu sais. Et puis regarde Sarah, je ne l'ai jamais vue avec un mec. Et Lisa, elle est sortie avec Mike l'an passé pendant quoi ? Deux semaines et depuis, nada. Alors, sors-toi ça de la tête. Tu prends simplement ton temps, c'est tout, mais… je pense quand même que tu devrais te jeter dans le bain. Sans dire d'être le grand amour, sors un peu avec Matthias ou un autre, un ciné, un milk-shake par-ci par-là. Tu tâtes le terrain et en plus tu auras une meilleure idée de ce que tu aimes.

— Je ne sais pas. Peut-être. J'ai juste envie de ressentir… quelque chose de plus fort que ça.

— Sympa la fête.

Sienna se retourna et sourit avant de prendre Indigo dans ses bras.

— Je suis contente que tu sois venue.

— Je te l'avais dit. Tu t'amuses ?

— Étonnamment, oui. Et toi ? Personne ne t'emmerde, au moins ?

— Ne t'inquiète pas pour moi, les énergies négatives ne m'atteignent pas.

— Zarbi, murmura Shiloh, tournant maintenant le dos aux deux jeunes femmes qui se rapprochèrent l'une de l'autre.

— Je sais que tu ne veux pas de cadeaux, mais j'ai quand même quelque chose pour toi. Promis, ça ne me coûte rien du tout.

— Je t'écoute.

Indigo sourit et prit la main droite de Sienna.

Sienna fronça légèrement les sourcils, mais la laissa faire. Shiloh paraissait de nouveau s'intéresser à elles.

Indigo posa le dos de la main de Sienna dans sa propre paume et effectuait de subtils tracés avec deux doigts.

— C'est bien ce qu'il me semblait, glissa l'étrange adolescente.

— De quoi ? demanda Sienna avec un doux rire avant de l'interroger sur ce qu'elle faisait.

— Ta vie va changer, Sienna.

— Parce que j'ai dix-sept ans ? s'étonna la jeune femme, les sourcils dressés.

— D'une certaine manière, oui. Enfin, ce soir est spécial. C'était évident avec l'alignement des planètes ces derniers mois. Beaucoup de choses se passent en ce moment.

— Quelles choses ?

Shiloh s'inséra entre elles.

— Oh, arrête ton char avec tes planètes. Les pseudos voyants ne disent aux gens que ce qu'ils veulent bien entendre. Alors, vas-y maintenant, dis-lui juste qu'elle va rencontrer un beau gosse ce soir, elle n'attend que ça.

Le sourire cynique de Shiloh s'estompa face à celui qui s'afficha sur le visage d'Indigo.

— Elle va rencontrer un mec ce soir ? Sérieux ?

— Elle pourrait, si tu t'éloignais d'elle une fois de temps à autre.

Shiloh et Indigo se fixaient avec défiance.

— Shiloh est mon meilleur ami, Indigo. C'est normal, indiqua Sienna délicatement, espérant apaiser la tension soudainement apparue.

— Enfin bref.

Indigo, son calme naturel revenu, tournait le dos à Shiloh en reprenant la main de Sienna dans la sienne.

— Oui, très, très intéressant. Et un peu triste aussi.

— Ah bon ? Et… mais t'es sérieuse ? Tu sais vraiment faire ça ?

Indigo ne répondit pas, elle lâcha la main de Sienna.

— La vache, oui, beaucoup de changements radicaux et des choix. Un sacré grand huit émotionnel t'attend.

Indigo allait partir.

— C'est tout ? Ce n'est pas un cadeau, ça, c'est un mal de crâne en perspective que tu m'offres.

— N'y pense pas, Sin. Tu vois bien qu'elle n'y connaît rien. Elle fait juste son intéressante.

Indigo resta sérieuse en fixant Shiloh du regard. Elle sourit à Sienna.

— Un cadeau ? OK. Fais-toi confiance. Et fie-toi à ce soir aussi.

— Je me fais confiance et à ce soir aussi. Même moi je te trouve bizarre, Indigo.

Indigo rit.

— Ce n'est pas grave. Amuse-toi bien. On se voit au bahut.

Indigo se dirigea vers la sortie.

— Elle ne reste même pas ?

— Bon débarras. Pour casser l'ambiance, celle-là…

— Mais c'est étrange non ?

— N'y crois pas, Sienna.

— En tout cas, je vais rencontrer quelqu'un ce soir et ça, j'espère bien que c'est vrai.

— Ouais, il est temps de te trouver un beau gosse bien monté pour un dépucelage digne de ce nom.

Sienna lui mit une grande claque sur l'épaule avant d'observer tout autour, s'assurant que personne ne l'ait entendue. Shiloh ajouta plus doucement :

— Je suis sûr qu'ils viennent de là tous tes cauchemars. Tu culpabilises de tous tes rêves érotiques.

— Ssh.

Sienna regarda autour d'eux une fois de plus, ce qui amusa encore davantage Shiloh.

— Il n'y a pas de honte à ça. Tu as dix-sept ans, t'as besoin de te faire sauter.

— Oh bon sang, tu pourrais être plus grossier ? Et parler encore plus fort, ils ne t'ont pas entendu à l'autre bout de la pièce !

— Je peux si tu veux.

Sienna lui tapa de nouveau l'épaule, et se fit mal à la main, comme d'habitude. Shiloh ne put qu'en sourire.

— Ouais, on va te trouver un beau gosse, annonça-t-il en scrutant la pièce.

— Mais j'espère qu'on aura des party crashers[4], car les mecs de ce bahut sont plutôt nuls.

Elle hocha la tête.

Ils riaient et profitaient de la fête jusqu'à ce que les réponses de Sienna deviennent quelque peu évasives. Alors que Shiloh restait dans son délire, Sienna avait la tête ailleurs.

Shiloh lui demanda l'heure. Il lui demanda une seconde fois. Sans réaction la troisième fois, il la fixa du regard et passa sa main devant ses yeux. Elle secoua la tête et observa sur la gauche.

— Celui-là il se tape l'incruste, c'est clair, signala-t-elle en se cachant derrière Shiloh pour épier encore mieux le jeune homme d'origine asiatique qu'elle contemplait depuis un moment.

Plutôt fin, les cheveux noirs assez longs, il se tenait vers le fond de la pièce, parlant à plusieurs adolescentes.

— Il est grave beau gosse.

Elle continuait de le détailler. Il portait un jean noir et un t-shirt rouge. Il n'avait pas de manteau malgré le froid en cette saison, surtout avec le vent qui soufflait fort ces jours-ci.

Shiloh s'installa face à elle. Il jeta un simple coup d'œil sans bouger, lui bloquant ainsi la vue.

— Pas lui.

— Tu le connais ?

— Non, mais je n'aime pas les chintoks.

Sienna émit un petit rire.

— Depuis quand ? T'es accro à Jet Li en plus.

— Ouais, mais Li a la classe.

— T'as fumé, Shiloh ?

— Ce gars, ce n'est pas ton type, c'est tout.

— Je n'ai pas de type. Il pourrait tout à fait l'être. Il est grave sexy. Oh, mon dieu, il m'a regardé !

— Non, il ne t'a pas regardé. Il parle à d'autres gens, tu ne vois pas ? Il n'est pas intéressé.

— Hey ! Je croyais que ce soir, le but c'était de me trouver un mec ?

Elle sourit à cette pensée.

— Et puis Indigo a dit–

— Oh, arrête avec la folle ! OK, tu veux un mec, tu penses quoi de celui-là ? s'enquit-il, tournant Sienna de l'autre côté.

— Ah ouais.

Elle admira le beau jeune homme d'une vingtaine d'années, aux épaules assez larges. Les cheveux blonds foncés assez courts, il portait un jean, une chemise blanche et un blouson marron par-dessus.

---

[4] Personne s'introduisant dans une fête sans y être invitée.

— Les Chippendales sont en ville ce soir ?

Shiloh ne put s'empêcher de sourire en acquiesçant fortement.

— Je ne dirais pas non, ça, c'est clair. Il est sexe. Et il a l'air bien monté, comme l'un d'eux.

Sienna rougit vivement. Elle agita la tête et regarda son meilleur ami.

— Tu veux aller lui parler ?

— Non, non. Il est tout à toi, ma belle.

— Je ne sais pas…

Sienna hésita, elle souhaita jeter un nouveau coup d'œil au jeune homme d'origine asiatique, toutefois Shiloh lui bloqua la vue une fois de plus.

— Allez, tu vas lui parler maintenant, *ordonna* Shiloh en la poussant en avant, mais elle bouscula la silhouette qui se tint en face d'elle. C'était le jeune asiatique.

— Salut.

Le regard de Sienna resta figé sur lui. Ses mains étaient toujours sur les bras du jeune homme, tandis que ses mains à lui se trouvaient sur la taille de Sienna.

— Je m'appelle Jackson.

Il prit la main de Sienna dans la sienne et s'apprêtait à embrasser le dos de celle-ci quand Shiloh s'avança, tirant Sienna en arrière.

— Jackson, huh ? Je ne me souviens pas d'avoir envoyé d'invitations à ce nom. C'est une soirée privée, mon pote.

Jackson s'avança de quelques centimètres, le jaugeant. Il fronça sensiblement les sourcils, puis sourit de nouveau en se rapprochant de Sienna.

— Moi j'ai bien l'impression que l'invitée d'honneur apprécie ma présence.

Sienna secoua la tête, tâchant de ne pas se perdre dans l'intensité de son regard.

— Non, c'est, oui, ça ne me dérange pas, les gens, je veux dire, ici, qu'ils s'amusent, ce soir.

Ses balbutiements amusèrent Jackson.

— On se voit plus tard, dans ce cas ?

— Il y a peu de chance, affirma Shiloh avec un hochement négatif de la tête, tout en croisant ses bras sur sa poitrine.

— Oui, euh, je suppose, bafouilla Sienna.

Elle lança ensuite un regard noir à son ami. Il haussa les épaules, mais lorsqu'ils se tournèrent de nouveau vers le jeune homme, il avait disparu.

— C'était quoi ça, Shiloh ? Tu nous l'as joué gros bras shooté à la testostérone ?

— Mais attend, ce mec c'est une blague, je ne peux pas te laisser te maquer avec ça.

— Moi je l'aime bien.

— Non, il est arrogant et tout ce que tu détestes.

— Et tu as deviné ça en trente secondes ?

— Ça se voit trop. Son attitude et tout. Tu n'aimes pas ce genre-là, en principe. Tu aimes les gentils, toi.

Sienna ne pouvait le nier.

— Mais bon sang, ce qu'il est sexy ! Et tu as vu ses yeux ? Cette couleur bizarre ? Son iris blanc et ce rouge autour, et ses pupilles bleues. Très bizarre.

Pour une fois qu'une personne a les yeux plus étranges que les miens. N'empêche que c'est… sexy, je n'y peux rien.

— Ne commence pas à t'exciter sur le mauvais, OK ? Où est passé le blond ? Ne me dis pas qu'il n'était pas sexe lui non plus ?

Sienna acquiesça.

— Bon sang, que m'arrive-t-il ? Je deviens vraiment une salope en chaleur.

Shiloh la stoppa d'un doigt sur ses lèvres.

— Pas ce mot-là. Je bute le premier qui t'appelle ainsi. Il n'y a que moi qui ai le droit.

Sienna sourit.

— Donc, ne dis pas ça. Tu n'es pas une salope. Juste une vierge de dix-sept ans qui aimerait bien ne plus l'être. C'est la nouvelle définition d'une salope en chaleur.

Ils s'esclaffèrent. Shiloh jeta un coup d'œil autour d'eux.

— OK, je vais chercher le Chippendale et je suis sûre qu'il sera charmant et tout ce que tu aimes et tu pourras enfin y *goûter*.

Sienna sourit, mais une sensation inconnue lui parcourut le corps l'espace d'un instant à la vue d'une silhouette se mouvant avec célérité le long du mur au fond de la salle. Sienna eut l'étrange impression de ressentir la moindre fibre dans son corps. C'était très perturbant, car complètement inattendu et inconnu comme sensation. Sienna tentait de se souvenir où elle avait bien pu voir cette femme, semble-t-il, assez grande et aux cheveux noirs.

Elle agita la tête ; comment pourrait-elle reconnaître quelqu'un qu'elle ne voyait que de dos ? Et pourtant, son regard s'était porté sur cette femme instinctivement. Elle l'avait sentie avant même de la voir. C'était en tout cas le sentiment qu'elle en avait.

Bizarre.

Lorsque la femme atteignit la porte arrière du gymnase, elle tourna légèrement la tête. Sienna sentit son cœur se soulever dans sa poitrine sans raison ; elle ne connaissait absolument pas cette femme d'une vingtaine d'années, qui pourtant lui paraissait si familière. Tel un magnet sur un frigo, Sienna se sentit attirée vers elle et se dirigea rapidement vers l'arrière du gymnase pour sortir.

La femme portait un pantalon noir, une chemise blanche et une veste noire. Elle marchait lentement maintenant.

— Attendez, attendez.

La femme s'arrêta, sans se retourner.

— Je je vous connais ?

Sienna secoua la tête.

— Enfin… on se connaît ?

La femme se retourna enfin, Sienna inspira fortement en la voyant de si près.

Le regard de la brune la captiva tel celui de Jackson plus tôt dans la soirée. Et quand elle lui sourit, Sienna se sentit aux bords de l'évanouissement. Cette sensation était irréelle.

Son cœur se serra dans sa poitrine quand la femme mystérieuse s'approcha. Elle souriait toujours, tandis qu'elle effleura le visage de Sienna de sa main gauche, son doigt se promenant délicatement sur sa joue. Elle le retira vite ensuite, comme si elle s'était brulée. Sienna était figée sur place.

— Qui êtes-vous ?

Sienna expira, retrouvant difficilement sa voix.

La femme lui sourit et s'avança de quelques pas. Sienna sentit son cœur bondir dans sa poitrine quand les lèvres fraîches de la brune se posèrent sur les siennes. Sienna ne bougea toujours pas, elle ferma les yeux et toute angoisse disparut, tandis qu'elle se laissa aller au chaste baiser de l'invitée mystère.

— Joyeux anniversaire, Sienna.

Sienna ouvrit les yeux à ce moment-là, se rendant seulement compte que la femme s'était largement reculée.

Elle se retourna et s'en alla sous les yeux humidifiés de Sienna, envahie par tant d'émotions.

Sienna voulut la rappeler, mais se ravisa, en réalisant qu'elle tenait quelque chose dans sa main. Elle observa le médaillon au creux de sa main, puis regarda en direction de la brunette qui avait disparu. Sienna prenait de profondes inspirations pour calmer sa respiration. Elle ouvrit le médaillon et retint son souffle avant d'éclater en sanglots. Elle ne put maîtriser ses larmes à la vue des deux visages qu'il contenait.

La porte s'ouvrit derrière elle. Sienna serra les poings et referma le médaillon.

— Sin ! Je l'ai trouvé. Il s'appelle Lane, il est super, tu… Hey, qu'est-ce qu'il se passe ? s'enquit Shiloh, prenant son menton dans sa main pour qu'elle le regarde.

— Rien.

Shiloh scruta tout autour d'eux, le regard noir.

— On t'a fait du mal ?

— Non.

— Allez, dis-moi, qu'est-ce–

— Je veux rentrer à la maison.

— Sienna, allez, parle-moi.

— On se voit demain.

Elle se retourna pour partir, mais il l'attrapa par le bras.

— Attends !

— J'ai juste besoin d'être seule un moment.

Elle prit les clés de voiture[5] de sa poche.

— Va vite t'amuser. Tu rentreras avec Grégoire, OK ?

— Non, non, je ne te laisse pas comme ça. Je te ramène.

— Shiloh, s'il te plait, je vais bien. J'ai juste vraiment envie d'être seule. S'il te plait, retournes-y et amuse-toi. Je dois y aller.

Les épaules de Shiloh s'affaissèrent en la regardant s'éloigner. Il se redressa cependant et scruta autour de lui un moment avant de regagner le gymnase.

***

---

[5] Aux États-Unis, le permis de conduire peut s'obtenir dès 16 ans.

15

Sienna était recroquevillée sur son lit. Le médaillon dans sa main. Elle n'osait plus l'ouvrir. Elle se sentait oppressée dans la poitrine. Elle s'assit sur le lit au bout d'un moment et prit une profonde inspiration. Elle se leva et se tint sans bouger au milieu de la pièce, puis elle commença à marcher de long en large.

Il faut que je me calme. Je crois que je perds la boule. Pourquoi je ressens ça ? C'est juste impossible.

Elle se passa la main dans ses cheveux ondulés, le médaillon toujours dans la main puis elle le jeta sur le lit, sans parvenir à le quitter des yeux pour autant.

— Laisse tomber, je suis vraiment dérangée.

Elle quitta sa chambre pour la salle de bain. Elle se doucha, tâchant tant bien que mal d'effacer les sentiments qui l'avaient envahie durant cette soirée. Que ce soit sa rencontre avec cette mystérieuse femme, ou le choc ressenti à l'ouverture du médaillon. Choc qu'elle ne s'expliquait toujours pas.

Elle inspira profondément, sortit de la douche et se sécha, attrapa le sèche-cheveux, laissant le bruit de l'appareil couvrir ses pensées, ou essayer en tout cas. Elle respirait fort en approchant de sa chambre. Elle posa une main tremblante sur la poignée pour ouvrir la porte. Son regard se posa d'office sur le médaillon. Elle ne voyait que lui, en réalité. Elle expira fort. Elle secoua la tête, retira sa serviette de bain qu'elle laissa en vrac sur le dossier d'une chaise et se dirigea vers son armoire pour mettre un pyjama propre.

Ça doit obligatoirement être autre chose. C'est trop fou.

Elle se baissa et récupéra un carton entreposé dans l'armoire, caché par quelques paires de chaussures. Elle s'assit en tailleur sur son lit, s'efforçant de ne pas regarder le médaillon et de combattre son envie de l'ouvrir de nouveau. Elle ne comprenait pas comment il pouvait autant l'attirer.

Elle ouvrit le carton qui contenait toute sa vie. Elle avala sa salive à la pensée amère qu'il n'était même pas plein. Elle jeta un œil sur sa droite à l'album photo sur son bureau. Elle sourit. Lui non plus n'était pas rempli, cependant ne s'y trouvaient que de bons souvenirs. Elle avait plus de bons souvenirs de ses quatre années ici chez les Newton que des treize années précédentes, en foyer ou dans ses quatre premières familles d'accueil. Elle se concentra de nouveau sur le carton qu'elle vida. Elle passa en revue les moindres photos qui s'y trouvaient.

Allez, allez, il faut que je trouve, comme ça je saurai que je ne suis pas folle. Ça doit être là-dedans, c'est obligé. Ça ne peut pas être vrai.

Pourtant, elle eut beau fouiller encore et encore, il n'y avait aucune photo des deux portraits de part et d'autre du médaillon. C'était effrayant, car elle savait qu'elle ne trouverait rien. Elle ne les avait jamais vus et malgré tout, elle avait su au premier regard qui était ces deux personnes.

Elle se mit à pleurer en ouvrant le médaillon, effleurant du bout du doigt les visages de ses parents.

Chapitre Deux

Shiloh se frayait un chemin à travers les Douglas géants et autres cèdres rouges de la forêt pour atteindre la *Funhouse* ; une cabane en bois que Sienna et lui avaient bâtie plus haut sur la colline, derrière la maison de leur famille d'accueil. Son nom provenait de l'album préféré de Sienna, de son artiste favorite, P!nk. Shiloh sourit en s'approchant. Il continuait de marcher les mains dans les poches. Il regarda par la petite fenêtre puis ouvrit la porte. Sienna ne bougea pas de son coin, assise, jambes tendues et le dos contre le mur opposé. Elle ne dissimula pas le médaillon qu'elle venait de contempler durant des heures en ce samedi matin.

Shiloh s'avança encore.

— Je me doutais que je te trouverais là.

Sienna haussa les épaules. Shiloh posa son sac à dos et en sortit quelque chose.

— Des cookies pour toi. Annie m'a dit que tu étais partie très vite, sans rien avaler. Elle s'inquiétait, tu sais. Surtout après ton départ précipité hier soir.

— Je sais, je suis désolée.

— C'est rien, je lui ai dit que t'as eu tes règles et que tu avais vraiment mal au ventre. Par contre ce matin, elle aurait apprécié que tu prennes le petit-déj avec eux, je pense.

— Je sais. Je me ferai pardonner.

— C'est pas important de toute façon.

Il s'assit à côté d'elle. Il sourcilla légèrement en voyant les photos dans le médaillon.

— Si tu me disais ce qu'il se passe maintenant, ça serait peut-être pas mal, non ?

Sienna hocha la tête. Elle lui raconta tout ; l'invitée mystère, le médaillon et son ressenti immédiat à la vue de ces visages.

— OK.

Shiloh prit un moment pour réfléchir avant de commenter : tu n'as jamais connu tes parents. Tu te souviens à peine de cette communauté Yupik[6] du delta du Yukon-Kuskokwim[7] avant d'atterrir dans le système. Comment… je suis désolé, mais comment peux-tu être si sûre que ce sont tes parents ?

— C'est ça le truc ; je l'ai juste su. C'était comme une évidence. Ça m'a envahie complètement, une sensation inouïe. C'était aussi vrai que le soleil se lèverait et se coucherait le lendemain. C'est ça, cette évidence que je ne comprends pas, c'est fou, les choses que j'ai ressenties la nuit dernière.

— Sur ces photos ?

— Non, pas que…

Elle s'interrompit. Shiloh attendait qu'elle termine sa phrase, mais elle fixa de nouveau le médaillon. Elle se remémora l'étrange sensation que lui procura la vue de cette femme également, et sa présence si près d'elle.

---

[6] Indigènes vivant sur la moitié sud de la côte ouest de l'Alaska, spécialement sur le delta du Yukon-Kuskokwim et le long de la rivière Kuskokwim dans le sud de l'Alaska.

[7] Un des plus vastes deltas du monde (129 500 km2). Situé à l'endroit où les fleuves Yukon et Kuskokwim se rejoignent et se jettent dans la mer de Béring, sur la côte ouest de l'Alaska.

— Oui, sur les photos, choisit-elle seulement de dévoiler.

— Donc cette meuf, elle se pointe, te dit *joyeux anniversaire* et te donne le médaillon sans rien dire ?

— Oui, enfin, elle s'est approchée vraiment près et, oui, elle m'a dit joyeux anniversaire et l'a mis dans ma main sans même que je m'en rende compte.

Shiloh sourcilla de voir l'expression sur le visage de Sienna qui le regardait. Ils se racontaient systématiquement tout, et là, il avait l'impression qu'elle lui cachait quelque chose. Cependant, il n'insista pas. Sienna paraissait très émotive, ce qu'il comprenait aisément.

Il regrettait beaucoup d'avoir manqué cette rencontre.

Sienna secoua la tête.

— Tu dois penser que j'ai complètement perdu la boule. C'est fou, je sais. Il faudrait qu'on m'enferme, là.

— Non, ce n'est pas fou, c'est… Il y a un truc. Et je ne pense pas du tout que tu sois folle. J'aimerais seulement comprendre et surtout savoir qui elle est. C'est ça qui m'énerve.

Il inspira puis contempla le médaillon et lui sourit.

— Mais c'est cool. Si c'est bien tes parents, c'est plutôt une bonne chose.

Il fixa les photos attentivement.

— Et je trouve que tu as un peu la forme du visage de l'homme.

Il hocha la tête pour appuyer ses dires.

Sienna retrouva le sourire en regardant les photos.

— Je fais quoi maintenant ?

— Honnêtement, n'y pense pas trop, car tu ne peux pas faire grand-chose à l'heure actuelle. Je ne veux pas que tu te prennes la tête plus que tu ne le fais déjà.

— Oh, tu as remarqué ?

— Tout le monde a remarqué. Tu es super agitée depuis quelques semaines.

— Je me sens… bizarre. Et tous ces rêves quasiment chaque nuit.

— Des cauchemars oui, vu ce que tu m'en dis, excepté pour les coquins, glissa-t-il pour la faire sourire.

— Sinon de ce que j'ai vu, c'est plutôt des cauchemars.

— Pas toujours. Parfois, ça va, et d'autres c'est rude, comme l'autre nuit. Mais je ne m'en souviens jamais très longtemps.

— Je sais.

— Tu crois que je devrais aller voir le docteur ?

— Non, carrément pas. Ce n'est pas médical.

— Comment peux-tu le savoir ?

— C'est sûrement juste hormonal. J'étais pareil il y a quelques années.

— Quoi ? Ah, mais oui, pour toi tout vient du sexe et si je suis agitée, c'est parce que j'ai besoin…

— Vas-y, dis-le.

— Ça te ferait trop plaisir. Ce n'est pas vrai, de toute façon.

— Oh, allez, tu l'as dit toi-même, tu es en chaleur en ce moment.

— C'est donc officiel ; je suis une chiennasse.

— C'est cela oui, une chiennasse toujours vierge à dix-sept ans. J'ai connu pire. Et puis qu'est-ce que je t'ai dit hier d'utiliser des mots comme ça ?

— Ouais.

— Alors, ne le fais pas. Et puis il n'y a aucune honte à avoir besoin d'un peu d'action de temps à autre.

— Mais je ne pense pas que ça vienne de là. Mais bon, si ça te fait plaisir.

— Très.

Il rit du regard en coin qu'elle lui lança.

— Ce qui me fait dire que toi et moi on va sortir cette aprèm, ça te changera les idées. Le vent est un peu retombé. Il fait beau, on va en profiter. On se fait une glace.

Il rit de l'étincelle soudaine dans les yeux si singuliers de Sienna.

— Toi et les glaces.

Sienna sourit et demanda, penaude :

— Et, euh, donc, les cookies…

Shiloh rit et lui passa la boite de cookies.

***

Sienna et Shiloh riaient, assis à la terrasse du Heart N Sol Cafe. Sienna mit un peu de glace fondue dans sa bouche, tandis que Shiloh but une gorgée de son soda.

— Comment te sens-tu ?

— Bien mieux. Tu avais raison.

— J'ai toujours raison.

Malgré un bref sourire, Sienna continuait de touiller sa coupe de glace, fondant de seconde en seconde sans y prêter attention.

— Je suis toujours assez perturbée, mais… je vais attendre. Peut-être que cette femme va revenir et m'en dire plus. Et si ce n'est pas le cas, pas la peine de me prendre la tête pour rien, comme tu dis.

— Je te reconnais bien là, ma poulette.

— Salut.

Sienna regarda le jeune homme aux cheveux blonds foncés qui lui souriait. Elle le reconnut aussitôt pour l'avoir aperçu à sa fête d'anniversaire la veille. Il portait un blue-jean délavé ainsi que la même chemise que le jour précédent et pas de veste.

— Euh, salut, dit-elle timidement.

— Lane, mon pote, ravi que t'aies pu venir.

Sienna regarda Shiloh avec surprise, et Lane déclara :

— Tu m'as dit que vous seriez sans doute là, alors… me voici.

— Cool.

Sur ce simple mot, Shiloh se leva, ce qui rendit Sienna encore plus suspicieuse.

— Je dois y aller.

— Quoi ? Où ?

— Ailleurs qu'ici, répondit son ami, amusé.

Il posa une main sur l'épaule de Lane et l'autre sur le torse du jeune homme.

— Alors, n'oublie pas, elle est plus ou moins végane, aime les animaux, le chocolat, le fromage et P!nk. Ça devrait bien se passer. À plus.

Il s'en alla après un clin d'œil à Sienna, rouge comme une tomate.

19

Lane sourit et se racla la gorge.

— Étrange garçon.

Sienna se cachait partiellement le visage des deux mains.

— Oh, mon Dieu, je suis trop désolée. Il est… Je n'en reviens pas qu'il ait fait ça.

Lane prit la place de Shiloh, en face de Sienna.

— C'est rien. C'est plutôt drôle, en fait.

— Tu parles. Je n'ai jamais eu aussi honte de ma vie.

— Avec un pote comme lui ? J'en doute fort.

— Eh bien, tu n'as pas tort. Il fait des trucs comme ça parfois, mais pas à moi. Et il peut être si tendre aussi, tu sais. Il n'est pas si brut de pomme d'ordinaire, mais plutôt charmant et drôle et–

Sienna s'interrompit quand Lane posa sa main sur la sienne.

— Sans vouloir t'offenser, c'est vrai que je lui ai demandé si vous sortiriez quelque part, mais c'est sur toi que j'ai flashé hier. Je suis sûre que c'est un mec génial, mais c'est de toi que j'ai envie d'entendre parler.

Sienna n'en finissait plus de rougir. Lane retira sa main.

— Moi, eh bien, à vrai dire, euh…

— Oh, je suis persuadé qu'il y a bien plus de choses à savoir sur toi que tes goûts musicaux et culinaires ? Oh et d'ailleurs *plus ou moins* végane ? Ça ne va pas le faire là, car je suis un viandard, moi.

Sienna sourit.

— Ce n'est rien. Je ne prêche absolument pas. Je ne voulais simplement plus être hypocrite.

— O.K.A.Y.

— Oh non, désolée, c'est sorti, non enfin, euh, ce n'est pas ça que je voulais dire.

Elle se couvrit la bouche brièvement.

— Je ne suis vraiment pas douée pour les rencards, comme tu le vois.

Lane sourit et s'assit droit dans sa chaise.

— C'est rien. Mais ça m'intéresse ; que voulais-tu dire, donc ?

— Je voulais dire hypocrite envers moi-même. J'ai beaucoup regardé de vidéos sur la souffrance et les mauvais traitements infligés aux *animaux de boucherie*, ainsi que l'impact de cet élevage de masse sur l'environnement. Et je ne veux plus le cautionner, tout simplement. Quant au *plus ou moins*, c'est que je suis plutôt végétarienne, en réalité. Parfois, ça tourne au véganisme. Je fais attention à ce que je porte, je bois du lait de riz ou d'avoine. Et par exemple, je ne mange pas d'œufs, mais là c'est davantage une histoire de goût. Sinon tu vois, j'apprécie ma glace à fond. Et j'adore le fromage. Ce n'est pas comme si j'allais trouver des glaces véganes à Willow Creek, de toute façon, et ce n'est pas grave. Je ne fais pas de sermons la *plupart* du temps. Autrement Shiloh ne serait pas mon meilleur ami, car il n'y a pas plus viandard que lui !

Lane hocha la tête, semble-t-il, impressionné.

— Je comprends, c'est courageux, ou admirable peut-être. J'aime les animaux, mais…

— Tu es toujours un homme des cavernes. T'inquiète, la plupart des hommes le sont.

— Oh, c'est ma journée ! Tu en as d'autres comme ça ?

— Je pense avoir fini.

— Eh bien tu sais, je pense être un homme des cavernes plutôt évolué par rapport à la moyenne.

Sienna sourit de plus belle et il commanda deux cocas qu'il insista pour payer.

— Et donc, qu'est-ce qui t'amène à Willow Creek ?

— Je suis en business sur les vignes de la région. Il est temps que le vin américain prenne son envol. En fait, ma boite s'occupe d'installer des technologies déjà actives en Europe. Je ne dis pas que le vin californien égalera le vin français dès demain, mais il va encore considérablement s'améliorer. Ces technologies sont déjà bien appliquées et ont fait leurs preuves ; moins de dépenses et plus d'efficacité.

Il but une gorgée de son soda. Sienna l'écoutait, intéressée.

— On a déjà quelques marchés dans la région, mon travail est de convaincre les sceptiques. C'est un bon boulot dans l'ensemble. J'aime qu'il me donne l'opportunité de mélanger les deux ; bosser en extérieur sur les vignes, sur les machines, et dans les bureaux pour la paperasse, les rendez-vous avec les viticulteurs pour les persuader, les devis, etc. Des fois, montrer les chiffres engendrés par le voisin suffit à lui-même.

Lane remarqua le regard de Sienna glisser derrière lui. Elle semblait maintenant complètement focalisée sur quelque chose d'autre que lui. Il se raidit légèrement avant de tourner la tête pour vérifier.

Jackson traversait la rue. Elle lui sourit et avec un signe de la main, pour lui répondre après qu'il l'eut saluée, avant de disparaître derrière un bâtiment. Lane paraissait calme en se retournant de nouveau pour regarder Sienna.

— Oh, désolée. Je ne voulais pas t'interrompre. Je, c'est Jackson. Il était à ma fête hier.

— Je m'en souviens.

— Et, euh, il m'a fait un signe, donc j'ai répondu. Mais je ne le connais pas vraiment.

— Tu ne perds rien.

— Tu le connais ?

— Juste de nom. C'est un mec à problème.

— Oh, OK. Et alors, le vin, ton boulot à l'air super intéressant.

— Ça l'est. Je t'emmènerai faire le tour d'une vraie vigne et de ses dessous, un de ces jours.

— Tiens donc ?

— Euh, si à l'évidence tu veux bien me revoir, moi humble homme des cavernes ?

Elle sourit.

— Je pense que ça pourrait s'envisager.

— Je suis très honoré, mademoiselle Sienna Greene.

— Tu connais même mon nom ?

— Comme je te l'ai dit, c'est de toi dont je voulais discuter hier soir avec Shiloh.

Sienna dissimula son rougissement du mieux qu'elle le pouvait, tout en se rasseyant droite dans sa chaise.

— S'il te plait, ne crois pas tout ce qu'il dit, OK ?

— Je vais essayer. Il m'a parlé de votre situation. Vous avez quasiment grandi comme frères et sœurs, non ?

— On le ressent ainsi, en tout cas.

— C'est super d'être si proche de quelqu'un.

— Oui. En foyer, c'est difficile parfois. Il n'a qu'un an et demi de plus que moi, mais il a toujours été costaud et m'a toujours défendue, protégée. Il est toujours là pour moi. Enfin, en principe.

— Pourquoi *en principe* ?

— Parce que je vais devoir y aller. Le soleil se couche assez vite à cette époque de l'année et il est parti en voiture. J'ai pas mal de kilomètres pour rentrer.

— Ne t'inquiète pas pour ça. Il a sans doute pensé que je te ramènerais, seulement ma voiture est au garage. Je la récupère demain.

— Oh non, je ne voulais pas te forcer la main. J'adore marcher ; c'est juste que je préfère me mettre en route pour arriver avant la nuit noire à cause de toutes ces attaques d'animaux sauvages.

— Ah oui c'est vrai. Hey, pourquoi je ne te tiendrais pas compagnie ? J'adore marcher aussi et je marche vite, je ne te retarderai pas.

— Non, il faudra que tu reviennes ici à ton hôtel, ça serait bête.

— Ne t'inquiète pas ; je resterais sur la route principale. J'aimerais vraiment te raccompagner.

Il se leva et s'approcha pour retirer sa chaise, tel un gentleman.

— Même de nuit ? demanda-t-elle en se levant, souriant à l'attention.

— Ne t'inquiète pas pour moi. Je préfère largement marcher avec toi, de cette manière, tu peux m'en dire un peu plus sur toi, à commencer par ces yeux, car Shiloh n'a pu me l'expliquer. Ils sont tellement beaux.

Il se tint devant elle

— Bon, il n'y a rien qui ne soit pas magnifique chez toi, mais ce regard…

Sienna se sentait un peu gênée. Elle jeta un bref coup d'œil de côté avant de lui sourire.

— On se met en route dans ce cas, mais expliquer ça risque de prendre du temps, tu sais.

— C'est encore mieux.

Ils échangèrent un regard complice et quittèrent le café.

***

Sienna et Lane stoppèrent devant la porte des Newton. Sienna serra les poings pour ne pas se tordre les doigts. Elle détestait se sentir si nerveuse.

— C'est là que je m'arrête.

Lane hocha la tête.

— Donc, voilà…

Elle allait ouvrir la porte quand il annonça :

— Hey, euh, le nouveau Zombieland, Double Tap passe en salle à Eureka demain. Il a l'air sympa. On pourrait y aller ensemble… si tu veux ?

— Ensemble, euh, demain ? Euh, oui–

— On peut aller voir Last Christmas, si tu préfères, c'est sûrement plus girlie, je pense, sans vouloir t'offenser.

— Sans doute. Mais Zombieland a l'air sympa. Je n'apprécie pas trop le fantastique ou la science-fiction en temps normal, mais c'est celui avec Jessie Eisenberg, c'est bien ça ?

Lane acquiesça.

— Je l'aime bien lui, il est mignon. Enfin…

Elle s'interrompit, le regardant maladroitement.

Il lui sourit.

— Il faudra le demander à Shiloh.

Elle lui rendit son sourire.

— OK. C'est bon pour demain du coup ? s'enquit-il en se rapprochant.

— Oui, donc, euh, bonne nuit.

Elle retint son souffle tandis qu'il s'avança encore.

— Oui, bonne nuit, glissa-t-il, caressant le côté de son visage, l'approchant comme pour l'embrasser.

— À quelle heure ? demanda-t-elle subitement, à quelques centimètres des lèvres du jeune homme qui recula.

Elle secoua la tête, les yeux plissés.

— Je voulais dire, à quelle heure tu passes me chercher ? Bon sang, je suis vraiment nulle.

Le sourire de Lane la rassura. Il effleura de nouveau son visage et déposa un tendre baiser sur sa joue avant de redescendre du porche.

— Sois prête pour quatorze heures.

— Je le serai.

— Bonne nuit, Sienna.

— Bonne nuit, murmura-t-elle bien qu'il soit déjà parti.

— Bon sang, se gronda-t-elle elle-même.

— Je ne te le fais pas dire !

Elle sursauta en voyant Shiloh qui ouvrait la porte.

— Qu'est-ce tu fous ? T'as besoin d'un guide ou quoi ?

— On dirait bien, répondit-elle, sa lèvre inférieure plissée en une moue boudeuse.

Shiloh enveloppa ses épaules de son long bras, tandis qu'ils entrèrent dans la maison. Ils montèrent au premier en direction de la chambre de la jeune fille.

— Qu'est-ce qu'il s'est passé ? Tout avait l'air de bien se passer.

— Oui, c'est le cas. Je le trouve super mignon et sympa. Je l'aime bien.

— Mais ?

— Il n'y a pas de mais. Je voulais vraiment qu'il m'embrasse.

— Dans ce cas, pourquoi ne l'as-tu pas laissé faire ?

Sienna détourna le regard. Shiloh s'approcha, posant sa main sur le visage de l'adolescente.

— Sin ?

— Et s'il se barre en courant ?

— Arrête ; tu n'as pas fait fuir David, OK ?

— Tu n'y étais pas, Shiloh ; il s'est enfui, je t'assure, juste après qu'on se soit embrassés.

— Écoute, j'étais pas là, d'accord, mais un baiser ne fait pas fuir un mec ou une meuf, promis, pas de la manière dont tu le penses, en tout cas. Ne fais pas ta blonde.

Comme un automatisme, il glissa sa main le long d'une des longues mèches blondes de Sienna qu'il repoussa en arrière.

Sienna sourit faiblement.

— Mais peut-être que si. Peut-être que je pue de la gueule, ou que j'ai un mauvais goût. Je ne sais pas, c'était bizarre et en tout cas–

Shiloh l'interrompit de sa bouche sur la sienne. Sienna resta brièvement stoïque avant de poser ses mains sur les bras puissants du jeune homme. Shiloh approfondit le baiser, la serrant fort par la taille. Elle peinait à respirer quand il recula. Elle se tenait quelque peu figée au milieu de la pièce, tandis qu'il s'éloignait.

— Tu vois ? Je ne suis pas mort.

Sienna ne bougeait toujours pas, les joues rosées, le fixant avec stupéfaction.

— Et crois-moi ma belle, il n'y a *rien* de mauvais avec ta bouche, ta langue, ton odeur ou quoi que ce soit. Si un truc lui a fait peur, c'est sûrement l'érection monstre qu'il a dû avoir après ça.

Shiloh regarda son entrejambe.

— J'ai besoin d'une douche froide.

Bien qu'elle n'ait toujours pas retrouvé l'usage de la parole, Sienna ne put s'empêcher de sourire, incrédule face à l'attitude de Shiloh. Il n'existait personne d'autre comme lui. Il sourit et sortit de sa chambre après un clin d'œil.

Sienna regarda derrière elle en direction de la fenêtre, essayant de chasser cette sensation particulière que quelqu'un l'observait. Elle s'essuya la lèvre inférieure et secoua de nouveau la tête.

Elle s'allongea sur son lit quelques minutes. Elle sourit en repensant à Lane, puis son sourire s'évanouit. Elle ôta le médaillon qu'elle portait autour du cou, sous sa chemise. Elle l'ouvrit et contempla les photos un long moment. Elle pouvait prétendre ne pas s'en soucier, car Shiloh avait un peu raison ; il n'y avait rien qu'elle puisse faire. Pourtant, elle avait tellement de questions en tête… et ces gens qu'elle n'avait jamais vus lui manquaient.

Est-ce que je leur manque moi aussi ? Où s'en fichent-ils complètement ? Pourquoi… pourquoi ne voulaient-ils pas de moi ? J'aimerais tellement savoir qui ils sont, leur vie et… pourquoi…

Elle s'assit, ouvrit le tiroir de sa commode et y plaça le médaillon. Elle changea rapidement d'avis, le reprit et le remit autour de son cou, le laissant visible par-dessus sa chemise cette fois. C'était plus fort qu'elle. Elle se leva et se dirigea vers la fenêtre de sa chambre, alors que la nuit enveloppait progressivement les bois à quelques mètres de là. Comme souvent, elle s'assit sur le rebord de la fenêtre. Elle se sentait toujours apaisée par cette vue, de nuit comme de jour. La nuit lui donnait cet étrange sentiment de paix. Elle tournait et retournait le médaillon entre ses doigts et observait tout simplement la forêt, semble-t-il, si paisible.

Annie Newton passa dans toutes les chambres peu après, pour signaler à la maisonnée que le dîner était prêt.

Chapitre Trois

— Je suis bien content qu'il t'ait plu, annonça Lane tandis que Sienna et lui sortaient du cinéma.

— Oui, je l'ai trouvé même bien sympa.

— Cool. Hey, on a encore du temps avant que je te ramène. Et si je te montrais un de ces vignobles dont je te parlais hier ?

— Euh, ouais, pas de souci, mais c'est où ?

— Il y en a un très vaste, juste derrière cette colline-là.

— Le clos Kennedy ?

— Oh, tu le connais ?

— Hey, je sais quand même à quoi ressemble un vignoble. Et qui dans le coin ne connaît pas les vignes Kennedy ? C'est le plus grand de la région.

— Mais l'as-tu vu d'en haut, dans toute sa splendeur ? Un océan de grappes, enfin, ça s'en rapproche.

Sienna inspira profondément.

— Ça te passionne vraiment, n'est-ce pas ?

Lane haussa les épaules avec un petit sourire de côté.

Elle se mordit la lèvre inférieure.

— Tu es devenu timide d'un coup, c'est mignon.

— OK, tu l'auras cherché, on y va de ce pas.

Il prit sa main en parlant et commença à marcher en direction de la colline.

Ils grimpèrent à travers les sapins de Douglas et les noyers noirs de Californie du Nord ou encore les érables à épis.

— La colline ne semblait pas si haute vue d'en bas, déclara Sienna au bout de dix minutes de montée.

— Elles ne le paraissent jamais, répondit Lane qui stoppa pour lui demander si ça allait.

— Oh oui ne t'inquiète pas. J'ai l'habitude de crapahuter avec Shiloh derrière la maison des Newton.

— Cool.

— Je m'inquiétais par rapport à l'heure. Le soleil se couche doucement déjà.

— Ne te fais pas de souci, la voiture est juste en bas. Je ne te ramènerai jamais tard un soir d'école.

— Merci, c'est gentil de ta part.

Lane se rapprocha d'elle.

— C'est surtout que je ne voudrais pas me mettre les Newton à dos, car j'ai bien l'intention de te revoir.

Tandis qu'il continuait d'avancer sur elle, le dos de Sienna atteignit un arbre.

— C'est vrai que ce serait dommage.

— Très, murmura-t-il à quelques centimètres de son visage avant de l'embrasser.

Sienna posa ses mains sur la nuque du jeune homme. Ses doigts glissèrent dans ses cheveux, tandis qu'il approfondit le baiser, la goûtant délicatement. Ils respiraient fort en se séparant. Il déposa de tendres baisers le long de sa joue et la regarda, lui caressant le visage. Il baissa ensuite la tête pour l'embrasser dans le cou. Elle émit un petit gémissement de plaisir et il redressa la tête pour l'embrasser de nouveau sur la bouche, la savourant autant que possible. Les seins de Sienna durcirent à cause du désir qu'elle sentait déjà monter en elle.

Ce n'est pas possible de ressentir ça avec un simple baiser. Peut-être que Shiloh a raison ; c'est mes hormones. Tous les ados éprouvent-ils ça ? J'ai l'impression d'avoir vraiment envie de... Mais je le connais à peine.

Elle expira quand il se recula un peu.

— Tu as un goût si frais. Si bon.

Elle tenta de masquer son rougissement en regardant sur le côté, ce qui amusa Lane.

Il s'écarta encore, afin que leurs corps ne soient plus pressés l'un contre l'autre, mais toujours à portée de main. Il lui caressa le visage.

— J'ai une idée. Tu m'as bien dit que tu allais visiter le campus de Berkeley[8] le week-end prochain, n'est-ce pas ?

— Ouais, c'est beau de rêver.

— Pourquoi dis-tu cela ? Si c'est ton rêve, vas-y fonce.

— Oui, c'est carrément l'université de mes rêves et je vais le tenter, bien sûr. Si je suis acceptée, c'est top, mais si ce n'est pas le cas, je n'irai pas me pendre pour autant. D'autres universités feront aussi bien l'affaire.

— J'aime ta façon de penser. Mais je suis sûr que tu seras admise.

Sienna grimaça légèrement.

— J'ai de bonnes notes oui, pas d'excellentes notes non plus. Le bât blesse du côté de mes activités extracurriculaires. Du bénévolat au refuge animalier et membre du club de poésie me paraissent maigres, d'autant plus que je ne le fais pas depuis longtemps. Et puis Berkeley, ce n'est pas donné, si je n'obtiens pas de bourses suffisantes, c'est mort. Mais comme je l'ai dit, ce n'est pas la fin du monde si je n'y vais pas. Et donc, tu parlais d'une idée ?

— Oui, euh, Shiloh t'y emmène, n'est-ce pas ?

Sienna hocha la tête.

— Oui. J'espère ainsi l'encourager à aller à l'université, car pour l'instant, ce n'est pas gagné.

Lane posa ses mains sur la taille de Sienna et la fit tanguer doucement.

— OK. Mais, et si c'était moi qui te conduisais là-bas ?

Elle ne commenta pas.

— Comme ça, tu visites et on peut passer un week-end sympa dans un beau décor. Toute la région de San Francisco est magnifique. On aurait l'opportunité de mieux se connaître de manière très cool.

— Euh, je suppose, mais euh, ce n'est pas un peu tôt ? Je veux dire –

— On embarque Shiloh avec nous, si tu préfères. Je ne veux pas te mettre mal à l'aise. Je ne te mettrai jamais la pression. Je garderai mes mains sagement dans mes poches, promis.

---

[8] L'université de Californie à Berkeley, aussi appelée UC Berkeley, est une université publique américaine, située à Berkeley en Californie, sur la rive est de la baie de San Francisco.

C'est de mes mains à moi dont j'ai peur. Vu ce que je ressens là, j'ai franchement peur de ce que cela donnerait si l'on partageait la même chambre, ou même deux chambres côte à côte.

Pour Sienna, c'était une mauvaise idée. Shiloh ou pas. En fait, elle craignait que Shiloh n'empire le dilemme en la poussant lui-même dans le lit de Lane.

Sienna secoua légèrement la tête.

Sérieux, j'ai aussi peu de retenue ? Que m'arrive-t-il ? Je ne veux pas coucher avec lui, mais quand même si. Un truc cloche vraiment chez moi en ce moment.

— Oui, je–je te fais confiance. Je crois, enfin, oh, bon Dieu, je suis désolée.

— Hey, respire, Sienna. Je ne te forcerais jamais à faire quoi que ce soit que tu ne souhaites pas. J'ai simplement vu une opportunité de passer un peu plus de temps avec toi, dans un endroit sympa qui plus est. Tu vois, on vient juste de se rencontrer et déjà, je ne peux plus me passer de toi.

Sienna sourit timidement. Lane se raidit d'un coup.

— Quel ramassis de conneries !

Lane et Sienna s'écartèrent l'un de l'autre à l'interruption de Jackson. Il se tenait cinq mètres plus haut.

Lane serra les poings. Sienna avait les yeux grands ouverts et les sourcils froncés.

— Jackson ?

Jackson ne la regarda pas tout de suite.

— Je n'ai jamais entendu autant de conneries en, quoi ?

Il jeta un coup d'œil à sa montre avant d'ajouter : trois minutes max. Mon pote, c'est un record.

Il sauta jusqu'à eux. Lane recula.

— Va-t'en, lâcha-t-il, les, dents serrées.

Visiblement amusé, Jackson le fixa.

— Bah alors, que se passe-t-il, mon toutou ? Ce fichu instinct te démange ?

— Va-t'en ! cria Lane d'un ton qui surprit Sienna, et l'effraya même.

— OK, qu'est-ce qu'il se passe, Lane ? Tu as dit que tu ne le connaissais pas ?

Jackson s'avança d'un pas.

— Ouais, faut dire qu'il t'a pas mal baratiné, tu vois. Il n'y a pas grand-chose de vrai là-dedans.

Lane serra les poings encore plus fort. Jackson se délectait de voir à quel point sa présence l'enrageait.

— Alors, mon toutou, tu allais lui dire quand la vérité ? Au moins, pourquoi tu la veux autant.

Lane prit la main de Sienna pour partir.

— Rentrons.

— Attends !

Sienna sursauta tandis que Jackson se tenait en face d'eux avant même qu'ils ne se soient complètement retournés.

Sienna scruta l'endroit où il se trouvait il y a une demi-seconde.

— Comment t'as fait ça ?

— Je suis un vampire.

Il regarda Lane, rouge de colère.

— Tu vois, droit au but, toutou. Ce n'est pas si dur que ça.

— OK les mecs, ça suffit maintenant. Que se passe-t-il ?

Sienna fronça encore plus les sourcils, toutefois son apparente exaspération dissimulait un mal-être grandissant.

— Tu ne devrais pas être ici, dit Lane, essayant de se calmer.

— Pourquoi ? À cause de cette *trêve* ? Tu nous connais nous les vampires ; les ordres, ce n'est pas trop ça. Et puis, j'ai autant le droit que toi de me trouver là. En plus, c'était drôle d'entendre parler de tout ça, week-end, vignoble… Tous ces mensonges.

— Ce ne sont pas des mensonges !

Lane dut se reculer tant la présence de Jackson à ses côtés le rendait fou.

— Mais bien sûr, à l'évidence, tu allais lui révéler ce que tu es après te l'être tapée, c'est ça ?

— *Qui* je suis ! Parce qu'à l'inverse de toi, je suis humain.

— Oui bien entendu, et c'est vraiment l'humain en toi qui est limite d'imploser là, n'est-ce pas ?

Sienna voyait bien effectivement que Lane tremblait et paraissait dans un état second.

— L'humain garde parfaitement le contrôle, plaisanta Jackson, sourcils dressés.

— Bon, est-ce que l'un de vous va m'expliquer ce qu'il se passe ?

Jackson lui sourit. Face à son regard, la colère de Sienna et ses interrogations semblèrent se dissiper. Elle ne comprenait pas pourquoi il la captivait autant. Elle n'avait jamais vu des yeux comme les siens. Une pupille toujours d'un bleu foncé et l'iris blanc flashy, tandis que la sclérotique était rouge. Un frisson la parcourut, quand Jackson, la fixant toujours aussi intensément, s'approcha d'elle, maintenant que Lane s'était écarté pour se calmer. Sienna aurait souhaité avoir peur, car une sensation de danger émanait de Jackson, pourtant, elle ne parvenait pas à détacher son regard du sien.

Jackson posa ses deux mains sur l'arbre, de part et d'autre de Sienna, quand son dos toucha de nouveau celui-ci comme elle recula. Elle ne pouvait plus bouger et retint son souffle.

— Très bien, moi je ne dis que la vérité, n'est-ce pas ?

— Ne fais pas ça !

Jackson ne regarda même pas Lane.

— Je suis un vampire et monsieur grain de raisin est un loup-garou. Et on te veut tous les deux. La seule différence, c'est que je ne prétends pas être ce que je ne suis pas pour me glisser entre tes jambes, murmura-t-il, la détaillant de haut en bas plus qu'explicitement.

Sienna prit une profonde inspiration et ferma les yeux.

Il faut que je réagisse. Non ; je ne suis absolument pas attirée par lui. Ce n'est pas possible d'être attirée par lui alors qu'il se fout de ma gueule. Lane a raison, ce mec c'est un fouteur de merde. Et non, je ne trouve pas ça sexy du tout. Ni ça ni lui. N'est-ce pas ? Allez, Sienna, sois réaliste ! Ce n'est pas attirant. Ressaisis-toi !

Elle serra les poings et se glissa sous les bras de Jackson pour se dégager.

— Et une explication qui tient la route, s'il vous plait, exigea-t-elle, croisant les bras sur sa poitrine.

Elle eut le souffle coupé quand Jackson la bloqua contre l'arbre, son corps pressé sur celui de la jeune femme, ses lèvres à quelques centimètres de celles de Sienna. Tout cela en une fraction de seconde.

— Même si je ne te l'avais pas dit, tu le saurais quand même.

Lane tira fortement Jackson en arrière. Sienna n'en revenait pas. Lane l'avait envoyé vingt mètres plus loin, d'une seule main.

— Ne l'approche pas !

Lane tremblait davantage.

— C'est bien, mon toutou. Maintenant, elle va enfin voir ton côté sexy, se moqua Jackson.

Sienna se mit à rire.

— OK, vous avez failli m'avoir là, l'espace d'une minute, j'ai eu un doute. Je ne sais pas comment vous avez fait ça, mais ce n'était pas super drôle. Vampires et loups-garous ? Vous me prenez pour une conne ? Je rentre chez moi et vous deux pouvez chercher une autre pomme, plus fan de surnaturel qui appréciera l'effort, au contraire de moi.

— Attends, Sienna !

Lane lui attrapa délicatement le bras.

— Je suis désolé.

— Tu peux l'être, car on passait un bon moment, mais ça, ce n'était pas drôle du tout.

— Non, je... je suis désolé... parce que c'est la vérité, admit-il.

Jackson sourit de plus belle.

Sienna secoua la tête, désapprouvant. Elle haussa les épaules.

— On l'a vu hier, tu te rappelles ? Vous auriez dû y penser quand vous avez concocté votre petite blague.

Lane et Jackson fronçaient les sourcils.

Sienna précisa :

— Hier, à la terrasse, en plein après-midi, ensoleillé.

Jackson soupira, blasé.

— Je déteste la pop culture.

En une demi-seconde, il revint se tenir juste en face d'elle. Elle retint son souffle à la rapidité de sa mouvance.

— Je suis fait de chair, d'os et de sang. Pourquoi dieu partirais-je en fumée sous les rayons du soleil, ou encore pire, me mettrais-je à étinceler ?

Sienna les regardait de l'un à l'autre.

— Vous n'êtes, ça n'est... Ce n'est vraiment pas –

— Tu refuses de le croire, c'est plus facile ainsi. Pourtant, il va falloir en faire ton deuil et très vite, petite fille.

— Hey, laisse-la tranquille, OK ?

Lane s'avança, posant une main ferme sur le bras de Jackson. Jackson prit cette main et envoya Lane encore plus loin que Lane l'avait éjecté il y a quelques minutes. Lane retomba sur ses pieds, dans un grognement qui tira un sourire de Jackson.

— Ce n'est pas trop tôt.

L'iris des yeux de Jackson se rétrécit au point de devenir une fine séparation entre ses pupilles bleus foncés, et la sclérotique rouge élargit. Sienna n'eut pas plus le temps d'y réfléchir qu'un grondement bruyant résonna. Elle cria en voyant Lane se tortiller avant que son corps ne commence à se contorsionner. Un nouveau grognement eut raison de Sienna qui se mit à courir, dévalant la colline à vive allure.

Sienna refusait de laisser quelconques pensées pénétrer son cerveau alors qu'elle descendait la côte à toute vitesse, trébuchant plusieurs fois, manquant de s'étaler chaque fois. Elle courait tout simplement aussi vite que ses pieds la portaient. Courir, c'était la seule pensée dans son esprit. Elle aperçut des lumières et accéléra en approchant la route. Cependant, la colline était si pentue et elle arrivait tellement vite qu'elle ne put s'arrêter qu'une fois au beau milieu de la chaussée. À bout de souffle, le regard sur la bande jaune qui séparait les deux voies, elle réalisait qu'elle devrait être morte ; il n'y avait aucune chance que le conducteur ait pu la voir à travers les bois avant qu'elle n'atteigne le goudron. Trop tard pour freiner en tout cas.

Sienna inspira longuement et leva les yeux, défiant les lumières de la voiture, qui s'éteignirent aussitôt pour qu'elle ne soit pas aveuglée. La lumière de la lune permit à Sienna de distinguer la conductrice. Elle eut le souffle coupé, une nouvelle fois, à la vue de la mystérieuse femme qui lui avait remis le médaillon qu'elle portait autour du cou depuis son anniversaire.

Sienna n'était pas sûre d'être effrayée, soulagée, paniquée ou complètement captivée. Elle n'arrivait pas à former de pensées cohérentes après ce qu'elle venait de voir. Néanmoins, lorsque la femme lui sourit, Sienna sourit elle aussi. Elle prit une profonde inspiration quand la portière passager s'ouvrit. Elle ne comprenait pas pourquoi, et ne le voulait pas, mais la présence de cette femme la rassurait.

Sienna resta silencieuse tandis que la femme remit les phares et appuya sur l'accélérateur. Sienna regarda pensivement en direction de la colline.

— Ne t'inquiète pas. Ils vont bien.

Sienna observa la route devant elle.

— J'imagine que tu ne passais pas ici par hasard, n'est-ce pas ?

Sienna ne put déchiffrer le sourire sur les lèvres de la brune.

— Qui es-tu ?

— Je m'appelle Jeneva.

Elle jeta un coup d'œil à Sienna, bref, mais suffisant pour que Sienna ait besoin d'inspirer profondément.

— Jeneva, répéta Sienna.

— Sais-tu… Que s'est-il passé là-haut ? Enfin, je veux dire –

— Tu as tellement de questions en tête, Sienna. Ne perds pas ton temps avec celles dont tu connais déjà les réponses.

— Comment pourrais-je connaître quoi que ce soit de tout cela ? C'est juste… irréel.

— Tu ne veux pas que ça le soit, pourtant tu sais que c'est vrai. Et tu en fais partie.

— Quoi ? Non. Comment pourrais-je faire partie de… ça ? Qu'est-ce que… s'il te plait, aide-moi !

Sienna pencha légèrement la tête en observant la tristesse qui se dessina sur le visage de Jeneva face à sa complainte.

— Je suis là pour ça. Pour répondre à tes questions.

Sienna hocha la tête.

— OK. Que–Qu'est-ce que tu es ?

Jeneva la fixa intensément.

— Un vampire. Mais tu le sais déjà.

— Je–je n'étais pas sûre.

— Même si tu ne te laissais pas le ressentir, mes yeux te l'indiquaient, tout comme ceux de Jackson.

C'est vrai, ils ont les mêmes yeux, quoique le bleu de ses pupilles est bien plus clair que celui de Jackson.

— Tu le connais ? Et Lane ?

— J'ai rencontré Jackson quelques fois, mais nous ne sommes pas amis. Les vampires ne sont pas vraiment amis entre eux. Il y a quelques exceptions, cela dit, indiqua la vampire en regardant le ciel avec un air d'abandon, avant de se concentrer droit devant elle.

— Quant au loup, non je ne le connais pas. On ne fait jamais ami-ami avec un loup. Jamais.

Jeneva rit brièvement puis conclut : n'existe qu'une seule exception à cette règle… qui nous amène ici.

— Que veux-tu dire par là… et comment connais-tu mes parents ?

Jeneva sourit.

— D'une certaine manière, tu sais déjà que ces deux faits sont liés, n'est-ce pas ?

— J'essaie de comprendre.

— Ta mère, Shiri, était ma meilleure amie. Une vampire puissante, assez âgée. Je fus son guide en quelque sorte et elle devint la personne la plus chère à mes yeux. Je crois que notre amitié allait au-delà de toute amitié vampirique dans notre histoire. Voilà sans doute pourquoi je suis la seule à ne pas lui avoir tourné le dos quand elle a craqué pour lui.

— Lui, répéta Sienna doucement.

— Oui, *lui*. Lyndon. Ton père était un leader, un chef de meute. Un loup-garou très puissant. Il a tout abandonné pour elle. Peut-être également la raison pour laquelle je ne le détestais *pas trop*. J'ai même appris à l'apprécier. Mais je n'ai jamais pu être ami avec lui. C'est inné, les vampires et les loups se haïssent quasiment dès la naissance. Nous sommes en guerre depuis aussi longtemps que nos deux espèces existent. Comment ces deux-là ont-ils fait pour tomber si irrémédiablement amoureux, au lieu de se battre à mort, m'échappera toute ma vie. Ils ont tout perdu pour cet amour.

La respiration de Sienna emplissait la voiture. Elle écoutait religieusement quand soudainement le crissement des pneus déchira le silence. Sienna fixa la route à temps pour voir une biche finir de la traverser rapidement.

— Désolée pour le freinage, s'excusa Jeneva, presque penaude.

— J'aime les animaux, justifia-t-elle.

Sienna ne sourit pas, car elle réalisa d'un coup qu'elle devrait se trouver plusieurs mètres sur la chaussée, probablement morte après être passée à travers le pare-brise à si grande vitesse ; elle n'avait pas attaché sa ceinture. Elle perçut à ce moment-là la sensation de la main fraîche de Jeneva, sa paume sur le haut de la poitrine de Sienna et deux doigts sur son menton. Sienna n'avait pas bougé d'un pouce. Excepté pour le son, elle n'avait pratiquement pas senti le freinage. Jeneva retira sa main.

Sienna attacha sa ceinture en la remerciant.

— Je n'ai pas veillé sur toi pendant dix-huit ans pour te tuer moi-même.

— Comment ça ? Et euh, j'ai dix-sept ans.

— Dix-huit, assura Jeneva.

Elle continua sous le regard sceptique de Sienna.

— Leur histoire d'amour ne pouvait à l'évidence pas durer éternellement. Tout le monde était après eux. Les loups, les vampires les voulaient morts. Le gouvernement qui traque essentiellement les plus puissants de nos deux espèces, pour expérimenter sur nous, était sur leur trace également. Les milices indépendantes n'étaient pas si développées et regroupées à l'époque pour poser un réel problème, au contraire d'aujourd'hui.

Sienna mit sa main sur son front.

— Les milices ? Le gouvernement ? Des expériences ?

— Les miliciens sont des civils qui connaissent notre existence et se battent contre nous. Ils ont souvent des sources à State 9. Ils effectuent de plus en plus d'entrainements militaires, mais sont indépendants et surtout, ne cherchent pas à nous capturer, mais à nous éliminer, purement et simplement.

— State 9 ?

— La branche militaire de la sécurité intérieure du pays qui gère le supranaturel. Le nom vient de son fondateur, né dans le New Hampshire, le neuvième état à intégrer l'Union.

Sienna regarda par la fenêtre, elle se sentait nauséeuse. Elle faillit même demander à Jeneva de stopper la voiture, de peur d'être malade.

Elle avait du mal à assimiler toutes ces informations, alors qu'elle doutait que ce soit terminé.

— Le problème c'est qu'ils sont là. Tu n'es plus en sécurité ici.

— Qui ?

— State 9 ET les miliciens. Ils ont fait beaucoup trop de bruits ces derniers mois à se battre ainsi.

— Ils, tu veux dire…

— *Nous*, nous avons fait beaucoup trop de bruit. Le gouvernement te cherche depuis dix-huit ans et ils n'ont jamais été aussi près de te trouver.

— J'ai dix-sept ans.

Jeneva sourit légèrement.

— Leur histoire se termina quelque part dans les rocheuses[9]. Ils ne pouvaient plus fuir, Shiri perdait trop de sang.

---

[9] Les montagnes Rocheuses s'étendent sur près de 5 000 kilomètres, des provinces de la Colombie-Britannique et de l'Alberta au Canada jusqu'aux États de l'Idaho, du Montana, du Wyoming, du Colorado et enfin du Nouveau-Mexique aux États-Unis.

Des larmes se formèrent dans les yeux de Sienna.

— Le sang, c'est ce qui nous garde en vie. Nous ne sommes faits que de sang. En perdre ne nous tue pas, mais au bout d'un moment… La vérité, c'est qu'elle ne parvenait pas à accoucher de la façon dont les humains accouchent. On ne peut pas tomber enceinte normalement, alors ne me demande pas non plus comment c'est arrivé. À l'époque, je me suis dit que c'était un miracle. Elle a finalement accouché, bien après terme, perdant davantage de sang.

Sienna serra son siège.

— Elle était épuisée et aurait eu besoin de beaucoup plus de temps et de sang pour se remettre et reprendre la fuite. Or, du temps, ils n'en avaient plus. Je n'ai même pas demandé à Lyndon de s'enfuir avec toi. Moi, je serais restée avec elle jusqu'à la fin. Mais je savais pertinemment qu'il ne la laisserait jamais. Ils t'ont confiée à moi. Je t'ai prise dans mes bras et me suis enfuie au plus loin, pensant revenir plus tard pour les corps, car je savais également que jamais ils ne se rendraient. Ils partiraient en se battant. Je suppose que State 9 les a trouvés en premier, dans la mesure où il n'y avait aucune trace de leur présence. Tout avait été nettoyé. Mais je sentais encore l'odeur de son sang. Et celui de Lyndon, beaucoup de sang. Puisqu'ils avaient leurs corps, ils sauraient forcément qu'un bébé avait vu le jour. Un bébé miraculeux, comme je le dis, et qu'ils convoiteraient encore plus intensément qu'ils ne cherchent le reste d'entre nous.

Elle marqua une courte pause.

— Je t'ai confié à cette petite communauté autochtone d'Alaska qui connaît notre existence et nous accepte. Quand tu as eu cinq ans et la différence d'âge moins évidente que sur un nouveau-né, ils t'ont laissée aux services sociaux de Seattle, indiquant que tu avais quatre ans.

Sienna regarda droit devant elle avec un léger hochement de tête.

— J'ai donc dix-huit ans.

— Tu as eu dix-huit ans le deux septembre, en réalité.

— Ouah, c'était il y a presque trois mois.

— Oui, et cela nous a rendus fous. Beaucoup de vampires et de loups se sont regroupés dans les bois créant des frictions. Ils ont été si inconscients. Ils ont mené le gouvernement droit à toi.

— Mais qu'est-ce… qu'est-ce qu'ils me veulent ? Je ne suis pas un vampire ! Ni un loup-garou !

— Non, tu ne l'es pas. Tu es humaine à cent pour cent. Pourtant aucun autre humain n'a eu sur nous le pouvoir que tu as.

— Mais je…

Sienna ne trouva pas les mots pour s'exprimer.

— Une légende existait. Certains appellent ça une prophétie, peu importe le nom. Seuls les plus anciens vampires et les shamans les plus puissants en avaient connaissance, c'est-à-dire peu de monde, je t'assure. Ils ont laissé cette légende ressortir, vu qu'ils ont commencé à te sentir dès ta naissance et de plus en plus, au fur et à mesure que tu grandissais. C'est toi, annonça-t-elle, avant un bref interlude : qui est censée mettre un terme à cette guerre.

— Euh, lâcha Sienna nerveusement.

— Mais bien sûr, pourquoi n'y ai-je pas pensé ?

— Je sais que ça fait beaucoup à encaisser, Sienna, toutefois… tu n'as pas énormément de temps pour digérer ces infos. Tu vas devoir faire un choix très vite et quitter cette ville, quitter ta vie telle que tu l'as connue.

— Non, non ! Pourquoi ? Je ne…

Sienna s'interrompit. Jeneva restait silencieuse.

— C'est du grand n'importe quoi.

— Il n'y avait pas d'autre moyen de te dire tout ceci. Surtout, ne l'ignore pas, s'il te plait. Tu le voudrais, mais tu ne peux pas, sinon tu vas mourir et je… je ne laisserais pas ça arriver.

— Pourquoi ? Pour que je mette fin à votre guerre ? C'est tout ce que tu veux, n'est-ce pas ? Que les vampires gagnent, j'imagine ! Voilà pourquoi Jackson et Lane sont après moi. Pourquoi serais-tu différente ? Pourquoi t'écouterais-je plus que…

Sienna s'interrompit face au regard intense que porta Jeneva sur elle.

— J'ai beaucoup appris de ta mère. De les voir tous les deux et de te voir toi aussi, de loin, de temps à autre. J'aimerais vivre dans un monde où un amour inattendu comme le leur serait porté aux nues et pas méprisé et torpillé tel qu'il l'a été. Je souhaiterais tant t'épargner cela, mais tu es malheureusement en plein milieu et mes souhaits ne servent à rien. Seules mes actions compteront et tout ce que je fais, je le fais pour toi. Je suis là pour toi. Pas pour nous faire gagner ou perdre. Je ne me bats plus dans cette guerre depuis bien longtemps, sauf si je suis attaquée. Je suis fatiguée de me battre. Mon amour pour ta mère m'a gardé de leur côté à Lyndon et elle. Je croyais pendant si longtemps que c'était le mauvais côté pourtant. Maintenant je *sais,* et je voudrais que ce soit le bon côté. J'aimerais que l'on cesse de se battre.

— Mais c'est bien ce qu'ils veulent. C'est bien pour ça qu'ils me cherchent. Pour terminer cette guerre, c'est bien ce que tu as dit ?

Jeneva ferma les yeux un instant. Elle les ouvrit de nouveau.

— Arrêter de se battre et mettre fin à cette guerre sont deux choses différentes. Ce qu'ils attendent de toi est l'annihilation totale de l'autre espèce. Tu permettrais à l'une de nos deux espèces de complètement écraser l'autre. Jusqu'à l'extinction.

— OK. Ils avaient fumé quoi vos anciens ? Qui pourrait bien imaginer que j'ai un tel pouvoir. C'est un truc de fou. Non, mais regarde-moi, quoi ?

— Je le fais.

Sa main se posa sur la joue de Sienna.

— C'est bien le problème. J'aimerais pouvoir te dire qu'ils ont tort, mais, du moment où tu es née et encore aujourd'hui, assise à côté de toi ; je me sens déjà plus forte.

Une larme coula le long de la joue de Sienna. Jeneva l'essuya aussitôt avant de retirer sa main.

— Je vais mourir ? Ça va faire mal ?

Jeneva secoua la tête.

— Personne ne sait vraiment comment ça va arriver, mais normalement, ta mort ne fait pas partie de l'équation. Quant à la douleur, eh bien, disons que, selon les dernières rumeurs… eh oui, le monde supranaturel a aussi ses rumeurs et donc, selon certains dires, cela pourrait même s'avérer plutôt agréable au contraire.

Sienna fronça les sourcils, par conséquent Jeneva détailla :

— Il se paraîtrait que ton *partage* de pouvoir ira à l'espèce de la première personne à qui tu te donneras.

— Oh… Euh, la personne avec qui je vais coucher, c'est bien ça ?

Jeneva sourit.

— Pourquoi crois-tu que Jackson et le loup te courent après ainsi ?

Sienna regarda en direction de la colline, bien qu'elles se trouvaient à présent loin des coteaux où elles avaient laissé les deux à leur combat.

— Ne t'inquiète pas pour eux. Jackson a probablement fui pour laisser le loup se calmer. Il aime se battre, néanmoins il sait que ta sécurité est en jeu. Et nous avons une trêve, censée durer le temps que le choix s'effectue.

— Mais comment pourrais-je, en toute conscience, faire un tel choix ? Oh, bon Dieu, je n'arrive pas à croire que je considère vraiment ça.

Sienna se couvrit le visage des deux mains.

— Tu dois le croire pourtant. Tu n'as plus beaucoup de temps avant que les milices s'organisent dans la région et que les choses s'accélèrent. State 9 est déjà là et prêt à déployer ses forces.

La vision de Sienna se brouilla quelques instants. C'était trop.

— Je te demanderais bien de venir avec moi, là tout de suite, mais tu n'es pas prête. Par contre, prête ou pas, si cela devient trop dangereux, je ne te laisserai pas le choix. Alors, ne perds pas de temps à nier ce qui ne peut l'être. Réfléchis et réfléchis bien.

Sienna passa sa main dans ses cheveux.

— Même si j'en étais capable, comment pourrais-je faire un tel choix ? Non, mais sérieusement, comment ? Et comment suis-je censée te faire confian…

Elle s'interrompit quand Jeneva la fixa.

— Je ne parlais pas de ce choix-là. Mais de celui de rester à Willow Creek. Parce que je ne les laisserai pas te faire de mal.

Le regard de Jeneva était presque trop intense pour Sienna, puis la vampire baissa la tête. Sienna s'étonna de découvrir la légère honte qui s'afficha sur le visage de Jeneva, tandis qu'elle la contempla de nouveau.

— Je dois te présenter des excuses. Je n'essaie réellement pas de t'influencer dans ce choix. Je n'ai que faire de ce conflit et de qui en sortira victorieux. Tout ce qui m'importe c'est ta sécurité. Mais je… je n'aurais pas dû t'embrasser ce soir-là. Je n'essayais pas de t'influencer, je te le jure. Je me suis laissée dépasser par l'émotion, admit-elle avec honnêteté.

Elle sourit du coin des lèvres, elle en paraissait la première surprise.

— Je te veille de loin depuis toutes ces années. Être proche de toi de nouveau… Je suis désolée, je n'aurais pas dû.

Sienna inspira fortement.

— Non ça allait. Enfin, je veux dire, je sais que tu ne cherches pas à m'influencer. C'est… bon dieu, c'est tellement dingue tout ça. Je ne sais pas si je vais y arriver. Je ne vais pas gérer, c'est trop.

Jeneva avait retrouvé sa posture, alors qu'elle stoppa la voiture, pas le moteur.

— Il va le falloir pourtant.

Elle appuya sur les commandes pour débloquer la portière passager. Sienna n'en revenait pas ; elles se trouvaient devant la maison des Newton. Elle était si confuse qu'elle n'avait pas réalisé où elles étaient.

Sienna prit une profonde inspiration et sortit du véhicule. Elle observa Jeneva une dernière fois puis ferma la portière. La voiture s'éloigna, mais Sienna se retourna aussitôt et s'avança vers la route.

— Non, attends, murmura-t-elle.

Il faut que je sache. J'ai besoin de savoir. J'aurais dû demander plus...

Sienna se mit à pleurer ; elle jeta un coup d'œil derrière elle à la maison avant de regarder la route. Elle était totalement perdue et si confuse. Elle avait tant de questions en tête, trop. Mais de parler avec Jeneva et l'écouter raconter tout ceci avait été si intense qu'elle n'avait pu réellement formuler ses pensées. Or, toutes ces questions l'assaillaient désormais.

***

Sienna avait l'impression d'avoir la grippe en passant le pas de la porte. Elle tremblait et ressentait des douleurs dans tout le corps. Sa vision était même altérée, comme si elle marchait au ralenti. Les sons autour d'elle semblaient un bourdonnement dans son oreille jusqu'à ce qu'une porte s'ouvre.

— Désolé, Sin, mais si tu me dis que Lane à une Aston martin DBS carbon black, je te le pique, bébé.

Tellement dans son fantasme, Shiloh ne réalisa pas tout de suite l'état de Sienna. Il se dépêcha d'arriver jusqu'à elle et d'essuyer les larmes sur ses joues.

— Qu'est-ce qu'il y a ? Parle-moi, Sin.

Il la détailla de plus près, cherchant une quelconque blessure.

— Il t'a fait du mal ? Quelqu'un t'a fait du mal ?

Sienna secoua la tête avant de fondre en larmes. Shiloh jeta un coup d'œil du côté du jardin dans lequel discutaient Grégoire ainsi que les deux autres enfants que gardaient les Newton, Ben et Alyssa. Shiloh prit Sienna dans ses bras comme si elle ne pesait rien et monta les marches deux à deux. Il entra dans sa chambre et l'assit sur son lit, contre la tête de lit et le mur. Il s'installa à son tour, un genou sous ses fesses et lui faisant face. Il caressa avec délicatesse une de ses mèches plus foncées ondulées.

— S'il te plait, parle-moi.

Sienna inspira et hocha la tête. Elle lui expliqua les évènements de la journée avec Lane et Jackson puis les révélations de Jeneva. Shiloh se trouvait désormais assis à côté d'elle quand elle acheva son récit.

Shiloh resta silencieux un moment.

— Je t'avais toujours dit que tu étais spéciale, indiqua-t-il d'un ton qui la fit grimacer.

— Je ne savais pas à quel point, c'est tout.

Elle grimaça davantage.

— Bah quoi ? C'est vrai ? Je ne te l'avais pas dit ?

— Shiloh arrête. Je n'ai pas besoin de ton côté détaché, cool et plaisantin maintenant. J'ai besoin de mon Shiloh sérieux, appliqué et intelligent.

37

Elle agita la tête en se redressant un peu sur le lit et le fixant.

— Non, non, en fait c'est faux. J'ai besoin de tes plaisanteries et que tu te foutes de ma gueule comme avec mon rêve de Bigfoot. S'il te plait, moque-toi de moi et dis-moi à quel point je suis folle d'imaginer même une seconde que tout soit vrai.

Shiloh sourit légèrement, mais redevint stoïque assez rapidement.

— Je ne plaisantais pas, Sin. J'ai toujours su que tu étais spéciale.

— Ça, c'est juste ce que l'on dit aux gens que l'on aime bien, ça ne veut pas dire –

— Oui parfois on le dit sans vraiment le penser. Mais dans ton cas, c'était réellement vrai. Je le pensais. Il y a toujours eu un truc avec toi, Sin. Même moi je l'ai toujours ressenti et franchement, le mot spécial le définissait assez bien. Quant à tes cauchemars, tu vois, tu ne rêvais pas du tout de Bigfoot, donc je pense que de plaisanter n'est pas la meilleure option, bébé, car c'est bien en train d'arriver.

— Non. Rien de tout cela n'arrive réellement. Je ne peux pas entendre ça. N'agis pas comme ça.

— Comme quoi ?

— Comme si tout était normal, un autre jour, une autre plaisanterie. Sois sérieux, très sérieux même et dis-moi que c'est impossible, parce que moi je suis sur le point de partir en vrille. Je suis en panique et–

Shiloh bondit hors du lit.

— Vaut mieux pas me voir paniquer, Sin, car je peux. Là, je n'ai qu'une seule chose en tête ; mettre la main sur cette femme et obtenir toutes les infos dont j'ai besoin pour savoir de qui ou quoi te protéger, signala-t-il, faisant craquer ses phalanges, plus nerveusement que menaçant.

Il marchait de long en large dans sa chambre.

— C'est ça que tu veux ? Tu vois, je panique.

— Non, s'il te plait.

Sienna s'agenouilla sur le lit pour le stopper. Elle posa ses mains sur le visage de Shiloh.

— S'il te plait, arrête. Je suis désolée. J'ai juste… je ne comprends pas comment tout cela… et donc, si ce n'était pas si facile pour toi de le croire… j'aimerais juste que ça ne soit pas si facile pour toi d'y croire.

Shiloh prit ses mains dans les siennes.

— Oui, ça l'est. Tu sais que je crois à tout ça, les extra-terrestres, les fantômes… d'autres formes de vie. Mais honnêtement, ça n'aurait pas été si facile pour moi de croire à cette histoire si toi tu n'avais pas su, sans l'ombre d'un doute, que les personnes dans le médaillon étaient tes parents. Ce n'est pas une coïncidence, Sienna.

Sienna détourna le regard.

— Je sais.

Tête baissée, elle se rassit sur le lit. Elle toucha le médaillon comme un réflexe, le serrant fort. Shiloh soupira et se réinstalla à côté d'elle. Il passa son bras sur ses épaules pour l'attirer contre lui. Elle posa sa tête sur sa large épaule.

— Qu'est-ce que je vais faire ? Je suis censée faire quoi, en fait ? Je ne suis même pas sûre des conséquences pour moi, dans ma vie. C'est tellement confus.

Confus est trop faible comme mot. Je voudrais juste me réveiller de ce mauvais rêve.

Shiloh resta silencieux un moment.

— Peut-être que je devrais en parler à Indigo ?

Shiloh se redressa abruptement, un froncement de sourcils au front.

— Elle semblait savoir des trucs lors de la fête l'autre soir. Elle s'y connaît… un peu.

— Non, peut-être, enfin peut-être qu'elle connaît quelques trucs, mais c'est surtout du charabia pour impressionner les touristes. Je pense qu'il vaut mieux ne le dire à personne.

— Mais… on ne peut pas s'en sortir tout seuls. On a besoin d'aide. Moi j'ai besoin d'aide.

— Ouais et une ado zarbi va t'aider peut-être ?

Sienna croisa les bras sur sa poitrine, avec une moue boudeuse. Shiloh lui prit les mains dans les siennes une fois de plus.

— Je suis là, OK ? C'est moi qui vais t'aider. On va trouver OK ? Pour l'instant, attendons de voir.

— C'est ça ton plan ?

— Bah, ouais. Écoute, tu n'es pas en danger immédiat, a priori. Ni vampires ni loups ne te veulent du mal, alors faire profil bas me semble le meilleur moyen de ne pas attirer le gouvernement ou ces fameux miliciens sur toi, non ?

Sienna ne commenta pas.

— OK. Il faudrait que tu dormes un peu maintenant. Je vais t'apporter les somnifères d'Alyssa parce que tu vas cogiter toute la nuit sinon. Demain, on va au bahut comme si de rien n'était et je resterai avec toi toute la journée. Je ne laisserai personne te faire du mal, crois-moi. Tu représentes trop pour moi.

Sienna se blottit dans ses bras et il la serra fort.

Chapitre Quatre

Sienna, Ben et Shiloh sortirent de sa voiture, garée près du lycée Captain John. Alyssa et Grégoire étudiaient à Eureka, la plus grosse ville de la région. Monsieur Newton les y conduisait chaque matin, comme il travaillait dans une entreprise de marketing à quelques kilomètres de l'établissement scolaire.

Ben se dépêcha de rejoindre sa petite-amie qui l'attendait. Shiloh et Sienna marchaient côte à côte en direction de leur salle de cours respective. Il posa une main sur son épaule quand ils s'arrêtèrent.

— Ça va aller ?

Sienna acquiesça. Shiloh repoussa une de ses mèches blondes de son visage.

— Pas étonnant qu'Alyssa ait toujours l'air décalquée. Ces somnifères c'est de la merde. T'as dormi ?

— Un petit peu.

Sienna sourit.

— Ne t'inquiète pas, ça va aller. Tu vas être en retard, vas-y vite.

Shiloh hocha la tête, lui déposa un doux baiser sur le haut du crâne et s'en alla retrouver sa salle de cours. Une fois Shiloh hors de vue, Sienna repartit en arrière et monta un étage pour atteindre le troisième. Elle se faufila dans la salle de journalisme. L'équipe était regroupée autour de l'épreuve du jour du journal de Captain John.

— Vous n'auriez pas vu Indigo par hasard ?

— Chambre noire, répondit l'un des étudiants sans même la regarder.

— Merci.

Sienna s'y rendit. Indigo y passait beaucoup de temps, travaillant l'une de ses passions, la photographie. Personne au lycée n'utilisait un appareil photo comme elle. Cela lui valait au moins le respect des membres de l'équipe journalistique, toutefois Indigo restait tout de même une *weirdo*[10], une exclue, pour l'ensemble des lycéens.

Malgré la lumière verte, Sienna choisit de frapper.

— Entre.

Indigo ne se retourna pas quand elle entra. Elle finit d'ôter une dernière photo, sèche, du fil. Elle se tourna enfin. Elle offrit un sourire à Sienna, malgré un regard plus sombre que d'ordinaire.

Elles restèrent silencieuses un instant avant que Sienna déclare :

— Donc, tu sais.

— Maintenant, oui.

Indigo appuya sur le bouton rouge pour s'assurer que l'on n'entre pas.

— Pourquoi dis-tu *maintenant* ? Et comment sais-tu pour ça ? Qui... qu'est-ce que tu–

— Qui, la coupa Indigo.

— Je suis humaine, comme toi.

— Comment sais-tu tout ça, alors ? Et pour moi ?

---

[10] Bizarre, étrange.

— Pour toi, je ne savais pas *précisément* avant que tu entres ici aujourd'hui. Mais j'ai toujours ressenti de telles vibrations émanant de toi. Je savais que tu étais spéciale.

— Bon sang, je déteste ce mot.

Indigo lui sourit brièvement avant de poursuivre :

— Pourtant, c'est bien le mot qui me venait. Spéciale et puissante. Je pouvais le sentir, sans savoir comment ni pourquoi. L'autre nuit, j'ai senti que toutes les énergies groupées dans la région depuis plusieurs mois s'étaient réunies en un seul endroit et j'ai été sûre cette fois que c'était dû à toi. Je les ai senties autour, car je connais leur existence. Je sais systématiquement quand je croise un vampire ou un loup-garou. Mais toi, je n'ai compris que depuis une minute pourquoi ils étaient là pour toi. C'est tellement présent dans ton esprit, aussi confus que ce soit. Pour moi, c'est très clair, en revanche.

— Mais comment tu…

— Je viens d'une famille très ancienne de pure sorcellerie. Mon père est un puissant sorcier, sa mère était une sorcière, sa grand-mère, son arrière-grand-père, etc. Alors je ressens des trucs, mais je ne pratique pas. C'est une porte que je ne suis pas prête à ouvrir encore.

— Pourquoi ?

— Parce qu'elle ne se referme plus ensuite. Et je suis déjà suffisamment à l'écart.

— Je croyais que ça t'était égal ce que les gens disent de toi ?

— La vérité c'est que j'ai appris à vivre avec, et non, ça ne me dérange pas trop vu que *ça*, le lycée et tout, ne sera pas toute ma vie. Mais, à ma façon, j'aimerais être normale. Aussi normale que je le sois à présent. Donc si j'ouvre cette porte, tout s'envole et… je ne suis pas prête. Et si je ne le suis jamais, ça ne sera pas un souci. Ma mère était une sorcière pure également, mais n'a jamais pratiqué non plus.

— Je suppose. Mais peux-tu m'aider quand même ? Moi je n'ai ouvert aucune porte et j'aimerais bien qu'elle se referme.

Leur sourire qu'Indigo lui offrit n'illuminait pas son visage.

— Tu le perçois de la mauvaise manière. Pour moi, c'est une part de mon héritage, une part de moi. Toi, c'est *qui* tu es. Tu ne peux pas échapper à toi-même.

— Mais je ne veux rien de tout cela. J'allais très bien avant.

— Tu sais bien que ce n'est pas vrai.

Sienna ouvrit grand les yeux à cette phrase alors qu'Indigo poursuivit :

— Bon sang, tu as passé tellement de temps à tenter de te convaincre que tu as presque réussi. Mais ça, ce que tu sais maintenant, c'est tellement plus toi. Je sais mieux que quiconque que tu t'es toujours sentie un peu maladroite dans cette vie, comme si tu suivais une mélodie différente de tout le monde. Et tu as beau essayer, mais tu ne trouves jamais le même rythme qu'eux. Et tu as aussi passé du temps à faire en sorte que moi je m'intègre pour dissimuler ton propre mal-être… pourtant tu as dû le sentir, et pas parce que Shiloh ou moi te disons que tu es spéciale. Juste parce que c'est en toi et je sais que tu l'as ressenti. Ce n'est pas ta place ici.

— Quoi ? Je n'arrive pas à croire que tu dises ça. Je te croyais mon amie !

— Je *suis* ton amie. Probablement la seule vraie amie que tu aies à part Shiloh. Ne me regarde pas comme ça. Tu penses vraiment avoir plus d'amis que moi ? Promis ; ce n'est pas un concours. Shiloh t'a tellement couvée que tu ne t'es rendu compte de rien. En plus, tu as toujours vécu dans des maisons avec plusieurs enfants, donc ça aide pour couvrir cela. Mais en fin de compte, avec qui passes-tu tout ton temps ? Shiloh.

Sienna ouvrit la bouche pour parler, sans qu'aucun son ne sorte.

— Je n'essaie pas de te blesser, c'est juste que ça m'a tellement frappé lors de la soirée avec ces... hommes. Et la femme, surtout la femme. Je ne t'ai même pas vu parler avec elle et pourtant j'ai ressenti cette interaction encore plus forte qu'avec les deux autres. J'en ai pleuré sur le chemin du retour, tandis que tu étais avec elle. C'était si intense. Dis-moi que tu as une telle connexion avec quiconque d'autre et je te traite de menteuse, réellement cette fois.

— Ce n'est pas une connexion. C'est juste... elle m'a montré deux photos de mon père et de ma mère. Ça m'a rendue émotive, c'est tout.

— C'est juste les photos qui ont fait ça ?

Sienna baissa les yeux, se souvenant de l'émotion que provoqua le baiser de Jeneva en elle.

— De toute façon, ce n'est pas qu'elle. Ces deux gars t'attiraient tel un aimant et vice versa. Ce n'est vraiment pas ta place ici, Sienna.

Sienna dut s'asseoir sur une chaise.

— Je ne m'attendais vraiment pas à ça de toi, Indigo.

— Je suis désolée. *Je* ne comptais pas dire tout ça non plus, mais je le dis comme je le ressens. Et, par mon héritage, je me trompe rarement sur ces trucs-là.

— Mais ma vie est ici. Je ne comprends pas tout. Que dois-je faire, et choisir, et comment ?

— Choisir ? demanda Indigo avec un froncement de sourcils.

— Ne me regarde pas comme ça, je ne lis pas dans tes pensées non plus. Je ressens le gros de tes émotions et je visualise des choses, mais je ne sais pas tout. D'ailleurs, tu n'as pas tout digéré encore. Le seul truc clair pour moi c'est ton ressenti envers eux et inversement. C'est inné.

— Oh, ça m'a paru vachement inné quand Lane a commencé à se transformer et que je me suis enfuie en courant et criant. Je faisais entièrement partie de leur monde, là !

Indigo lui sourit.

— J'imagine que ça fait beaucoup à encaisser. J'essaie de me mettre à ta place et d'absorber en même temps. Mais je n'ai pas la solution. Je sais que tu es venue ici pour ça, donc j'essaie de t'aider en t'expliquant mon ressenti autour de toi. Mais je ne suis pas un guide ou autre. Tu dois te faire un peu confiance et ne pas toujours compter sur quelqu'un d'autre.

Sienna resta silencieuse, regardant tristement le sol de la chambre noire. Elle leva les yeux vers Indigo.

— Tu as réellement plus d'amis que moi ?

Indigo ne put s'empêcher de rire, brièvement.

— Shiloh est un mystère pour moi. Je n'arrive pas à le cerner, ce qui est assez rare. Il agit comme un tampon. Il a des amis, donc tu en as. Seulement, ils ne sont pas vraiment amis avec toi, tu vois ? Les gens sont… ne le prends pas mal, mais… les gens ont peur de toi, Sienna.

— Quoi ? Ça sort d'où, ça ? Comment veux-tu que je ne le prenne pas mal ?

— Je ressens ce qu'ils ressentent. Ils n'ont pas peur à proprement parler, il y a un truc à ton propos qui les rend mal à l'aise. Voilà pourquoi j'ai dit que ce n'était pas ta place ici. Tu envoies sensiblement les mêmes ondes que les vampires ou les loups. Comme si un danger est à proximité, tu vois ? C'est un truc que les humains ne comprennent pas, mais ressentent. Tu n'as jamais remarqué que la plupart des gens évitent ton regard ?

Sienna soupira.

— Les gens me détestent ?

— Non, ils ne te détestent pas. Ils ont une peur innée de toi. Et ils ne le savent même pas.

Sienna se leva d'un coup.

— Non, tu te trompes. Matthias voulait sortir avec moi la semaine dernière. Et Robert la semaine d'avant. Malcolm et Ross me couraient après le mois d'avant. On ne m'a jamais autant sollicité qu'en ce moment.

Face au silence d'Indigo et son sourire désolé, Sienna se rassit sur sa chaise.

— Alors tout est bien lié à mon anniversaire, n'est-ce pas ? Puisque ce n'était pas vendredi, en fait.

Indigo acquiesça. Elle approcha un tabouret et s'installa près de Sienna. Elle voulut prendre sa main dans la sienne pour la réconforter, mais se ravisa.

— Quand je dis que tu émets les mêmes ondes qu'eux, je parle de toutes leurs ondes. Selon l'humain qui les rencontre, c'est soit une répulsion innée, ce danger dont je te parlais. Soit une fascination, une attraction puissante et inexpliquée. Sérieusement, quand tu les vois, tu as un peu envie de les croquer direct, déclara-t-elle avec le sourire, avant de poursuivre :

— Et les mecs au bahut bavent devant toi, surtout depuis ces derniers mois parce que tu es… en feu. Désolée, ce n'est pas ce que je veux dire, mais oui, ce que tu émets en ce moment est très chaud. Et attire. Fort.

Sienna se couvrit le visage avant de la regarder.

— Je suis tellement gênée que tu le ressentes. Shiloh plaisante là-dessus constamment, pourtant… ce n'est pas drôle. J'ai l'impression d'être en chaleur. Je n'ai jamais ressenti de tels désirs en moi que depuis la date de mon vrai anniversaire. Je ne vais pas mentir en disant que je n'ai jamais fantasmé ou autre, mais pas continuellement comme en ce moment.

Sienna dissimula une nouvelle fois son visage dans ses mains.

— N'aie pas honte. Ça fait partie de toi. Et ce n'est pas si mal que ça. Jackson et Lane n'ont pas l'air d'avoir honte de leurs désirs ni de ce qu'ils inspirent aux humains.

— Mais je ne suis pas comme eux. Pas vampire ni loup-garou.

— Non, tu ne l'es absolument pas. Je ne voulais pas te blesser, je suis désolée. Je souhaitais juste que tu ne te sentes pas mal à cause de ça, car, la façon dont je le ressens en tout cas, c'est que c'est quelque chose de très naturel dans ton corps.

Sienna baissa la tête.

— Je suis désolée, Sienna. J'ai pris un peu trop de libertés en te parlant ainsi.

Sienna haussa les épaules.

— Il fallait bien que je le sache.

— Je t'ai sentie tellement désespérée et je déteste ça. Je le sens en moi que ce n'est pas mal du tout, qui tu es, mais t'en convaincre est bien plus difficile. Et ça se comprend. Tu devrais en parler mieux avec cette femme.

Sienna leva des yeux emplis de curiosité vers son amie.

— Jeneva ? Pourquoi ? Tu sembles en savoir autant et tu es mon amie. Et humaine.

— C'est vrai, n'empêche que jusqu'à présent, elle est la seule qui ait réussi à te faire te sentir bien à propos de cela.

— Quoi–Comment tu sais, enfin.

Sienna observa brièvement le sol avant de continuer, sous le regard bienveillant d'Indigo :

— Ce n'est pas qu'elle m'a fait me sentir bien, pas avec toute cette folie dont elle m'a parlé, mais… chaque fois qu'elle est là, je me sens… oui, en sécurité, protégée. Je sais que c'est improbable vu les infos qu'elle m'a dévoilées, mais… je n'arrivai pas à avoir réellement peur. En tout cas, je n'avais certainement pas peur d'elle. Elle m'a complètement chamboulée, mais pas effrayée. C'est vraiment étrange, car c'est maintenant que je me sens mal. J'essaie d'y voir à ta façon, mais je n'y arrive pas. Là tout de suite, je n'y arrive pas.

— Tu as besoin de plus de temps.

— Mais ?

Indigo paraissait mal à l'aise.

— J'ai un mauvais pressentiment.

Sienna inspira fort.

— Il y a des gens, en ville, au lycée. Et plus de monde encore arrive. Et pas du beau monde.

— Que dois-je faire ? Comment j'évite tout ça, et ces gens ?

— Tu ne peux pas éviter tout ça, Sienna. Mais ces gens par contre, il faut absolument les éviter.

Un frisson parcourut Sienna de la tête aux pieds, à la légère panique qu'elle entendit dans la voix d'Indigo.

Toutefois, Indigo lui sourit et posa une main sur son genou.

— Pour le moment, Sienna, je pense que le mieux est de rester proche des gens qui te veulent du bien. C'est tout ce que je te demande ; ne pas avoir peur de ton héritage. N'aie pas peur, fais-toi confiance, et fie-toi à ton ressenti autour d'eux. Je pense que si tu ouvres un peu ton esprit, tu y verras plus clair.

Sienna hocha la tête.

— Je vais essayer.

Indigo se leva et appuya sur le bouton pour repasser la pièce en vert.

Sienna fronça les sourcils d'un coup.

— Sais-tu ce qu'il s'est passé avec David ?

Indigo se raidit légèrement. Sienna soupira.

— Donc c'est bien moi qui l'ai fait détaler comme un lapin.

— Ce n'est pas toi. Et je ne sais même pas vraiment ce que c'est, mais oui, il a eu peur. Quand vous vous êtes embrassés, il a vu des *choses* que les humains ne sont pas censés voir. Certains y sont plus sensibles, c'est tout. Ce n'était sans doute pas grand-chose, tu sais.

— Mais ça a été suffisant, glissa Sienna tout bas en fixant la porte.

— Merci, Indigo.

Le sourire d'Indigo portait toute la compassion qu'elle avait pour elle, même si elle savait que ça ne l'aidait pas beaucoup. Indigo soupira après le départ de Sienna. Elle ressentit sa tristesse toute la journée.

***

— À plus, lança Ben à son *frère* et sa *sœur* de foyer avant de monter dans la voiture de sa petite-copine à la fin des cours. Shiloh le salua de la main et continua de marcher avec Sienna.

— Tu es super tendu, Shiloh. C'est moi qui devrais l'être, non ?

Elle le connaissait parfaitement et lisait sur son visage qu'il cachait quelque chose.

— Qu'est-ce qu'il y a ? C'est à propos de tout ça, de moi, n'est-ce pas ?

— Non, c'est rien, ne t'inquiète pas. Je ne veux pas t'emmerder avec ça.

— Je vois bien que ce n'est pas rien alors vaut mieux me le dire.

— Je ne suis pas sûr de moi.

Face au regard insistant de Sienna, il continua : j'ai remarqué beaucoup de nouveaux visages aujourd'hui.

Il fallut un court instant pour que Sienna comprenne.

— C'est peut-être une simple coïncidence, mais… on devrait faire bien attention à nos conversations et bien sûr s'assurer qu'il n'y a personne autour de nous.

Sienna hocha la tête.

— Rentrons et…

Sienna s'interrompit. Shiloh regarda en face de la rue. Lane se tenait là, l'air penaud. Il ne s'avança pas vers eux. Shiloh saisit la main de Sienna.

— Tu veux que j'aille lui parler ? Lui dire de partir ou–

— Non je… je vais lui parler.

Sienna secoua légèrement la tête en prenant une profonde inspiration. Shiloh leva son menton de deux doigts.

— Je serai juste là, OK ?

Sienna hocha la tête fortement et commença à traverser la rue.

— Que je me fasse confiance, murmura-t-elle.

— Que je garde l'esprit ouvert et n'aie pas peur. Je n'ai pas peur, je n'ai pas peur, répéta-t-elle tout doucement.

Et finalement, elle dissimula un sourire au fait que, au fur et à mesure qu'elle se rapprochait de Lane, une chaleur envahissait son corps.

— Je suis tordue, murmura-t-elle.

— Non, tu ne l'es pas, déclara Lane

Elle sourcilla.

— Désolé, on a l'ouïe très fine, s'excusa-t-il.

Il fixa brièvement le sol quand elle hésita à s'avancer davantage. Il sourit ensuite.

— Je suis content que tu sois venue. Je ne pensais pas que tu le ferais. Enfin, je n'étais pas sûr.

Sienna jeta un rapide coup d'œil en arrière à Shiloh et resta silencieuse, ne sachant trop quoi dire.

— Et euh, je voulais seulement te dire que je suis désolé. Et aussi que je ne t'ai pas menti, tu sais. Je suis réellement commercial, et j'ai fait la tournée des vignobles du coin, tant que j'y étais. C'est une vraie passion, mais oui… je ne bosse pas à l'heure actuelle, car ce n'est plus le moment. Il y a bien plus important. *Tu* es bien plus importante. Donc oui, j'ai un peu menti à ce propos, mais pas pour le reste. Je t'aime vraiment beaucoup.

— Parce que tu as besoin de moi pour gagner votre guerre.

— Non, je t'aime bien parce que je t'aime bien ; je suis attirée par toi et oui, je ne suis pas le seul. Mais, je suis plutôt un bon gars dans l'ensemble et… tu es tellement belle et intelligente et drôle. Tu m'aimais bien hier et… je suis le même gars, tu sais. Je sais que ce n'est pas marrant ce que tu vis en ce moment. Mais si tu m'en laisses l'occasion, je t'aiderai volontiers, je pourrais te guider dans tout cela, te parler de nous, des vampires, de la guerre–

— Arrête. J'ai compris et–

— Je ne vais pas te faire de mal, je te le jure.

— Je le sais ça. Je le ressens, aussi bizarre que ça soit pour moi de l'admettre. Mais arrête de vouloir expliquer. J'en ai eu assez des explications, crois-moi. Je ne veux pas y penser là. Donc, euh, on pourrait simplement traîner un peu ensemble, juste le mec et la fille, pas le loup-garou et la peu importe ce que je suis.

Lane leva une main à son visage et sourit.

— Le beau miracle, voilà ce que tu es. Mais OK, promit-il en retirant sa main : ça marche pour moi. Et si on allait en ville pour un café, on recommence depuis le début ?

— Euh, OK, mais pas trop longtemps, pas tout de suite. Et puis il va falloir que je retrouve le sommeil à un moment.

— C'est vrai que tu as l'air fatiguée. Une heure, c'est bon ?

Sienna hocha la tête. Lane jeta un coup d'œil en direction de Shiloh.

— Il sait ?

Après que Sienna opina une nouvelle fois, Lane se dirigea vers Shiloh. Sienna les vit discuter brièvement avant de se serrer la main puis Lane revint vers elle.

— Il est OK. Bon, il va sûrement t'appeler toutes les deux minutes, mais je suis preneur.

Sienna sourit et Shiloh lui fit un signe de la main et les regarda marcher jusqu'à la Ford Raptor bleue de Lane qui les conduisit en ville.

Lane l'emmena au Heart N Sol Cafe, lieu de leur première rencontre.

L'ambiance était maladroite au départ. Il l'observait beaucoup, elle restait assez silencieuse et ne semblait pas savoir par où commencer. Il décida donc de prendre les devants.

— Tu peux m'en dire un peu plus sur ton parcours en famille d'accueil avant d'arriver chez les Newton ? Tu m'as dit que ce fut parfois laborieux. Ça ne te dérange pas de m'en dire plus ?

Elle inspira profondément.

— Tu n'as pas à m'en parler si c'est trop douloureux.

— Non, non, pas du tout. Bon, c'est sûr qu'il n'y a pas que de bons souvenirs, mais je n'ai rien vécu de catastrophique non plus.

— OK.

— Je ne sais pas trop comment j'ai atterri en Californie, comme j'étais au foyer à Seattle.[11] Un truc qui s'appelle ICPC permet les placements entre les états. Je suis d'abord restée au foyer à Seattle, moins d'un an. Ce n'était pas facile, les plus grands sont plus nombreux, comme c'est plus difficile de les placer en famille d'accueil ou de les faire adopter. Et ils s'en prennent souvent aux plus jeunes. J'ai vu des trucs pas cool. Et mieux vaut ne pas être le dernier dans les douches ! Mais je n'y suis pas restée suffisamment longtemps. Ma première famille d'accueil habitait à Tacoma[12]. J'y ai vécu un petit peu plus d'un an avant qu'on ne leur retire certains d'entre nous, moi incluse. Je ne dirais pas qu'ils le faisaient pour l'argent, car ils étaient sympas et s'occupaient bien de nous, mais ils avaient plus d'enfants qu'ils ne pouvaient en gérer. Un défaut dans le système, puisqu'ils n'auraient jamais dû en accueillir autant.

Elle but une gorgée de son soda.

— C'est là que le changement d'état a eu lieu quand on m'a envoyée à Sacramento[13] où j'ai rencontré Shiloh. J'avais sept ans et lui presque neuf. On a accroché tout de suite et il est devenu le *grand frère*. Elle sourit de manière nostalgique.

— Il a toujours été là pour toi.

— Oui, très vite je me suis sentie super en sécurité avec lui, comme si personne ne m'embêterait plus, car personne ne le cherchait. On a côtoyé plusieurs autres enfants bien plus âgés, mais Shiloh a toujours été super fort. On ne cherchait jamais les ennuis, mais certains de ces jeunes peuvent être difficiles, selon leurs parcours. Parfois, c'est dur et ça abime, tu sais. En tout cas, Shiloh ne s'est jamais laissé faire. Pas qu'il y en a eu beaucoup, n'empêche qu'il a toujours gagné chacune de ses bagarres.

Lane sourit.

— Je suis bien content qu'il ait été là.

— Moi aussi.

Elle rougit du regard qu'il porta sur elle, puis il baissa les yeux sur son café. Elle devinait qu'il essayait du mieux qu'il pouvait de cacher l'attirance qu'il ressentait pour elle. Elle le comprenait facilement, étant donné qu'elle éprouvait la même chose.

Elle ignorait trop de choses encore pour se laisser emporter par ces émotions.

*Je l'aime bien, mais… est-ce que je suis juste attirée par lui à cause de ce **truc** en moi, ou est-ce que je l'aime réellement bien ?*

---

[11] Plus grande ville de l'état de Washington, au nord-ouest des États-Unis. Proche de la frontière canadienne.

[12] Large ville en banlieue sud de Seattle. Partage avec Seattle l'aéroport international de l'état.

[13] Capitale d'état de la Californie. 1 h 20 au nord-est de San Francisco.

Elle en doutait, car elle ressentait la même chose avec Jackson sans l'avoir véritablement côtoyé.

Je ne veux pas faire d'erreurs, me laisser emporter par ce... désir et faire le mauvais choix.

— Enfin bref, on est resté légèrement plus de trois ans à Sacramento. C'était sympa ; la famille était OK et il n'y avait qu'une autre enfant placée. Une petite fille de sept ans. Ils s'occupaient bien d'elle. De nous aussi, mais Shiloh et moi on est rapidement devenus inséparables. On restait un peu dans notre coin, si je puis dire. Et...

Sienna sourit amèrement.

— Pas que je le sache à l'époque, mais... maintenant, je le sais ; ils ne m'aimaient pas trop. Enfin non ce n'est pas ça, je m'exprime mal. Ils n'ont jamais été méchants ou abusifs, mais je le sentais. Ils ne me traitaient pas comme Anita, la petite fille, ou comme Shiloh. En gros, ils ne me parlaient pas beaucoup. Maintenant, je sais pourquoi.

— Que veux-tu dire ?

— Disons que l'on m'a informée récemment que *j'émettais* un peu les mêmes ondes que vous autres. Par conséquent, certains humains me craignent, sans forcément savoir pourquoi. Mais c'est ainsi.

— Oh. Oui, c'est vrai.

— Donc c'est bien ça ?

— Oui, tout à fait.

Elle baissa la tête.

— C'est moindre chez toi quand même. Déjà pour nous c'est plus mitigé.

— C'est-à-dire ?

— Le ressenti des humains est plus mitigé à notre contact. Sûrement parce que l'on est humains nous aussi.

Il leva les mains.

— Je n'essaie pas de t'influencer, promis. Je te dis juste les choses comme elles sont. Tu peux même demander à Jackson, il confirmera puisqu'il est si porté sur la *vérité*.

Sienna soupira.

— Désolé, je ne mentionnerai plus son nom. Mais c'est un fait, honnêtement. Je crois que ce qui émane de toi est plus proche de nous. Sérieusement, je ne parle pas en faveur de mon espèce. Je voulais seulement dire que lorsqu'un humain ressent ce côté *peur* au contact d'un vampire, il ne va pas simplement *limiter* sa conversation à un minimum, il se tirera dès qu'il le pourra. Cette famille ne t'aurait jamais gardée... combien déjà ?

— Un peu plus de trois ans.

— Jamais ils ne t'auraient gardée aussi longtemps si tu dégageais la même chose qu'eux, crois-moi. Mais je suis honnête et certains humains vont flipper tout autant à notre contact. C'est très variable d'une personne à une autre. C'est juste légèrement moindre avec nous.

— OK.

Elle regarda son soda.

— Tu vois, tu nous ressembles davantage.

Elle se leva.

— OK, OK, reste. Je plaisantais. Désolée, s'il te plait, reste, supplia-t-il, sa main autour du poignet de Sienna, sans le serrer.

Sienna se rassit, les bras croisés sur sa poitrine.

— Je suis désolée, c'était vraiment mal venu.

— Oui. De plus, mes yeux sont plus proches des leurs, tu ne crois pas ?

— Oui. Bien plus proches, admit-il sérieusement.

Elle apprécia son honnêteté.

— Et les autres familles ?

— La suivante a été dure. J'avais presque onze ans et Shiloh treize. Il y avait trois autres gosses comme nous, dix, quinze et seize ans. Ils avaient une énorme maison avec un terrain sans limites. Enfin, on le voyait ainsi au début. Ils gagnaient très bien leur vie. Peut-être que c'est pour ça que personne ne leur avait jamais rien dit jusque-là. Je suis sûre que certains adultes, par exemple des parents qui ont pu récupérer leurs gamins, ont dû signaler certains faits. Nous en tout cas on ne disait rien. Les gamins ne disent jamais rien. Ces gens savent comment faire pour qu'on se sente mal, ou coupable de ne pas apprécier ce qu'ils nous apportent. Ou même que l'on n'est pas de taille par rapport à deux adultes bien sous tous rapports avec deux métiers valorisants et bien payés. Et puis ce n'est pas comme si l'on nous battait non plus. Le plus âgé a eu un œil au beurre noir une fois ou deux, mais il s'est plus pris de baffes, de sa part à lui. Le pire en fait c'était elle, des abus verbaux plus douloureux qu'une paire de claques. Elle nous disait des choses qui font mal à des gamins qui n'ont pas ou peu connu leurs parents, tu vois. Souvent, on allait se coucher sans manger ou on devait nettoyer la maison de fond en comble pour n'importe quelle raison. Et crois-moi, elle était gigantesque cette maison.

— Vous êtes restés combien de temps là-bas ? Et c'était où ?

— Dans la banlieue de Mendocino[14]. On y a vécu quatre mois.

— Et tu es sûre qu'ils ne t'ont pas fait de mal ?

Sienna sourit de le voir craquer ses phalanges par réflexe.

— Une fois. Shiloh gardait toujours un œil sur moi à cause d'eux.

Elle but une gorgée de son soda avant d'expliquer : pour dire la vérité, Jim, c'était son nom à lui, l'avait mauvaise contre nous depuis que Shiloh l'avait confronté. Enfin, pas confronté, mais une fois Jim avait voulu le frapper et Shiloh l'avait stoppé, bloquant son bras. Il lui avait dit de ne jamais lever la main sur lui ou sur moi. Je crois que personne jusqu'ici ne lui avait tenu tête et ça ne lui a pas plu. Shiloh n'a rien dit de plus ni ne s'est plaint à qui que ce soit. Jim n'a pas tenté autre chose, physiquement, néanmoins il nous l'a fait payer autrement. Moi en tout cas, puisqu'il ne pouvait rien faire contre Shiloh. Ou peut-être juste pour qu'il n'essaie pas d'alerter qui que ce soit, car sinon je ne vois pas bien comment un gamin aurait pu leur faire peur. En tout cas, ils n'ont pas insisté. Moi en revanche je me tapais tout. J'étais constamment punie, au lit sans manger et le nombre de fois où je l'ai lavée cette baraque, ou tondue la pelouse sans fin. Shiloh m'aidait

---

[14] Ville côtière située à 270 km au nord de San Francisco. (305 km au sud de Willow Creek).

49

tout le temps de toute façon, indiqua-t-elle tout de même avec le sourire malgré ces mauvais souvenirs.

— Et donc, lors d'un de ces *nettoyages de printemps*, Shiloh était en haut à nettoyer l'une des deux salles de bains et j'étais en bas dans le salon à aspirer. J'ai renversé un vase avec le tuyau, tu sais, en reculant ; je ne l'ai pas fait exprès, ce n'était même pas un vase de valeur en plus. Elle a commencé à me crier dessus et me dire que j'étais une bonne à rien et c'est pour ça que mes parents ne voulaient pas de moi.

Lane posa sa main sur celle de Sienna quand il vit ses yeux briller de larmes sous-jacentes.

Elle inspira profondément et sourit de nouveau.

— Elle a appelé son mari et il m'a giflé si fort que j'ai eu l'impression d'un coup de poing. Il avait de ses paluches. Je ne sais pas comment Shiloh a fait pour l'entendre, vu que la deuxième salle de bain était située complètement au fond du couloir à l'étage. Mais il est arrivé comme un fou et l'a poussé super fort contre le mur. Je n'avais jamais vu ce regard. Il lui a dit qu'il allait le tuer ; il avait l'air si sérieux. Puis il a pris ma main et on est remontés. Il s'est calmé tout de suite. Ce n'est pas comme s'il pouvait faire grand-chose à son âge, non plus. Je ne voulais pas qu'il se batte avec un adulte. J'avais peur qu'il ne soit blessé ou pire. Shiloh m'a dit qu'il irait voir la police dès le lendemain après les cours. Il a dit que si les services sociaux ne faisaient rien, peut-être que la police se bougerait. Il ne s'attendait pas à un miracle, mais tenait absolument à le signaler.

— C'est grâce à ça que vous êtes partis de là-bas ?

— Même pas. Enfin si, mais on n'a rien eu à faire en fin de compte, la police s'est pointée dès le lendemain, au petit-déj. Avec les services sociaux. Ils nous ont tous amenés au centre le plus proche et les flics ont embarqué le couple pour les questionner à la suite de plaintes *anonymes*. Ça ne venait pas de nous en tout cas, parce qu'aucun d'entre nous n'aurait parlé à l'époque. Pourtant, je crois qu'une fois au centre, tous ont raconté un peu la même chose et ont corroboré les faits. Et c'est bien que l'on ait eu le courage de parler finalement, une fois hors de leur emprise, car ça libère. J'espère qu'ils ont tous trouvé de bonnes familles.

Elle termina son soda.

— On a atterri chez une famille à San José[15]. Ils étaient sympas, mais là encore, ils m'évitaient, lui surtout. Mais agréable dans l'ensemble. On y est restés quasiment deux ans avant d'atterrir à Willow Creek. On est tellement bien ici. Paul et Annie sont super avec nous tous. Même après dix-huit ans, ils gardent leurs gamins pour qu'ils puissent au moins avoir leur bac. Comme Shiloh et Grégoire qui sont majeurs. Et ils les aident à s'intégrer dans le monde du travail ou préparer les demandes de bourses étudiantes pour l'université ; ils nous accompagnent. On sent vraiment qu'on n'est pas tout seuls. Ça fait du bien.

— Je comprends, surtout après tant de changements. Je suis désolé que tu aies dû passer par tout cela par contre.

— C'est rien. Shiloh était là. Grâce à lui, je n'ai jamais eu trop peur et ne me suis jamais sentie seule.

---

[15] Grande ville située dans la Silicon Valley, important pôle technologique de la baie de San Francisco. (45 min au sud de San Francisco).

— J'en suis sincèrement ravie. Son opinion compte beaucoup pour toi, je suppose ?

Elle acquiesça.

— Et que pense-t-il de tout ce qu'il t'arrive ?

Elle haussa les épaules.

— J'ai l'impression qu'il m'aime bien, non ? Et je ne veux pas dire romantiquement, ajouta-t-il pour plaisanter, voyant le visage de Sienna se fermer.

— S'il te plait, Lane.

— Je disais juste ça comme ça. J'ai le sentiment qu'on pourrait être bons potes lui et moi, c'est tout.

Elle regarda au loin.

— Je ne voulais pas ramener la conversation là-dessus, mais… tu lui fais confiance. Ça te ferait probablement du bien d'en parler plus sérieusement avec lui. Demander son avis. C'est un garçon intelligent.

— Ce qui signifie qu'il se rangerait de ton côté, parce que vous êtes humains. C'est ça que tu veux dire ?

— Eh bien, oui, on l'est. Différents, mais humains tout de même. Je ne vois pas commen–

— Arrête ! Tu as promis.

— Désolé. Je ne le referai pas. Réellement, cette fois.

Sienna détourna le regard.

— Je suis sincère. Je promets de ne pas recommencer, si tu me donnes une seconde chance ?

Elle semblait hésiter.

— Je ne sais pas, Lane. Je me dis que ce n'est pas forcément une bonne idée que je sois proche de n'importe lequel d'entre vous. Je n'ai pas franchement tout assimilé encore.

— Je sais. Mais on pourrait rester comme on est là, juste le gars et la fille. Je pourrais passer te prendre après les cours demain. Je t'emmènerais à River Song Natural Food. C'est du local et bio, tous ces trucs que tu aimes. On se boit un smoothie et je te ramène à la maison.

Elle ouvrit la bouche pour parler, mais la referma aussitôt.

— S'il te plait ? Je te promets de ne mentionner ni vampire, ni loup-garou, ni guerre ni quoi que ce soit. Je dois bien pouvoir tenir une heure quand même.

Elle ne put s'empêcher de sourire. Il parut satisfait.

— Cool. Je passe te prendre à la sortie du lycée donc ?

— Oui. Non, attends. Enfin, je veux dire oui, mais pas demain. J'ai une disserte à finir en histoire pour le lendemain. Et puis… j'avoue que j'ai besoin d'un petit break. Juste un jour, s'il te plait ?

— Bien sûr, Sienna. C'est toi qui décides, tu sais.

— OK, donc oui, tu peux passer me prendre après-demain à la sortie du lycée. Mais sois sage, OK ?

— Promis.

Elle sourit. Ils discutèrent cinq minutes supplémentaires puis regagnèrent la voiture.

***

Le soleil se couchait quand Lane stoppa sa voiture devant la maison des Newton.

— Je suis content que tu sois venue avec moi.

— Moi aussi.

Elle rougit du regard de Lane sur elle.

Il s'approcha et l'embrassa délicatement. Il lui caressa la joue et approfondit le baiser. Elle s'écarta quand la main du jeune homme se posa dans son cou. Il se lécha les lèvres.

— Désolée.

Lane lui sourit.

— C'est rien. Aucune pression.

— J'ai juste besoin… d'un peu de temps.

— C'est bien normal. Je comprends carrément. Et je ne vais pas disparaître, tu sais. On a le temps.

Elle sourit, mais se sentait un peu maladroite. Elle inspira profondément lorsqu'il s'approcha de nouveau. Il embrassa sa joue. Elle reprit une nouvelle inspiration, il la fixait, leurs visages trop près l'un de l'autre et ils comblèrent l'écart. Un léger baiser d'abord qui s'enflamma rapidement, quand il la serra de sa main gauche maintenant posée sur la taille de Sienna. Ses doigts glissèrent aussitôt sous sa chemise, sur sa taille et remontaient jusqu'à ce qu'elle se recule, rompant le baiser. Elle avait du mal à respirer.

— Je suis vraiment désolé, Sienna. J'avais sincèrement l'intention de ralentir, je te le jure.

Sienna hocha la tête, en ouvrant la portière de la voiture.

— Il vaut mieux que j'y aille.

— Oui, mais euh, c'est toujours bon pour après-demain ? Je passe te prendre après tes cours ?

— Oui, OK. J'ai juste besoin de m'aérer un peu, là, mais après-demain, comme on a dit c'est très bien.

Il hocha la tête et sourit avant de s'en aller.

Sienna resta à l'extérieur de la maison quelques instants pour reprendre ses esprits et pour que ses tétons ne pointent plus comme deux rochers. Elle portait une chemise serrée et la fermeture de sa veste était cassée. Elle entendait pas mal d'agitation dans la pièce centrale, ce qui signifiait qu'ils étaient probablement tous regroupés, prêts à dîner. Elle inspira longuement et entra enfin dans la maison. Elle passa une agréable soirée avec les Newton et tous les adolescents actuellement sous leur responsabilité, les mineurs et les majeurs tels Shiloh et Grégoire, qu'ils avaient très généreusement gardés après leur majorité, afin qu'ils terminent leurs études dans un foyer chaleureux.

Chapitre Cinq

Sienna discuta avec Shiloh un court instant avant de se coucher. Elle éteignit sa lampe de chevet et tenta de taire son esprit cinq minutes afin de s'endormir, toutefois c'était peine perdue. Une brise fraîche lui caressa les épaules comme elle portait une légère chemise de nuit rose pâle en soie avec de très fines brides. Elle attrapa la couette pour la remonter à son visage.

— Ah non, là tu ruines tout le film.

Sienna sursauta et alluma sa lampe de chevet. Une petite voix en elle ne manqua pas de lui signifier qu'en reconnaissant la voix, elle n'avait absolument pas eu peur. Quelques jours plus tôt, elle se serait enfuie en courant d'entendre quelqu'un dans le noir, au lieu de simplement allumer.

— Jackson, que fais-tu là ? Es-tu… étais-tu en train de m'observer ?

Jackson la regarda de haut en bas, tel un prédateur.

— Oui.

Sienna s'assit sur le lit et remonta la bride de sa chemise de nuit qui glissait le long de son épaule.

— Eh bien, arrête. Va-t'en maintenant.

— Pourquoi ça ? Le toutou a bien eu ces cinq minutes aujourd'hui. À mon tour.

— Tu–Ne fait pas ça, en plus si tu es venu pour plaider ta cause, je ne t'écouterai pas. Lane et moi n'en avons même pas parlé, si tu veux tout savoir.

— Je m'en doute. Il n'est pas con non plus. Il joue le mec bien sous tous rapports.

— Il ne joue pas donc maintenant va-t'en !

Elle jeta un œil en direction de la porte.

— Ne t'inquiète pas, je saurai si quelqu'un arrive.

— Je m'en fiche. Je ne veux pas de toi ici.

Elle allait relever la bride qui avait glissé une fois de plus, mais il bondit sur elle d'un mouvement rapide, l'enjambant sans la toucher. Seule sa main l'effleura quand il hissa la bride pour elle. Sienna ne dit rien. Elle ferma les yeux, tâchant fort de calmer sa respiration.

— Es-tu bien sûre de vouloir que je m'en aille ?

Ses doigts remontaient sur son corps, caressant son cou et sa joue. Le cœur de Sienna battait la chamade.

— Oui. Non. Je. Arrête. Ne… fais pas ça.

— Faire quoi ? Ça, murmura-t-il en caressant sa peau brulante une nouvelle fois dans le creux de son cou.

— Ou ça…

Il approcha son visage. Sienna eut l'impression d'une explosion en elle quand il effleura son cou de ses dents.

— Oh, mon dieu, souffla-t-elle, expirant fortement.

Jackson sourit et se recula un peu.

— Tu veux toujours que je m'en aille ?

— Je ne veux pas… que tu joues.

— Je ne joue pas avec toi.

Bon sang, il faut qu'il s'en aille. Comment puis-je ressentir pour lui la même chose que pour Lane ? Jackson est... Et je le connais à peine. Je dois rester loin d'eux. Pourquoi est-ce que je ressens ça ? Bon Dieu, ces yeux...

Sienna secoua la tête.

— Tu dis ça, mais tu joues avec lui. Avec tout le monde, donc ça revient au même. N'es-tu qu'un emmerdeur ou n'est-ce qu'une façade et il y a plus derrière ? Parce que sinon je ne suis pas intéressée.

Il la fixa intensément du regard. Elle retint brièvement sa respiration.

— Tu aimerais bien t'en ficher, mais au fond tu souhaites qu'il y ait plus derrière cette *façade*. Tu n'as pas envie que je m'en aille.

La poitrine de Sienna se souleva par la profonde inspiration qu'elle prit.

— De plus, je ne suis pas là pour plaider en faveur des vampires, car franchement, je ne crois pas aux récentes *rumeurs* concernant la façon dont ça va se dérouler.

— C'est vrai ? Tu veux dire...

Jackson la dévora du regard.

— Que cette excitation et cet enchevêtrement de corps seront par pur plaisir, et non par nécessité.

— Qu'est-ce qui te fait croire que je vais te laisser faire ? Je ne t'apprécie même pas.

Le sourire de Jackson l'agaça, car elle savait bien qu'elle ne pouvait pas le duper.

— Si au moins tu étais plus sympa. Je suis sûre que tu l'es, mais ça t'amuse. Oh et puis je me trompe sûrement, mais... ça rendrait les choses plus faciles si tu l'étais.

— Non, c'est faux. *Un* mec sympa c'est suffisant. Il faut toujours un bad boy dans le mix sinon les gens quittent la salle de ciné avant la fin du film.

— Ce n'est pas un film, bon sang ! C'est ma vie et pour l'instant elle craint grave. Et toi tu empires les choses en titillant Lane. Et s'il prend un autre coup de sang devant des gens ?

Jackson approcha son visage de Sienna en un clin d'œil, susurrant contre ses lèvres :

— Tu devrais choisir tes mots avec plus de précautions devant un vampire.

Elle refusa de le laisser gagner et le regarda droit dans les yeux, ses bras tendus légèrement en arrière, sa poitrine en avant et la tête haute.

Avec la même posture suggestive, elle murmura : je croyais que tu ne me ferais pas de mal. Aucun d'entre vous d'ailleurs.

Non, mais ça ne va pas moi de le provoquer comme ça ? Déjà qu'il a l'air prêt à me sauter dessus. J'ai définitivement perdu la tête.

Jackson se mordit la lèvre inférieure.

— Oh, mais je ne vais pas te faire de mal. Je vais te donner du plaisir bien longtemps après que tu m'aies supplié d'arrêter, car tu n'en pourras plus.

Sienna expira lourdement, son désir l'envahissant complètement. Jackson ferma les yeux et inspira lui aussi.

— Tu es tellement prête pour moi, là.

— Non, ne le fais pas, glissa-t-elle d'un souffle tandis qu'il s'approchait de son visage.

Avant qu'elle ne s'en rende compte, ses lèvres recouvraient les siennes et son dos toucha le matelas. Elle gémit quand il effleura plus fortement son cou de ses dents.

Elle se trouva sans souffle, une brise sur son corps quand la porte s'ouvrit.

Elle regarda Shiloh au pied de la porte, puis la fenêtre ouverte, essayant de comprendre ce qu'il se passait.

— Sienna ?

— Oh mon dieu.

Elle tâcha de retrouver un peu de constance. Elle était rouge et mouillait. Face au regard incrédule de Shiloh, elle se sentait extrêmement mal à l'aise.

— Qu'est-ce qu'il se passe ? J'ai entendu un bruit. Ça va ?

— Non, non.

— Y avait-il quelqu'un dans ta chambre ?

— Non, répondit-elle instinctivement.

Shiloh alla vérifier par la fenêtre qu'il referma ensuite.

— C'était ce mec, le vampire. Il t'a touchée ?

— Non, non, laisse-moi tranquille, s'il te plait.

Elle se leva.

Shiloh la détailla de haut en bas avec un regard perplexe.

— Tu es tout excitée là ? Ce mec est un vampire, Sin, ce n'est pas normal !

— Oh, parce que c'est normal d'être excitée par un loup-garou, peut-être ?

— Eux sont humains au moins, pas des morts-vivants ! C'est toujours mieux.

Sienna secoua la tête et sortit de sa chambre. Elle s'enferma dans la salle de bain.

— Sienna ! Sienna ?

Shiloh soupira.

— Je m'excuse. S'il te plait, ouvre.

— Va-t'en.

— Je suis vraiment désolé. Je ne voulais pas te crier dessus. J'ai juste… j'essaie juste de veiller sur toi. S'il te plait ?

— Je sais. Je vais bien. Je veux juste être tranquille là. S'il te plait, retourne te coucher, Shiloh. S'il te plait.

Shiloh soupira.

— OK. Tu sais où me trouver si t'as besoin.

— Oui. Bonne nuit, Shiloh.

— Bonne nuit, Sin.

Elle l'entendit retracer ses pas jusqu'à sa chambre qu'il referma.

Sienna retira sa chemise de nuit et entra dans la douche. Elle souhaitait effacer les traces de désir, cette moiteur entre ses jambes qui lui faisait presque mal. Ce qu'elle ressentait était trop fort et elle se laissa aller, se masturbant sous l'eau qui coulait sur elle. Des larmes silencieuses accompagnèrent son orgasme. Elle inspira profondément pour calmer, et sa respiration, et ses pleurs. Une fois qu'elle se détendit un peu, elle coupa l'eau puis éclata en sanglots. Ses avant-bras contre les carreaux froids et sa tête dans ses bras, elle n'arrivait pas à contenir ses pleurs jusqu'à ce qu'elle entende un bruit. Elle eut à peine le temps de relever la tête qu'une longue serviette souple l'enveloppa. Elle serra Jeneva aussi fort que possible quand elle se retourna dans ses bras. Jeneva resta calme et silencieuse, l'enlaçant et la séchant correctement.

Une fois Sienna apaisée, Jeneva essuya ses larmes ainsi que les quelques mèches mouillées collées sur son visage. Elle lui sourit.

— Ça va aller.

Sienna voulut parler, mais s'étouffa sur ses mots.

— Ça va aller, Sienna.

Jeneva continuait de lui sourire.

— Je sais ce que tu penses, mais tu n'es pas comme nous. Ces émotions internes, ces questions que tu te poses… ça ne sera pas toujours ainsi. C'est toi qui te contrôles et ton corps aussi. Je te promets que tu ne ressentiras pas toujours cela. Ça va aller.

Jeneva lui caressa le visage une fois de plus. Elle pressa délicatement ses lèvres sur la joue de Sienna, sur le coin des lèvres plutôt ; un baiser non précipité, tout en douceur. Sienna ferma les yeux et sourit en se laissant envahir par ce sentiment d'apaisement.

Jusqu'à ce que l'on frappe à la porte.

— Sienna ? Ça va ?

Sienna chercha Jeneva quand elle ouvrit les yeux, mais la vampire était déjà partie par la fenêtre.

— Sienna ?

— Je vais bien. Je sors dans une minute. Retourne te coucher.

— OK. Euh, bonne nuit.

— Bonne nuit.

Elle toucha sa joue de son doigt et ferma une nouvelle fois ses yeux. Son corps entier était plus détendu et ses larmes s'étaient estompées. Elle sourit, remit sa chemise de nuit puis alla se coucher.

* * *

Sienna s'endormit assez rapidement pour la première fois depuis un moment. Elle se réveilla tout de même au milieu de la nuit, mais pas d'un cauchemar. Elle ouvrit simplement les yeux et frissonna. Elle regarda au fond de la chambre. Elle jeta ensuite un coup d'œil à la fenêtre, toujours fermée. Elle attendit un instant avant de s'asseoir sur son lit. Elle hésita puis murmura :

— Jeneva ?

Après quelques secondes, Jeneva sortit de la pénombre derrière le placard de Sienna.

— Désolée. Je ne pensais pas que tu me verrais.

— Ce n'est pas le cas. Je t'ai… sentie, si je puis dire.

Jeneva hocha la tête.

— Une fois de plus, je dois m'excuser ; je n'entre jamais dans ta chambre, Sienna. Je reste dans les bois. Normalement, j'entends s'il y a un souci et je vois également si un danger se rapproche.

56

Elle baissa la tête.

— J'ai vu Jackson monter. Je m'efforce de trouver la limite entre te protéger et respecter ta vie privée. J'essaie de te laisser ta propre vie, tes choix. Mais il est trop tôt, tu es encore trop chamboulé, j'aurais dû savoir qu'il ne ferait que te perturber davantage. Je suis rentrée pour cette raison à la base hier, pour vérifier qu'il ne t'avait pas fait de mal, psychologiquement. Je n'aurais pas dû hésiter à le stopper.

Elle observa la forêt brièvement.

— Je te vois fréquemment t'asseoir sur le rebord de ta fenêtre. Tu as l'air souvent si pensive. Mais là, c'est un peu différent... Je voulais simplement m'assurer que tu allais bien après ce qu'il s'est passé hier soir justement.

Elle se dirigea vers la fenêtre.

— Non, attends. Ne pars pas.

Jeneva la regarda en silence.

— J'ai des questions, signala l'adolescente d'un ton calme.

Jeneva acquiesça, cependant elle resta debout, près de la fenêtre.

— Euh, comment c'est possible tout ça ; vampire et loup-garou ?

— À dire vrai, je ne saurais t'en dire beaucoup sur les origines. J'en sais en réalité plus sur les loups que sur les vampires ; sûrement du fait qu'ils existent depuis bien moins longtemps que nous. Les premiers vampires dateraient de la dernière glaciation[16], plus précisément la glaciation vistulienne au nord de l'Europe. Les anciens le présument, en tout cas. Nous parlons là d'une période très vaste d'une centaine de milliers d'années. J'ai passé plusieurs siècles à essayer de comprendre, mais je pense que même les anciens ne savent pas très bien comment tout a débuté. Ma théorie est un empoisonnement du sang. Je n'en sais pas davantage, mais puisque notre sang empoisonne le sang humain, cela pourrait être le point de départ de la présence vampirique sur terre.

Jeneva ne put s'empêcher de sourire au regard captivé de Sienna. Elle s'efforçait tellement de comprendre et assimiler tout à la fois.

— Les loups sont apparus sur le continent américain à l'époque de la civilisation olmèque, il y a un peu plus de quatre mille ans. Ici en Amérique du Nord, ils ont émergé parmi les tribus amérindiennes bien avant que les colons européens n'arrivent. Nous pensons que les 'sages', aussi appelés shamans, de ces tribus sont responsables de leur existence, peut-être pour nous contrecarrer ? Nous ne le savons pas. Je ne peux pas t'en dire plus. C'est tout ce que je sais sur les origines.

— Que veux-tu dire par *empoisonne* notre sang ? C'est comme ça que vous tuez ?

— Non, non, c'est comme ça que nous transformons un humain en vampire.

— Oh.

Sienna hocha la tête, perdue dans ses pensées. Elle regarda ensuite Jeneva qui sourit et s'approcha jusqu'à s'asseoir sur le lit.

— Quand on sent le cœur ralentir, le débit du sang ralentir dans notre gorge et que la personne est en train de mourir, nous lui donnons notre sang.

---

[16] Période de refroidissement global, qui caractérise la fin du Pléistocène sur l'ensemble de la planète. Elle commence il y a 115 000 ans et se termine il y a 11 700 ans, quand commence l'Holocène.

L'empoisonnement a lieu à cet instant. Les cellules sanguines se battent, mais les nôtres l'emportent, seulement parce les humaines sont affaiblies. Sinon le sang humain est plus fort que le nôtre. Lorsque toutes les cellules humaines sont mortes, les nouvelles cellules se créent et prennent le contrôle. Elles font marcher chaque organe comme avant, en plus performant. Pas de risque de crise cardiaque, pas de rupture d'anévrisme, pas de cancers, pas de tendinites, de mal de dos. Le sang est la seule chose active dans notre corps. Nous n'avons besoin de rien d'autre. Comme tu vois, je respire, je n'en ai simplement pas besoin.

Sienna contempla la poitrine de Jeneva qui se soulevait à sa respiration. Elle semblait captivée pendant un court instant. Elle secoua la tête ensuite.

— Donc, tu as… besoin de sang humain pour survivre.

— Pour régénérer notre sang, oui. Un petit peu suffit. Voilà pourquoi nous ne laissons pas une traînée de cadavres derrière nous. Je ne veux pas que tu penses que j'essaie de t'influencer, parce que nous tuons. Des tueurs existent dans toutes les catégories de populations, humains, vampires, loups-garous, etc. Mais nous n'avons pas besoin de tuer pour nous nourrir. Alors, nous engendrons, *en principe*, moins de chahut et moins de victimes que les loups.

Sienna tourna légèrement la tête. Jeneva la fit la regarder.

— Encore une fois, je ne plaide pas ma cause. J'ai tué par le passé. Et je ne vais pas te dire que certains vampires ne tuent pas juste pour le plaisir.

Sienna trembla.

— Parce qu'ils le font. J'essaie de t'expliquer comment nos deux espèces fonctionnent. Et il est vrai que les loups ont beaucoup de mal à se contrôler une fois qu'ils se sont transformés. En tant qu'humains, ils sont souvent impulsifs à cause de l'instinct animal en eux, mais c'est en loup qu'ils provoquent le plus de dégâts. C'est un de leur seul défaut, car honnêtement, je les trouve bien plus honorables que nous.

— Pourquoi ça ?

— Individuellement, un loup est moins fort qu'un vampire. Or, leur nombre ne cesse de croitre. En théorie, les vampires ne devraient même pas avoir *besoin* de toi pour les exterminer ; cela devrait être fait depuis des siècles. Nous sommes plus forts, mais bien moins disciplinés et beaucoup plus égoïstes. En ce moment, les vampires suivent plus ou moins les *ordres* des anciens ; ces ordres incluent une trêve avec les loups et de ne pas trop se regrouper dans la région pour ne pas attirer l'attention. De toute évidence, nous sommes tout de même nombreux dans les environs. Mais crois-moi, cela pourrait être bien pire parce que tu nous attires d'une manière qu'il est très difficile à résister.

Sienna frissonna avant que Jeneva ne continue :

— Les vampires ont, de manière générale, du mal à respecter *l'autorité*. Le vampire est une créature assez solitaire, si je puis dire. Tu ne verras que très rarement des groupes de vampires. Les loups, sans exception, appartiennent systématiquement à une meute et suivent le chef de meute, le *pack master*, à l'excès. Nos anciens sont très puissants. Un ancien n'est plus vampire, mais sorcier vampirique. Et pourtant, les loups se montrent plus respectueux et loyaux envers leur communauté, leur pack master et leurs shamans que les vampires ne le seront jamais.

— Tu étais loyale envers ma mère.

Jeneva regarda de côté, un sourire se forma sur ses lèvres, toutefois elle ne dit rien.

— Donc en étant là, tu désobéis aux ordres ?

— Non. Pas moi. Je suis… dans une autre catégorie.

— C'est-à-dire ?

Jeneva prit une inspiration inutile.

— Les anciens savent que je suis là. Ils l'ont toujours su. C'est mon rôle de te protéger. Ils l'ont accepté étant donné qu'ils ont senti quelque chose de différent dès ta naissance. Ils ne savaient pas ce qui allait se passer, ou même si quoi que ce soit allait se passer. Par conséquent, ils m'ont laissé faire à ma manière.

Sienna baissa la tête. Jeneva pencha la sienne, essayant de comprendre la soudaine tristesse sur le visage de la jeune femme.

— En fait, tout tourne autour de cette stupide guerre. Ils ne s'en sont pas mêlés parce que… parce qu'ils avaient déjà quelqu'un sur le coup, en fin de compte. Ils avaient toujours de l'avance sur les loups.

— Non.

Elle parle si calmement, elle a l'air si sûre et je la crois en plus. Vraiment. Et si je ne le devais pas ? Si je ne devais pas me fier à elle au même titre que Lane ou Jackson ? Pourquoi est-ce toujours différent avec elle ? Elle me raconte des choses terrifiantes chaque fois et pourtant… je n'ai jamais peur quand elle est là. Comment puis-je savoir si j'ai raison de lui faire confiance ?

— Comment je peux…

— Cela n'a jamais été ce que tu penses. Bien sûr, les anciens ont suivi de plus ou moins près ton évolution, au cas où ça nous mènerait où nous en sommes aujourd'hui. Cependant, ils n'ont jamais interféré dans ta vie, car j'en ai décidé ainsi.

Sienna sourcilla.

— Si ce sont les anciens… ne devrais-tu pas, enfin, tu as dit que c'est eux qui donnent les ordres, en principe. Donc, comment ? Enfin pourquoi ?

— Pour les mêmes raisons que personne n'a jamais rien dit de l'aide que j'ai apportée à ta mère et Lyndon pendant un an.

Jeneva marqua une courte pause.

— Je n'avais pas suffisamment d'influence malheureusement pour les sauver. Personne n'aurait pu le faire. Mais assez pour que personne ne mette en question mon implication. J'ai une connexion avec les anciens que mes semblables n'ont pas.

— Pourquoi ? Enfin, c'est quoi ?

— Je connais leur pensée, leurs attentes et vice versa. Les autres vampires sentent et entendent seulement ce que les anciens veulent bien leur dévoiler. Par exemple, je n'ai pas eu besoin d'entendre leurs ordres pour cette trêve et d'éviter les regroupements. Je le savais bien avant. Même si je n'étais pas concernée de toute façon. Quant au pourquoi… parce que je suis très âgée.

— C'est-à-dire ?

— Aussi âgée que certains anciens. Plus âgée que quelques-uns en réalité.

Sienna resta silencieuse une petite minute.

Est-ce que j'ose demander ? J'ai vraiment envie de savoir.

Elle ne put s'en empêcher, trop intriguée par la vampire.

— Et…

Le visage de Sienna s'éclaira d'un coup quand une autre pensée surgit.

— Tu as quel âge en âge humain, au fait ? Enfin, tu vois ce que je veux dire.

Jeneva sourit à l'éclat dans les yeux de Sienna et son ton enfantin.

— Vingt-cinq ans, à peu près.

— À peu près ?

— C'était il y a très longtemps. Mais je crois me souvenir d'un nombre pair, vingt-quatre ou plutôt vingt-six. Comme je préfère les nombres impairs, vingt-cinq me satisfait.

Sienna sourit ce qui fit de nouveau sourire Jeneva. Sienna redevint sérieuse.

— Et ?

Jeneva hésita un court instant, puis sourit.

— Je me situe quelque part entre quatre-vingt-cinq mille et quatre-vingt-quinze mille ans.

Sienna resta bouche bée pendant un long moment. Jeneva, elle, demeurait stoïque.

— C'est difficile de savoir réellement, tout était bien différent à l'époque, les mesures de temps…

— Euh, ouais, j'imagine.

Sienna, sourcils froncés, tentait d'assimiler du mieux qu'elle pouvait toutes ces informations. Elle secoua la tête pour se concentrer sur ses interrogations, au lieu de rester figée face à ces révélations incroyables.

— Alors, tu es plus puissante que les anciens ? C'est pour ça qu'ils ne disent rien ?

— Pas tout à fait. Ce n'est pas tant une question de puissance et à la fois ça l'est. Devenir un ancien te donne un pouvoir important, oui. Comme je te l'ai dit, les anciens sont des vampires-sorciers. Ça par contre, reste l'unique chose dont j'ignore le fonctionnement, car seuls les anciens, une fois devenus ainsi, savent comment cela se passe. La vérité, c'est que je devrais, je *pourrais* déjà faire partie des anciens. Devenir un ancien est une décision personnelle. Ce n'est pas eux qui nous choisissent. Bien sûr, il faut avoir une certaine puissance et un certain âge avant d'en arriver là. Mais c'est un choix personnel. Ils savent qu'un jour je le deviendrai, de toute manière. Je suis… puissante, par mon âge et mon expérience. Plus nous avons d'anciens, surtout puissants du départ, plus la communauté vampirique entière se renforce.

Jeneva marqua une pause, elle parut hésiter brièvement puis déclara finalement :

— Voilà pourquoi ils n'auraient jamais rien tenté à mon encontre, même les aidants à leur échapper pendant aussi longtemps que possible. Et la raison pour laquelle personne ne se serait approché de toi avant ces derniers mois.

— OK, indiqua Sienna avec un hochement de tête avant d'ouvrir grand les yeux.

— Et quel âge avait ma mère ?

Jeneva sourit.

— Elle n'avait pas loin de cinquante mille ans.

— Oh la vache !

— Vingt-huit ans en années humaines, lui en avait vingt-neuf. Je ferais sûrement déjà partie des anciens depuis quelques millénaires si je n'avais pas rencontré ta mère. Nous avions un lien très fort. Et je chéris ces cinquante mille années passées à ses côtés. J'aimais cette vie, voir les époques défiler ensemble, voir la vie changer, les humains évoluer. Voir la planète s'abimer de tous ces bouleversements nous rendait tristes, tout de même. Mais cette évolution était inévitable. Et nous l'avons traversée ensemble.

Sienna inspira fort.

Je demande ou pas ? J'ai envie de savoir…

— Est-ce que toi et ma mère… ?

— Non, répondit Jeneva avec un tendre sourire.

— J'aurais fait n'importe quoi pour elle, cependant. Voilà pourquoi je ne l'ai pas empêchée de vivre ce qu'elle avait à vivre avec lui, même si nous savions toutes les deux que ça la perdrait, plus tôt que tard. Je l'aimais. Mais notre amour… les choses sont différentes quand on est vampire. Le désir, l'amour, les émotions sont teintés. L'amour n'a pas le même goût. Et ça, je l'ai compris en les observant tous les deux. Entre eux, c'était quelque chose que mon amour n'aurait jamais égalé. C'était vrai et plein de chaleur. Moi je suis froide. Et j'ai ressenti cette chaleur en moi quand je me suis tenue face à toi l'autre soir à ta fête. Et je maintiens que je n'aurais pas dû, mais le moment où mes lèvres se sont posées sur les tiennes, j'ai eu l'impression d'être humaine. C'était égoïste de ma part et t'a rendue encore plus confuse.

— Non, c'est…

Sienna posa sa main sur le bras de Jeneva. Elle inspira profondément et leva sa main au visage de la vampire, le bout de ses doigts effleurant à peine les lèvres de Jeneva.

— C'était tout sauf froid.

Jeneva détourna brièvement la tête avant de se lever.

— Je ferais bien d'y aller maintenant.

— Non, attends, j'ai besoin de savoir un truc.

Bon sang, j'oublie vraiment tout quand elle est là. C'est important pourtant.

Jeneva hocha la tête et se rassit plus loin, mettant un peu de distance entre elles, ce que Sienna comprenait d'une certaine manière.

— Si je n'étais pas là, comment penses-tu que cette guerre se terminerait ?

— Je ne suis pas sûre qu'elle cesserait un jour. Elle dure depuis des millénaires. Les vampires sont toujours si sûrs d'eux. Ils sont tellement égoïstes et égocentriques ; ils créent rarement de nouveaux vampires, tandis qu'une seule morsure par un loup-garou suffit à en générer. Donc oui, nous sommes beaucoup plus forts, mais sans un minimum de discipline et surtout de planification, les loups pourraient nous conduire au bord de l'extinction d'ici plusieurs siècles.

— Parfois tu dis 'ils', et d'autres tu dis 'nous', nota Sienna.

Bien que Jeneva ne sourit plus, son regard sur Sienna restait plein de tendresse.

— Je ne me sens plus concernée par cette guerre depuis si longtemps que… Je suis simplement ici pour te protéger. Pas pour faire gagner qui que ce soit.

Jeneva rit amèrement.

— Tu vois, un vampire typique ; ne se soucie même pas des *ordres* communiqués. Je suis mon propre programme. Ça, c'est nous, les vampires.

Sienna sourit également.

— Je suppose que j'aurais dû te demander tout ça un peu plus tôt. Je suis désolée… Je–

Jeneva la stoppa d'un doigt sur ses lèvres. Sienna inspira fortement.

— C'est moi qui suis désolée. J'ai passé tant de temps à vouloir te protéger de ce conflit que j'en ai oublié de te protéger de toutes ces émotions.

Sienna fronça les sourcils.

— J'ai été tellement préoccupée par qui tu étais que j'en ai presque oublié qui cela était : une humaine. Je te répète souvent que tu n'es pas comme nous. Personne ne peut s'attendre à ce que tu sautes dans ce train de folie lancé à toute vitesse juste parce que pour nous, c'est nos vies. C'est normal. Mais pour toi… ça doit tourner si vite dans ton esprit, toutes ces questions, ces doutes, ces émotions. Ça met ta vie sens dessus dessous, cela concerne aussi tes parents que tu n'as jamais connus et des pouvoirs dont tu n'avais pas connaissance. C'est intense, c'est trop et c'est terrifiant.

Jeneva baissa légèrement les yeux.

— C'est sûrement parce que j'ai perdu ces sentiments et mon humanité depuis si longtemps, que j'ai agi comme si tu étais OK avec tout ça, d'un claquement de doigts.

Jeneva le contemplait d'un air triste, mais Sienna lui sourit.

Sienna posa une main hésitante sur celle de Jeneva qui la fixa profondément.

— Moi je ne crois pas que tu aies perdu ton humanité, sinon qu'est-ce qui me toucherait autant chez toi ? Comment arriverais-tu à me rassurer ainsi malgré toute cette folie ?

Sienna avala sa salive sous l'intensité du regard de Jeneva.

— Je vois toute l'attention que tu me portes. Elle est bien réelle. Tu ne te serais jamais souciée de me réconforter comme tu l'as fait dans la salle de bain si tu avais perdu toute humanité. Et tu n'aurais jamais tenu non plus cette promesse faite à ma mère.

Jeneva resta silencieuse, et Sienna ajouta :

— J'aurais juste aimé que… tu te manifestes avant. Tu étais là… alors, pourquoi ne l'avoir jamais fait ?

— Oui, j'étais là. Mais malgré ce lien, car oui, avant que ce ne soit ce pouvoir, c'était un lien fort et inexplicable. Je t'ai laissée là-bas. Je souhaitais que tu sois adoptée par une bonne famille. Je n'ai jamais compris pourquoi tu es restée dans le système, trimballée de famille d'accueil en famille d'accueil. Ce n'était pas mon souhait pour toi. Mais ce que je souhaitais encore moins, c'est que tu sois happée par cette vie qui, malheureusement, t'a rattrapée. Je voulais que tu vives une belle vie. Ta vie d'humaine. Donc non, je n'aurais jamais compromis ceci en me montrant. Évidemment, plus les années passaient, plus je sentais ce pouvoir grandir, même si toi tu ne le sentais pas encore. Je craignais tant que l'on en arrive là, annonça-t-elle en levant un bras de manière presque résignée.

— À moins d'une réelle nécessité, jamais je n'aurais ruiné tes chances d'avoir une vie normale, une bonne vie, j'espérais. Je ne suis intervenue que de manière très légère.

— Quand ? Enfin, qu'as-tu fait exactement, je ne t'ai jamais aperçue. J'aurais voulu te voir, admit Sienna, un léger craquement dans la voix sous l'émotion.

Jeneva leva la main en direction du visage de Sienna, comme pour la conforter, mais la retira avant d'atteindre la joue de Sienna. Elle reposa sa main sur son genou.

— Quand c'était nécessaire, répondit-elle simplement.

Sienna pencha la tête comme si elle décelait quelque chose à travers le regard bleu blanc étincelant de Jeneva.

C'était elle, la police, les services sociaux. Ça ne peut être qu'elle.

Comme si elle lisait dans ses pensées, Jeneva indiqua :

— Je suis désolée. Je n'avais aucune idée de ce qu'il se passait dans cette maison. Leur propriété était très large et aucun moyen de s'approcher sans se découvrir. Par conséquent, j'observais de loin. Chaque fois que tu sortais de la maison, quand vous alliez à l'école ou boire un milk-shake au café plus bas dans la rue, vous aviez constamment le sourire aux lèvres. Shiloh et toi riiez quasiment tout le temps. Tu allais à l'école et tu obtenais de bonnes notes.

Jeneva sourit de voir le froncement de sourcils de Sienna.

— Je n'entre jamais dans ta chambre, *d'ordinaire*, ton école en revanche ne me pose aucun cas de conscience. De temps à autre, je vérifie où tu en es, si tout se passe bien.

Sienna sourit, touchée de l'attention.

— Tu es une étudiante brillante. J'ai vu que tu avais déjà envoyé des demandes pour UCLA, Berkeley et Columbia. Je sais que tu souhaites réellement aller à l'université.

Sienna baissa la tête face au regard de Jeneva.

— Je n'irai jamais, n'est-ce pas ?

— Je ne sais pas, Sienna. Je vais tout faire pour. Mais je ne sais pas ce qu'il va se passer.

Sienna secoua la tête pour essayer de ne plus y penser et revenir au sujet précédent.

— Et donc ?

— J'ai eu un doute, une fois, en découvrant l'ainée avec un œil au beurre noir. Seulement, avec trois garçons dans la maison, ayant parfois traversé des épreuves difficiles qui plus est, une bagarre arrive vite. Je ne pouvais pas être sûre. Néanmoins, j'ai été plus vigilante dès lors. Et là j'ai vu à travers la façade projetée. Vous sortiez toujours de cette propriété avec de grands sourires. Mais quand vous rentriez après l'école, les sourires étaient plus tendus. Voire absents. Les visages parfois fermés. J'aurais dû m'en apercevoir plus tôt, mais Shiloh et toi sembliez toujours aller bien. Sans doute parce que vous étiez si proches. J'aurais dû le voir sur le visage des autres et j'aurais compris plus tôt.

Elle inspira fort, bien qu'elle n'en ait pas besoin.

— Ce jour-là… je l'ai ressenti. Je ne sais pas comment, mais cette claque a résonné dans tout mon corps. Beaucoup trop loin pour l'entendre ou la voir.

Pourtant je l'ai ressentie. Je suis entrée dans la maison cette nuit-là. Et je t'ai entendue pleurer dans les bras de Shiloh. Je l'ai entendu parler de la police et de son intention de s'y rendre le lendemain. Je me contrôle très bien, fort heureusement. En outre, tuer ces gens vous serait retombé dessus. Cette nuit-là, la police et les services sociaux reçurent d'intéressants appels téléphoniques et, avec un coup de pouce magique des anciens, ils ont agi instantanément, pour une fois.

Jeneva resta silencieuse, et se leva. Sienna sentit un pincement au cœur en la voyant se diriger vers la fenêtre. Jeneva se retourna et lui sourit.

— Shiloh est debout. Il va venir jeter un coup d'œil dans ta chambre.

Sienna sourit.

— Tu reviendras ?

— Il faut que tu dormes.

— Ce soir, c'était la première nuit où je dormais bien depuis un bon moment. Je dormirais mieux si tu me veillais, tu sais.

Jeneva ne put que sourire.

— Je ne suis jamais très loin.

Elle ouvrit la fenêtre.

Sienna regarda la porte de sa chambre quand elle entendit une porte s'ouvrir dans le couloir. Elle se retourna vite vers la fenêtre, mais Jeneva avait disparu dans la nuit étoilée.

Sienna prétendit dormir quand Shiloh ouvrit délicatement sa porte pour voir si tout allait bien. Il la referma aussitôt.

Sienna pensa à sa discussion avec Jeneva pendant un long moment avant de céder au sommeil.

Chapitre Six

Sienna resta très calme pendant le petit-déjeuner. Dans la mesure où toute la maisonnée était présente, Shiloh ne put engager de conversation personnelle. Il n'eut pas d'occasions de lui parler sérieusement avant l'heure de partir pour le lycée. Ben se dépêcha de sortir de la voiture à leur arrivée au lycée. C'était son rituel chaque matin de retrouver sa petite-amie et passer un moment ensemble avant le début des cours. Sienna et Shiloh restèrent silencieux dans la voiture.

— T'as l'air d'aller mieux.

— J'ai mieux dormi, oui, répondit Sienna avec un hochement de la tête.

Elle regarda ensuite ses mains jointes sur ses genoux.

— Je suis désolé, Sin.

Comme elle ne réagit pas, il posa sa main sur les siennes.

— J'ai été con, mais je tiens trop à toi. Ça me fait peur tout ça. Mais je n'aurais pas dû…

— Ce n'est rien, je comprends.

— Je ne crois pas que tu comprennes vraiment ; moi j'en crèverais s'il t'arrivait quelque chose. Et ouais, j'avoue que les vampires me font plus peur que les loups-garous. Vampires, je pense, *morts-vivants*, c'est flippant.

— Tu sais, les loups font souvent bien plus de dégâts que les vampires.

— D'après qui ?

Sienna croisa les bras sur sa poitrine. Shiloh secoua la tête.

— J'ai compris, ce n'était pas la question. Ce que je voulais dire c'est que je te fais confiance. Tu feras le bon choix.

— De toute façon, la question ne se pose pas, car si c'est consciemment, jamais je ne ferais ce choix. Jamais je ne déciderai du sort de milliers, sans doute de millions de personnes. On ne sait pas comment ça marche, mais si choix il y a, ça sera malgré moi et je n'ai vraiment aucune idée de comment ça doit se passer. C'est un mystère. En tout cas, moi je ne décide de rien consciemment, point barre.

— Oui, sûrement que cela se fera inconsciemment. Je suppose que l'espèce avec laquelle tu auras le plus d'affinités, ou celle que tu choisiras au fond de toi sans même te l'avouer, aura le dessus. Je ne peux cacher où va mon vote, mais je n'ai rien à te dire, c'est ton choix, conscient ou inconscient. Et je le respecterai. Quoi qu'il en soit, je ferai en sorte que personne ne te fasse du mal.

La moue boudeuse sur les lèvres de Sienna disparue quand Shiloh lui caressa la joue.

— Mais donc, euh, j'ai le droit de demander si tu vois toujours Lane demain après-midi. C'était l'idée, je crois ?

Sienna sourit de plus belle.

— Oui, tu as le droit, et oui, je le vois. Écoute, peu importe ce qu'il s'est passé la nuit dernière. Rien n'a changé, ne t'inquiète pas. Lane passe me prendre après les cours demain et on va traîner un peu en ville, je pense.

— Mais tu es plus attirée par Jackson, n'est-ce pas ?

Shiloh leva les mains en l'air au regard qu'elle lui lança.

— Je ne juge pas, j'essaie juste de comprendre ce qu'il se passe dans ta tête et à quoi tu penses réellement, et… que s'est-il passé exactement la nuit dernière ?

Sienna ne put s'empêcher un petit rire.

— Tu es vraiment incorrigible. Il ne s'est pas passé grand-chose. Lane a toujours de l'avance en termes *d'actions,* si tu veux tout savoir.

Sienna secoua la tête de voir le large sourire sur les lèvres de Shiloh.

— Mais… j'aime bien Jackson. Je… je ne sais pas, j'ai l'impression qu'il y a plus derrière ses sarcasmes, ses provocations et son attitude générale. Et ça me donne envie de le découvrir un peu mieux. Mais, c'est sûr que c'est plus facile avec Lane. Ça va tout seul avec lui. Il est doux et je l'apprécie.

— Ça me plait ça.

— Allez, on ferait bien d'y aller, ça a sonné.

***

Shiloh courut retrouver Sienna avant qu'elle n'entre dans la salle de son second cours de la journée qu'ils partageaient.

— Hey, attends !

— Que se passe-t-il ?

— Rien. Juste, il faudra dire à Lane de rester près du centre-ville demain.

— Pourquoi ?

— Ils imposent un couvre-feu sur toute la ville.

— Quoi ?

— Officiellement, les services des forêts et de la nature organisent une grande battue pour repousser, ou même capturer, les ours s'étant dangereusement rapprochés de la ville ces derniers mois. Et ouais, des ours…

Sienna soupira.

— La vache. Quelle heure ?

Shiloh sourit du coin des lèvres.

— Vingt heures.

— Vingt heures ?

— Ouais, ils l'auraient imposé dès la sortie des cours s'ils avaient pu, je suis sûre.

— L'étau se resserre, murmura Sienna en observant tout autour d'eux.

Shiloh l'attira dans un coin.

— Arrête de fixer les gens comme ça, ils ne savent rien.

— Ils me regardent.

— Non. C'est toi qui les regardes, Sin. Tu dévisages tout le monde depuis ce matin. Qu'est-ce qu'il se passe ?

— Tu crois qu'ils me détestent ?

— Quoi ? Ça vient d'où ça ?

— Non, c'est… je suis juste paranoïaque.

— Ouais. Eh bien, arrête. Ce n'est pas le moment d'agir comme une schizo. Parce que l'étau se resserre effectivement. Devine quoi ? M. Simoncelli vient d'être remplacé.

— Pardon ?

— Et ouais. Après trois mois de 'il n'y a pas assez de demandes pour un cours annexe. Le budget du lycée est trop serré et son poste ne sera pas renouvelé avant un, voire deux ans'. Ils ont soudainement trouvé les fonds. Et tu devrais voir le mec qui le remplace. Il devrait prendre des leçons supplémentaires sur comment se la jouer cool, car il sort franchement du lot.

— Mais peut-être que l'on se monte la tête et qu'il n'est pas du gouvernement.

Le regard que lui lança Shiloh en disait long tandis qu'il ajouta :

— Et devine quoi ? Il ne donnera cours qu'aux premières et terminales. Personne n'a plus de seize ans en secondes. Et quatre élèves de premières ont dix-huit.

— Oh.

— Ouais. A priori, ils visent toujours quelqu'un qui aurait dix-huit ans. Mais ils ont sûrement pensé à la possibilité d'une différence d'âge. Alors s'ils incluent les premières, ils font d'une pierre deux coups. Toi tu es en avance, donc tu aurais été dans ce cours, de toute manière. Il aura beaucoup de temps pour nous étudier.

— Arrête de parler ainsi. Tu me fous la pétoche.

— C'est eux qui me foutent la pétoche. Ce gars, on dirait Krycek.

— Qui ?

— Bon sang, j'arrive pas à croire que tu n'aies toujours pas regardé les <u>X-Files</u>.

— Tu sais bien que le fantastique et la science-fiction ne me bottent pas franchement.

— Tu boudes toujours les meilleures séries toi de toute façon. Et c'est bien dommage, au moins tu saurais les identifier.

— Et moi je pense que toi tu les regardes trop ces fichues séries. Tu crois vraiment qu'ils sont toujours habillés en costard et conduisent des SUV noirs ?

— Bah, ça serait plus facile pour les reconnaître, indiqua Shiloh avec un haussement d'épaules.

Sienna secoua la tête.

— Heureusement que tu es là pour me faire sourire.

Shiloh haussa une nouvelle fois les épaules.

— Tout le monde est entré dans la salle, on ferait bien d'y aller.

Sienna hocha la tête et ils allèrent en cours.

***

L'heure du déjeuner sonna. Sienna était assise contre un arbre dans les bois qui bordaient le lycée. Elle entendait les rires et le brouhaha des autres lycéens dans la cour comme chaque jour à cette heure-ci. Elle ne distinguait que le toit du bâtiment vu d'ici, les arbres lui cachant la vue. Elle n'avait pas eu envie de manger dans la cafétéria, ou encore la cour. Elle feuilletait un livre. Elle réajusta sa veste quand une petite brise de ce vent frais de novembre souffla. Elle se remit à lire, elle reprenait cette page pour la troisième fois.

Elle eut un léger sursaut et tourna la tête à gauche, se sentant épiée. Jeneva se tenait bien cinquante mètres plus haut. Pourtant, Sienna l'aurait reconnue même à deux cents mètres. Sa silhouette longiligne, grande, ses cheveux noirs et ce regard.

67

De loin, Sienna ne voyait pas la sclérotique rouge sang, seulement le blanc étincelant de son iris. D'un bon et sans bruit, Jeneva se trouvait maintenant à cinq mètres d'elle. Sienna inspira profondément.

— Pourquoi n'es-tu pas à l'intérieur avec tes amis ?

Le ton de Jeneva était empreint de curiosité alors qu'elle pencha la tête, comme pour déchiffrer la réponse sur le visage même de Sienna.

— Shiloh est avec la conseillère d'orientation, il a du mal à penser à l'université.

La curiosité de Jeneva ne sembla nullement satisfaite, bien au contraire.

— Et ?

Sienna fronça les sourcils avant de réfléchir.

— Euh, et Indigo est avec l'équipe journalistique. Ils n'aiment pas trop les non-membres en principe…

Sienna leva brièvement les yeux pour fixer Jeneva, avec un sourire malin.

— Enfin, c'est surtout moi qu'ils n'aiment pas trop.

Jeneva sourit au ton de Sienna.

— Et… tes autres amis ?

— En voilà une bonne question sur laquelle je n'ai pas eu trop le temps de me pencher, en revanche.

Sienna arracha une touffe d'herbe, mais son sourire, tout comme le ton de sa phrase, était plutôt amer.

Jeneva s'avança plus près.

— As-tu mangé aujourd'hui ?

La question surprit légèrement Sienna avant qu'elle ne réalise que le regard de Jeneva s'était porté sur l'orange et la banane près de ses livres d'école.

— Euh, tu en veux ? Enfin, non, j'imagine que non, tu ne manges pas, je suppose ? Enfin… ça.

Le ton incertain de Sienna amusa Jeneva. Sienna inspira longuement, tandis que Jeneva se tenait maintenant juste en face d'elle.

— C'est ton repas ?

Sienna ne sourit pas à cause du ton sérieux de Jeneva.

— Euh, je n'avais pas trop faim.

— Tu dois manger, Sienna.

— Je mangerai plus tard. C'est rien.

— Non, ce n'est pas rien. Tu ne manges pas beaucoup en ce moment et tu as perdu du poids déjà. Je sais que tout ça… c'est difficile pour toi, mais tu dois prendre soin de toi. J'essaie de te protéger, toutefois il y a certaines choses que je ne peux pas accomplir pour toi.

— Je sais, mais je vais bie–

Sienna retint son souffle quand Jeneva lui prit le poignet.

— Ta tension est basse, et ton rythme cardiaque plus bas que la normale. Tu es un peu faible en ce moment… et tu ne peux pas te le permettre. Pas avec ce qui t'attend. Tu dois te nourrir correctement.

— Je sais. Je… je vais le faire. Je promets.

Jeneva hocha la tête.

— Je compte sur toi.

Sienna sourit.

— Tu entends vraiment les battements de mon cœur ? Et... comment sais-tu comment ils sont en temps normal ?

— Je connais ta tension, ta pression artérielle, la température de ton corps, ton rythme cardiaque et différentes choses comme celles-ci. Mais je ne peux qu'imaginer ce qu'il se passe là-dedans, déclara-t-elle tout bas, avec une douce caresse à l'arrière de la tête de Sienna qui ferma les yeux à ce toucher. Elle expira en les ouvrant.

— Non, je... je vais bien.

— Bien, hein ? Voilà pourquoi tu restes ici, isolée dans ton coin à lire la même page depuis une demi-heure.

Les sourcils de Sienna se dressèrent.

— Depuis combien de temps m'observes-tu ?

— Suffisamment longtemps.

Sienna hocha la tête. Elles restèrent silencieuses avant que Sienna ne l'interroge :

— Et toi ? La nourriture. Tu ne manges vraiment rien d'autre ?

Jeneva secoua la tête négativement.

— Nous n'avons besoin que de sang. Nous ne sommes constitués que de sang.

— Mais comment... euh non, désolée.

— Ne t'arrête pas. Je me doutais que tu aurais d'autres questions. C'est normal. Tu veux savoir comment nous fonctionnons. C'est ce que tu allais demander, n'est-ce pas ? s'enquit-elle tendrement, presque amusée.

Sienna hocha timidement la tête.

— Comme je te l'ai dit hier soir, le sang permet à notre corps de fonctionner. Notre cœur inclus, même si notre rythme cardiaque diffère. Tout marche plus fort, plus vite. Le sang circule bien plus rapidement, car la plupart de nos organes ne nous servent plus et ne nous encombrent pas. Le sang alimente nos muscles, notre cerveau et notre cœur. Tout passe là. Le sang est notre eau, notre vitamine, tout. Tant que nous avons suffisamment de sang dans le corps, nous pouvons vivre... éternellement. Il faut simplement injecter du sang neuf de temps à autre pour se régénérer.

Sienna hocha la tête. Cette partie-là devenait plus claire dans son esprit. Jeneva se trouvait maintenant assise à ses côtés.

— Et moi ? En quoi suis-je différente des autres humains... ou des loups et des vampires ?

Cette partie-là en revanche demeurait bien plus confuse dans sa tête et Jeneva en avait parfaitement conscience.

— Tu es complètement différente de nous, et des loups. Tu n'es pas différente des humains. Tu es humaine.

— Comment pourrais-je l'être ?

Sienna avait l'air grave. Jeneva semblait affectée par la peine dans la voix de la lycéenne.

— Si mon père est un puissant loup-garou et ma mère une vampire de plusieurs millénaires, je ne vois pas par quel miracle je pourrais être humaine. Cela n'a aucun sens. Que suis-je ?

Jeneva inspira une fois encore sans nécessité.

— Je ne sais comment te rassurer, Sienna. Tu dois me faire confiance ; tu *es* humaine. Peut-être une évolution de l'humanité. Des millénaires d'avance sur l'évolution humaine ? Ce ne sont que des spéculations, mais ce que je sais avec certitude c'est que ton cerveau a des possibilités illimitées. Des capacités jamais vues encore. Tu es unique, et personne, PERSONNE ne sait vraiment à quel point. Tu peux tout faire.

— Je veux te croire, mais… je ne suis même pas un génie à l'école. Je me débrouille plutôt bien, mais rien de transcendant non plus. J'ai sauté la grande section, pour une simple question de district quand je suis arrivée à Seattle, pas d'intellect. Comment est-ce que mon cerveau pourrait faire la moindre chose surnaturelle ?

Sienna soupira, l'air défaitiste quand Jeneva ne sût lui répondre.

Je sais qu'elle fait de son mieux. Je vois bien qu'elle cherche à trouver les bons mots, mais j'ai peur qu'il n'y en ait pas, parce que tout ça, c'est dément. Que se passe-t-il vraiment ? Pourquoi me font-ils ça ?

Jeneva allait parler, quand Sienna la devança.

— Je sais que tu essaies, mais pour l'instant, c'est mon corps que je ne contrôle plus. Pas mon cerveau. Et je veux juste que ça s'arrête. Pourquoi est-ce que ça me fait ça ?

Sienna inspira fort tandis que sa voix craqua sous l'émotion.

Elle se sentait si émotive en ce moment. Elle ne voulait pas pleurer devant Jeneva encore une fois. Quand ce n'était pas son corps, ses émotions partaient dans tous les sens.

— Je sais que c'est désagréable, mais–

— Mais pourquoi est-ce que ça me fait ça ? Sûrement tu peux me le dire ça, non ?

— Ça a commencé, Sienna.

— De quoi parles-tu ?

— Ce que l'on ressent à ton contact s'est intensifié au gré des années à un rythme raisonnable. Mais ces derniers mois, c'est devenu assourdissant… cette vague de chaleur. Avant cela, je n'étais pas certaine que quoi que ce soit se passe. J'espérais et priais même pour que cela n'arrive pas. Malheureusement, c'est arrivé. Ça s'est déclenché. Quoi qu'il se passe a démarré là, vers ton *vrai* anniversaire et va se produire très bientôt. Tu es comme un signal lumineux qui éclaire tout le monde supranaturel. Et l'intensité de ce signal continue d'augmenter jusqu'à explosion. On arrive à un point de non-retour. Tous autant qu'ils sont, vampires et loups n'en peuvent plus, si je puis dire.

— Et moi donc, lâcha Sienna en arrachant une touffe d'herbe.

Jeneva lui sourit avec compassion.

— Et après ça, je ne serai plus humaine, donc ?

— Pourquoi ne le serais-tu plus ?

— Si j'acquiers une sorte de super pouvoir, je ne serai plus humaine, ça me paraît logique.

— Les loups sont humains. Différents, mais humains tout de même. Une bonne partie d'eux, en tout cas.

— Alors une partie de moi ne le sera plus non plus ?

— C'est différent pour toi, Sienna.

— Pourquoi ? En quoi est-ce différent ? Comment pourrais-tu le savoir ? Si je suis unique, comment peux-tu savoir ce que je vais devenir ?

Jeneva resta silencieuse, avec néanmoins un regard constamment bienveillant sur Sienna.

Sienna secoua la tête.

— Désolée, je ne suis pas en colère contre toi, j'ai juste… peur.

Sienna détourna le regard. Jeneva lui tint la main.

— Ce pouvoir, tu ne vas pas l'acquérir, il est déjà en toi, il va juste… s'éveiller, si je puis dire. Malgré tout, tu as raison, nous ignorons encore tant de choses. Mais je sais que tu seras toujours humaine, autant que tu l'es à présent.

— Sûrement.

Le ton de Sienna restait sérieux.

— Bien que ta température soit un peu en dessous de la moyenne des humains… mais ce n'est rien de grave.

Jeneva s'étonna d'entendre Sienna rire, même très légèrement.

— Désolée, c'est notre petite blague privée à Shiloh et à moi. Lui est toujours quelques degrés au-dessus et moi au-dessous. Alors on en plaisante. C'est depuis qu'on est petits. Mais ça reste dans la norme, on nous dit.

Jeneva hocha la tête fortement.

— C'est vrai.

Jeneva observait Sienna avec attention. Elle espérait pouvoir répondre à toutes les questions qu'aurait la jeune femme. Elle en voyait un millier défiler devant ses yeux.

— Et qu'en est-il des loups-garous et vous ?

— Comme tu le vois, physiquement parlant, nous ne sommes pas bien différents des humains. Seuls nos yeux nous trahissent. Les loups, eux, se fondent bien mieux dans la population. Leur température corporelle est au-delà de la norme humaine, là où la nôtre est en deçà. Le sang qui nous maintient en vie est tout sauf chaud. Sans pour autant nous transformer en glaçons.

— Non, ta peau n'est pas froide du tout, fraîche peut-être, mais pas froide.

Jeneva lui sourit.

Sienna sembla réfléchir.

— Et a priori, les rayons du soleil ne te posent aucun souci.

Jeneva parut hésiter, ce qui étonna Sienna. Elle avait déjà vu Jackson en plein soleil, quant à elle et Jeneva, elles se trouvaient à l'extérieur en ce moment même. À l'ombre des grands sapins de douglas, certes, mais toujours en plein jour.

— Disons que les légendes ont souvent un point de départ plus ou moins précis. Mais non, nous ne partons pas en fumée sous les rayons du soleil, pas plus qu'un pieu dans le cœur ne serait efficace pour se débarrasser de nous. Bien que cela entraine une perte de sang importante. Sinon oui, nous évitons les régions les plus chaudes. Le corps humain est composé à soixante pour cent d'eau répartie dans différentes zones. Sous la chaleur, le corps pioche dans ses réserves, notamment dans le flot sanguin, les graisses, les muscles et les reins afin de maintenir ses fonctions corporelles normales. Plus il fait chaud, plus la circulation artérielle s'accélère, apportant le sang plus près de la surface de la peau. Et le processus de transpiration commence ainsi. Transpirer aide le corps humain à se réguler sous la chaleur, surtout la chaleur intense.

Elle marqua une courte pause avant de reprendre :

— Quand un humain ne transpire plus, c'est qu'il est proche de l'insolation. Les vampires ne transpirent pas, Sienna. Nous ne sommes faits que de sang, pas d'eau. La chaleur augmente la pression sanguine ; la nôtre est déjà bien supérieure à celle des humains. Cela peut s'avérer dangereux en cas de blessure, car les saignements sont rapides et abondants à cause de cette pression sanguine. Et la cicatrisation ralentit également, due à la perte de sang rapide. Par conséquent, un vampire évitera, la plupart du temps, un combat sous une chaleur intense ou prolongée. Principalement contre une meute, parce qu'il ne serait pas au top de sa forme. Ce n'est pas très agréable, mais pas mortel non plus. Pas de flamme, promis, annonça-t-elle avec le sourire.

Sienna le lui rendit, toutefois, son sourire s'évapora très vite, remplacé par une expression grave.

— Il n'y a vraiment personne d'autre comme moi ?

— Non, rétorqua Jeneva, sachant parfaitement que ce n'était pas la réponse attendue.

Sienna regarda devant elle, ses mains autour de ses genoux.

— Mais si quelqu'un se fait mordre, un vampire est mordu ou vice versa ou…

— Tu es humaine, Sienna, tu dois le croire, ça. Ce dont tu parles là, ce sont des hybrides et cela n'existe pas. Les vampires ne peuvent devenir loup-garou même après avoir été mordus ou griffés. Les loups ne peuvent être changés, même en ayant été forcés de boire. Quelques fous l'ont tenté par le passé, sans jamais y parvenir. Les hybrides n'existent pas, et même s'ils existaient, ils n'auraient rien à voir avec toi, car ils ne seraient pas humains. Et encore une fois, toi tu l'es. C'est tellement précieux, Sienna. Tu es unique et être humaine est une chose merveilleuse, quelque chose à chérir.

— Ça te manque, n'est-ce pas ?

— Je n'y pensais pas, ou plus. Mais maintenant, certains sentiments me manquent, oui. Sentiments que je n'avais pas ressentis depuis longtemps.

Jeneva allait se lever.

— Et attends, bon sang ! Je n'en reviens pas que je ne t'ai jamais posé cette question-là.

Jeneva semblait intriguée tandis que Sienna sourit, pas si amusée que cela pourtant.

— Pourquoi je me retrouve impliquée dans tout ça finalement ?

Jeneva sourcilla. Cette partie de l'histoire lui paraissait claire. Cela dit, si Sienna avait encore des interrogations sur ses parents, elle s'efforcerait de lui répondre le mieux possible. Sienna agita la tête.

— Je ne parle pas de mes origines, mais de votre guerre à la noix.

Jeneva ne put s'empêcher de sourire au ton et aux mots de Sienna. Elle se tendit légèrement ensuite.

— C'est vrai ça, pourquoi vous vous battez comme ça ? J'espère au moins qu'il y a une sorte de Graal à la clé ou un truc tout aussi précieux vu le bordel que ça fout dans ma vie. Je ne parle pas de toi, mais quand même quoi.

Le ton de Sienna était à la fois grave et plaisantin.

— Différence fondamentale.

Sienna grimaça, sourcils dressés et Jeneva ne put retenir un léger rire, ce qui surprit Sienna. Une bonne surprise, d'entendre le rire de la vampire pour la première fois. Elle sentit son cœur se soulever dans sa poitrine avant de redevenir sérieuse.

— Sérieux, on ne parle pas d'une rupture amoureuse, là. Il doit bien y avoir une raison valide, non ?

Jeneva, son sérieux retrouvé, resta silencieuse un court instant et Sienna soupira.

— Pas de Graal, c'est ça ? Non, mais vraiment, j'aimerais bien savoir pourquoi, pourquoi tout ça.

— Pour des raisons complètement désuètes aujourd'hui, en fin de compte. Quand les loups sont apparus, les vampires étaient quasiment aussi nombreux que les humains. Ils dominaient le monde, si je puis dire. Ils n'ont pas trop apprécié qu'une autre espèce surnaturelle émerge ainsi de nulle part, avec une population croissant très rapidement. Quant aux loups, ils n'ont jamais apprécié l'hégémonie vampirique sur l'espace mondial de l'époque. Mais ce n'était pas la guerre telle qu'elle est aujourd'hui. Les deux espèces se battaient si elles se rencontraient, sans chercher la confrontation à tout prix.

Jeneva inspira en regardant lycée.

— Qu'est-ce qui a changé ça ?

— L'avènement de l'humain. De nos jours, ce que craignent le plus les deux espèces est d'être découvert par la population générale. Les vampires ont voulu éteindre les loups, trop impulsifs et capables de grossir leurs rangs très facilement, attirant beaucoup l'attention. Cependant, je dois dire que le côté humain des loups effraie aussi considérablement les vampires ; peur que ce côté leur permette de s'adapter, voire d'être accepté par la population humaine et créer une alliance menant à notre extermination. Inversement, les loups ont peur que les différences plus flagrantes des vampires ne causent la découverte du monde supranaturel puisque State 9 s'intéresse davantage à nous qu'à eux. Les loups ont peur de la puissance du vampire. Peur que le gouvernement, à un moment ou un autre, ne lâche la *bombe* pour s'en débarrasser, ce qui les mettrait de toute façon également en danger, se sentant bien moins fort pour faire face à l'humain. Pour l'instant, les gouvernements conscients de notre existence étouffent tous débordements du mieux qu'ils peuvent. Toutefois, leur but n'est pas la protection des populations. Ils gardent notre existence secrète, et nous capturent autant que possible pour tenter de s'emparer et transformer nos forces surnaturelles en arme, avant que le pays *voisin* n'y parvienne. C'est malheureusement la nature humaine.

— OK. Et pourquoi dis-tu que ces raisons sont désuètes ?

— Parce qu'ils sont stupides ; loups comme vampires.

Cette réponse surprit Sienna.

— Si la population venait à apprendre notre existence, nous serions exterminés quoi qu'il en soit. Quand tu as vécu aussi longtemps que moi, tu vois les choses différemment. J'ai vu la population mondiale augmenter d'une manière exponentielle pendant tous ces millénaires. Êtres surnaturels ou pas, notre puissance ne nous sauverait pas face à ce nombre inouï et surtout, les moyens militaires et technologiques qu'ont acquis les hommes ces dernières centaines d'années. Il est ridicule de penser autrement. Le meilleur moyen de ne pas se faire remarquer serait justement d'arrêter de se battre. Mais la haine et la peur de l'homme ont voilé toute logique. C'est aussi l'une des raisons pour lesquelles tu es si précieuse pour chacun d'entre eux. Ils imaginent sûrement que ce choix va les sauver. Ce n'est qu'une question de temps avant que la population ne nous démasque ou que les gouvernements eux-mêmes nous livrent en pâture, quand ils comprendront que s'emparer de nos *pouvoirs* est impossible.

Sienna secoua la tête.

— Alors tout ça… pour rien en fait.

— En quelque sorte. Ta naissance n'était pas non plus prévue depuis la nuit des temps. Cela ne changerait pas qui tu es.

— Maintenant, je comprends pourquoi tu ne voulais pas m'en parler. J'aurais dû en rester à *différence fondamentale,* parce que là j'ai un peu les boules.

Jeneva paraissait réellement touchée. Et désolée surtout.

Sienna inspira.

— Mais toi qui sais tout ça, ou qui visualises bien les choses, tu ne pourrais pas leur parler ? Leur faire comprendre ?

— J'aurais dû, ou pu le faire avant, avec peu de chances que l'on m'écoute. Peut-être les vampires… sans certitudes, mais je ne l'ai pas fait, car… ce monde appartient aux humains désormais. Finalement, je n'avais que faire que nous disparaissions. Ça aussi me semblait une évolution évidente. Puis tu es née et tout a changé. Maintenant, il est trop tard. Ta naissance a créé une sorte d'engouement et renforcé la haine entre nos deux espèces. Et cette hâte de se débarrasser de l'autre. Pourtant, je ne craignais toujours pas cette éventuelle extermination, car tout ce qui m'importait, et m'importe toujours, c'est ta sécurité. Tu n'es ni vampire ni loup. Tu ne serais pas concernée. De plus, une telle extermination n'arriverait pas avant de nombreuses décennies et mon seul intérêt sera d'assurer ta sécurité et que tu vives ta vie d'humaine en attendant, puis tu ne seras plus là. Et le reste m'importera encore moins dès lors. J'ai vécu bien assez longtemps.

Sienna hocha la tête, songeuse.

— Je comprends. Enfin, je crois.

Jeneva se leva cette fois-ci et tendit sa main à Sienna.

— Attends, attends, j'ai une idée. Enfin…

Jeneva s'accroupit.

— Quelle est-elle ? Si je peux t'aider, Sienna, je le ferai.

— C'est à propos de cette vague de chaleur. Pas ce truc de pression sanguine, mais… la mienne, glissa-t-elle, toujours un peu embarrassée.

Jeneva lui sourit avec douceur.

— Je te promets que cela ne durera pas.

— Oui, je sais ; quand j'aurai couché avec Lane ou Jackson ou un autre, n'est-ce pas ?

— Rien ne garantit cela, Sienna. Nous ne savons pas si cette rumeur est vraie. Pour moi, cela tient davantage du fantasme. Très probablement vampirique, comme point de départ. Personnellement, je n'y crois pas trop.

— Ça doit bien être vrai vu comment je me sens et comme ils agissent autour de moi. Si ça a vraiment commencé et mon corps réagit ainsi, c'est sûrement que c'est ça, tu ne penses pas ?

— Je pense que c'est un simple signal, une sorte d'effet secondaire, ou plutôt de prémices. Ton cerveau s'ouvre à lui-même et je crois que ton corps réagit en premier. Tout bonnement parce que le corps humain est bien moins complexe que le cerveau. D'une certaine manière en tout cas.

— OK, mais imaginons un instant que la rumeur soit vraie. Donc il faut que je couche avec Jackson ou Lane ou un autre d'entre eux et–

Sienna s'interrompit quand Jeneva posa sa main sur la sienne. Sienna s'étonna de l'air soudainement sérieux sur le visage de la vampire.

— Tu n'as pas à faire quoi que ce soit que tu ne souhaites pas, Sienna.

Sienna déglutit.

— Et ils ne te forceront pas. Ils n'ont pas intérêt en tout cas.

Sienna lui sourit puis haussa les épaules.

— Honnêtement, ce n'est pas comme s'ils auraient à beaucoup insister, vu l'état dans lequel je me trouve. Tout. Le. Temps.

Une fois de plus, Jeneva lui sourit.

— Je te promets que cela ne durera pas.

— On verra bien. En attendant, imaginons que ce soit la vérité et que ma virginité soit la clé de tout ça. Et donc si... si je couchais avec un humain ? Que se passerait-il ?

— Je ne sais pas, Sienna.

— Peut-être que ça stopperait toute cette folie ? Et au moins, je ne serais plus responsable de ça, non ?

— Je ne pense pas que cela marche ainsi.

Une moue dépitée remplaça l'espoir sur le visage de Sienna.

— Voilà pourquoi je ne pense pas que le sexe soit la clé, Sienna.

— Mais ça le pourrait ? Je ne sais pas moi, mais il doit bien y avoir un moyen de faire quelque chose... Je...

Sienna s'interrompit en détournant le regard brièvement, elle releva ensuite la tête en fixant Jeneva.

— OK. Disons que cette *chose* arrive. Ce choix, que ce soit par le sexe ou autrement, arrive. Désolée pour l'espèce qui perd, mais moi j'ai donné mon *pouvoir*. Après je suis tranquille, non ? Je redeviens une simple humaine normale, n'est-ce pas ?

Jeneva ne put dissimiler sur son visage la peine qu'elle ressentait d'entendre l'espoir dans la voix de Sienna.

Sienna baissa la tête et Jeneva resta silencieuse. Une larme coula le long de la joue de Sienna.

— Je n'en peux plus de tout ça. Je veux juste que ça s'arrête.

Jeneva essuya cette larme.

— Je sais, Sienna. Mais ce pouvoir… ce n'est pas quelque chose que tu as, c'est ce que tu es. C'est toi. Tu ne vas pas le donner. Tu vas permettre une augmentation importante des pouvoirs d'une des deux espèces surnaturelles sur terre. Ce n'est pas la même chose.

Sienna soupira.

— Comment ça se fait que tu aies toujours les réponses aux trucs qui ne vont pas ?

Jeneva resta sérieuse bien que le ton de Sienna ne portait aucun reproche. Elle était plus défaitiste qu'autre chose.

— J'aimerais faire mieux. Je suis désolée.

Jeneva allait se lever quand Sienna lui prit la main.

— Merci.

Jeneva se leva, tenant encore la main de Sienna, l'aidant à se relever. Sienna était toujours confuse, mais lui sourit. De son pouce, Jeneva essuya une dernière larme sur la joue de Sienna et recula de quelques pas.

— Il vaut mieux que tu rentres maintenant.

— Euh, OK. Mais la pause n'est pas finie. J'ai encore le temps avant mes cours.

— Tu n'es pas en sécurité dans les bois.

Sienna regarda tout autour d'elles puis Jeneva.

— C'est pour ça que tu es là ? Tu me veilles toujours ?

— Je ne laisserai personne te faire de mal. Et, bien que la sécurité de ton lycée soit compromise avec l'arrivée de nouveaux personnels, ça reste plus sûr que les bois dans lesquels les miliciens se cachent. Ils ont tendance à tirer d'abord et vérifier ensuite. Et comme je l'ai dit, je ne laisserai personne te faire du mal.

Sienna se tenait si près du vampire qu'elle voyait sa poitrine se soulever d'inspirations inutiles. Sienna en sourit. La main de Jeneva effleura celle de Sienna.

— Voudrais-tu bien rentrer maintenant… et manger un petit bout, s'il te plait ?

— J'y vais de ce pas, promit Sienna avec un hochement de tête.

Elle regagna la zone scolaire, sentant le regard bienveillant de Jeneva sur elle.

***

Sienna se tenait devant la chambre de Shiloh. Elle se retourna pour repartir vers la sienne puis fit demi-tour une fois de plus. Elle leva le poing pour frapper, mais le baissa immédiatement. Elle inspira profondément et leva à nouveau le poing. La porte s'ouvrit à cet instant.

Shiloh la scruta avec un froncement de sourcils.

— Tu ferais peut-être bien d'entrer avant que les Newton ne doivent acheter un nouveau lino.

— Quoi ?

— À force de faire les cent pas.

Elle lui rendit son sourire amusé tandis qu'il l'accueillit d'un clin d'œil en prenant sa main. Il referma la porte derrière eux. Sa main toujours dans la sienne, il se dirigea vers son lit sur lequel ils s'assirent.

— Bon alors, qu'est-ce qu'il se passe ?

— Euh, c'est juste, je, enfin, euh. Oui, non…

Shiloh sourcilla.

Je n'arrive pas à croire que je vais faire ça. Bon je suis super bizarre là et il voit grave à travers moi, comme d'hab. Il faut que je dise quelque chose.

— Qu'est-ce qui ne va pas ? Tu commences à me faire peur, là.

— Non, non, il n'y a rien de mal. Enfin…

Elle expira fortement.

— J'ai juste besoin de ton avis. Enfin non, ton aide, en fait. Enfin, non, euh…

Elle passa sa main à travers ses cheveux, donc il la prit et la serra entre les siennes.

— Détends-toi. J'accepte ; je serai ton rencard pour le bal de fin d'année.

Elle ne put s'empêcher de rire et relâcha enfin sa respiration. Elle lui ébouriffa la mèche comme elle aimait tant.

Qu'est-ce que je ferais sans lui ? Il me fait toujours du bien par la moindre petite action ou plaisanterie. Je pense qu'il n'y a pas meilleur que lui pour cela. Il représente tellement pour moi.

— OK. J'ai besoin de ton aide pour un truc.

— C'est à propos de ta disserte ? Je croyais que tu l'avais finie avant le dîner ?

— Oui, oui, c'est fait.

— Je peux y jeter un coup d'œil si tu veux, mais à part l'anglais, moi… l'histoire je galère. Mais je peux vérifier ta grammaire et l'orthographe si tu veux ?

— Non, non, ce n'est pas sur ma disserte. C'est, OK, Sienna, respire, dit-elle tout haut avant de demander : je voulais savoir comment tu me vois.

— Comment je te vois ? Je ne comprends pas ?

— Eh bien, tu vois, comme tu as quand même été avec quelques filles, euh, à ce niveau, comment tu me vois. Pourrais-tu être attiré par moi ?

— Qu'est-ce qu'il se passe, Sienna ?

— Réponds-moi simplement, s'il te plait ; est-ce que tu me trouves attirante ?

— Bien sûr que t'es grave attirante. Je te l'ai toujours dit. Tu es la plus belle meuf du bahut.

— OK.

Elle inspira fort.

— Non, mais sérieusement il se passe quoi là, Sienna ?

— C'est à propos de toute cette histoire. Tu vois de quoi je parle ?

Il hocha la tête.

— T'as eu du nouveau ?

— Non. Enfin, pas trop. C'est juste cette idée qui m'est venue et euh, j'y pense beaucoup maintenant.

— Et ?

Il écoutait attentivement.

— Je me disais juste que si coucher avec eux était essentiel, il y avait donc peut-être un autre moyen qui pourrait probablement stopper tout ça et éviter un bain de sang.

— Euh, ouais, mais comment ?

— Et si je perdais ma virginité avec… un humain. Le *truc* ne marcherait plus finalement ?

Elle vit son regard passer d'intérêt à embarras. Son cœur battait la chamade tandis que Shiloh restait silencieux.

— On est proche toi et moi. Tu… tu n'y as jamais pensé ?

— On est trop proches, Sin.

— Mais tu n'y as jamais…

Il se leva et marcha de long en large quelques instants.

— Je ne sais pas, Sin. On ne sait même pas si c'est bien la clé. Imagine que ça ne le soit pas. Tu n'as pas envie de faire cette erreur.

Il se rassit enfin.

— Si c'est une erreur, je préfère la faire avec toi.

Il ouvrit la bouche sans qu'aucun son ne sorte.

— Je ne veux pas que ma première fois soit une sorte d'expérience scientifique surnaturelle. J'ai toujours pensé que ce serait… tendre, plein de chaleur et important pour moi. Tu vois ?

Il haussa les épaules.

— Donner un énorme pouvoir à une espèce surnaturelle me paraît plutôt important.

Même sa plaisanterie, somme toute mal venue, semblait forcée. Son inconfort transpirait.

— Maintenant que j'ai compris que les hommes m'attiraient, c'est dur de revenir en arrière, tu sais. Et puis, tu es comme ma sœur, Sienna.

— Sauf que je ne le suis pas.

Elle se leva.

— Attends où vas-tu, Sin ?

— Ailleurs, j'ai besoin de prendre l'air.

— Non, attends.

Il se leva également et lui attrapa le bras.

— Ne pars pas comme ça, t'es contrariée là. On va parler un peu de tout ça.

— Qu'y a-t-il de plus à dire ? Tu ne veux pas. Je n'aurais jamais dû te le demander de toute façon. Je viens de me ridiculiser. Donc là, je vais juste me planquer une décennie ou deux si possible.

— Non, Sienna, reste.

Il lui tenait toujours le bras.

— S'il te plait, Shiloh, j'ai juste besoin d'être seule là.

Il la lâcha.

— Merde, l'entendit-elle dire tout bas en fermant la porte.

Elle entra dans sa chambre, se faufila entre ses draps et éteignit la lumière.

Apparemment, je n'attire que les bêtes de foire. C'est moi la bête de foire. Eux au moins sont supranaturels. Ils ont une excuse. Moi je ne suis même pas comme eux. Je ne suis rien. Qu'une loser. Qu'ai-je fait pour mériter ça ? Je ne sais pas quoi faire. Où me réfugier ? Et si je n'arrive pas à résister à Lane, ou Jackson ? Et si je fais le mauvais choix ? Ou si je n'arrive pas à choisir ou trouver comment choisir et que cela empire les choses pour tout le monde.

Elle se mit à pleurer sans pouvoir se retenir.

Chapitre Sept

Sienna était très silencieuse le lendemain matin. Comme souvent, Shiloh pouvait difficilement aborder des sujets personnels en présence de toute la famille. Il dut attendre l'arrivée sur le parking du lycée et que Ben sorte rejoindre sa petite-amie, pour que Sienna et lui soient enfin seuls.

Il allait parler quand elle le devança :

— Je suis désolée.

— Non, c'est moi qui suis désolé.

— Tu n'as rien fait de mal. Je n'aurais jamais dû te demander un truc pareil.

— C'est juste que je ne veux pas gâcher ce qu'il y a entre nous, Sin.

— Moi non plus. Voilà pourquoi je n'aurais jamais dû te le demander. C'est toute cette histoire qui me rend folle. Je n'avais pas le droit de t'imposer un truc pareil.

— Bien sûr que si, parce que t'es ma nénette.

— Et toi t'es mon beau gosse, répondit-elle avec le sourire.

— Je suis désolée, je me sentais un peu déprimée hier. Et j'ai du mal à réfléchir en ce moment. Mais j'y ai pensé toute la nuit. Et je me sens mieux aujourd'hui. Et je suis contente que tu ne m'aies pas dit oui.

— C'est vrai ?

— Oui. Et tu as raison. Je ne dois pas me précipiter et risquer de commettre une erreur. Je vais prendre mon temps pour savoir ce que je veux vraiment. Et je verrai bien ce qu'il se passe.

J'espère juste que mon corps sera d'accord avec ça et me laissera du temps. Mais n'embêtons pas Shiloh avec ces détails. Je l'ai déjà suffisamment embarrassé hier soir, me ridiculisant au passage.

— Je suis bien content d'entendre ça et que tu le prennes ainsi. Tu es forte et tu sauras quoi faire. Ça va bien se passer et n'oublie pas que je suis toujours là pour toi, OK ?

— Oui.

— Merde, ça a sonné.

La journée défila tranquillement. Sienna était un peu nerveuse à la sortie du lycée, par rapport à son rendez-vous avec Lane. Elle espérait que tout se déroule bien. Elle ne pouvait pas franchement annuler. Car en toute honnêteté, elle ne le voulait pas. Que ce soit Jackson ou lui, elle souhaitait être près d'eux. C'était presque un besoin, au-delà du désir sexuel. Elle ne pouvait s'en empêcher, elle était attirée vers eux comme un aimant.

***

Sienna et Lane discutaient en montant la colline derrière la maison des Newton.

— Rappelle-moi pourquoi on prend la route touristique pour rentrer et pourquoi on a laissé ta voiture de l'autre côté ?

— Ah, ne me dis pas que tu n'aimes pas crapahuter dans ces collines, tu me l'as dit toi-même.

— Si, mais pas autant que toi, apparemment.

Lane s'arrêta et la rapprocha par la taille.

— Ne me dis pas que ça ne te plait pas ?

Il l'embrassa et elle enveloppa ses bras autour de son cou.

Lane s'écarta, sentant grimper la chaleur entre eux. Il attrapa sa main et continua de monter jusqu'à ce qu'ils arrivent au sommet. La cabane *Funhouse* se situait pas loin en contrebas, ensuite se trouvait une route à traverser pour descendre à la maison des Newton.

Lane l'approcha en la prenant une nouvelle fois par la taille.

— Je préfère quand on marche, tu as toujours l'air plus sereine dans les bois que dans la voiture. Et puis je déteste me garer devant la maison, car soit les Newton soit Shiloh nous guettent en principe et… je ne peux pas faire *ça*.

Il l'attira dans un baiser fougueux. Elle le serra fort, tandis qu'il avança de quelques pas jusqu'à la bloquer contre un arbre. Elle expira quand il s'appuya contre elle. Il l'embrassa dans le cou. Elle inspira profondément. Elle émit un petit gémissement lorsque la main du jeune homme glissa de son cou à son sein qu'il massa doucement. Les mains de Sienna se promenaient dans les cheveux de Lane.

La main de Lane continua de descendre jusqu'à la hanche de Sienna, il souleva sa cuisse et pressa la sienne sur l'entrejambe de Sienna. Elle dut interrompre leur baiser pour reprendre son souffle face à la bouffée de chaleur qui consumait son corps. Elle avait la sensation de prendre littéralement feu. Le désir entre ses jambes était si intense qu'il en était douloureux, et l'envahissait.

Il faut que je le stoppe très vite. Je perds le contrôle.

Lane l'embrassa dans le cou et, d'un mouvement rapide, mais délicat, Sienna se retrouva au sol, Lane sur elle. Il appuya une nouvelle fois sa jambe entre celles de Sienna qui expira fort.

C'est une pure torture. Je ne peux pas le stopper. Je n'en ai pas envie.

Lane avait déjà défait plusieurs boutons de la chemise de Sienna avant même qu'elle ne s'en rende compte. Sienna eut l'impression de recevoir un électrochoc quand la bouche du jeune homme se posa autour d'un mamelon durci, par-dessus son soutien-gorge. Sienna glissa ses mains sous le t-shirt de Lane, l'attirant plus près. Lane se recula très légèrement pour déchirer celui-ci d'un mouvement sec. Sienna n'eut pas le temps d'être surprise, ou effrayée par le geste, car Lane suça de nouveau son sein, sans la barrière du soutien-gorge qu'il avait baissé de son pouce. Sienna s'arqua contre sa bouche. Il appuya de sa main l'entrejambe de Sienna qui gémit. Il défit les premiers boutons de son jean. Elle regarda le ciel et les arbres.

Sans savoir d'où cela venait, elle entendit les mots de Jeneva comme un murmure dans son oreille *'tu n'as pas à faire quoi que ce soit que tu ne souhaites pas, Sienna'*.

Elle ferma les yeux, mais tâcha de le repousser d'un mouvement brusque avant que sa main ne glisse sous sa culotte.

— Arrête, arrête, arrête.

Elle se souvint également de ses propres mots à Shiloh ce matin même.

Lane recula dès qu'il sortit de son entrain.

— C'est rien. Tout va bien. Je ne vais pas te–

— Je ne peux pas, je ne peux pas. Je ne suis pas prête.

— C'est rien, ce n'est pas grave. Aucun souci, tu vois. Je ne te ferai pas de mal. Tu es juste tellement… Mais on va ralentir–

— Non, je–je dois rentrer.

Elle se leva, réajustant sa chemise.

— Non, reste, on peut discuter, ou–

— Non. J'ai juste besoin d'être seule. S'il te plait, Lane.

Sienna pouvait à peine respirer, étouffée par les vagues d'émotions et l'excitation dans son corps. Il lui fallait absolument s'en aller, car elle ne contrôlait rien et cela l'effrayait toujours autant. Elle partit en courant et se réfugia dans la *Funhouse*.

***

Sienna soupira de ne pouvoir calmer sa respiration. Elle n'avait pas encore boutonné sa chemise et son pantalon. Elle essayait simplement d'apaiser le désir qui lui parcourait le corps.

Tout va bien. Je l'ai fait ; j'ai réussi à repousser ce désir. Je me contrôle peut-être mieux que je ne le pensais. C'est bien, c'est très bien. Ça va bien se passer. Respire, Sienna.

Elle était assise contre le mur au fond de la cabane, près de la fenêtre. Elle sentit une brise rapide puis sursauta en voyant Jackson se tenir là, face à elle.

— Oh mon dieu, glissa-t-elle d'un souffle.

Elle regarda tout autour, paniquée.

— Va-t'en !

Oh non pas lui. Pas lui. Je ne pourrai pas lui résister. Je ne pourrai pas.

— S'il te plait, va-t'en. S'il te plait.

— Pourquoi ? Tu me parais avoir grandement besoin de moi, là.

— Non, non, je ne peux pas… Je ne veux pas de toi.

— Personne ne veut jamais de moi. Je me demande bien pourquoi. Oh, mais *toi*, tu me veux.

— Non, s'il te plait, je ne peux pas supporter d'être près de toi, là.

— Si tu le peux, il faut juste que tu arrêtes de le combattre. Tu le veux, OK ?

Sienna détourna le regard avant de le dévisager.

— Personne ne veut jamais de toi, car tu es méprisable, méchant, et toujours à foutre le bordel. Voilà pourquoi !

Sienna posa sa main sur sa poitrine, respirer devenait douloureux.

— Ça va aller.

Sienna le contempla avec curiosité à la tendresse inattendue dans sa voix.

Il secoua la tête.

— Toujours obligé de nettoyer le bordel laissé par les chiens. Ils ne terminent jamais ce qu'ils ont commencé.

Sienna passa sa main dans les cheveux, se les arrachant presque. C'était trop beau pour être vrai.

82

— Tu ne peux pas oublier ta putain de guerre cinq minutes et agir comme une personne ! Il faut toujours que tu baves sur eux. Es-tu si vide ? Qu'en est-il de Jackson, l'homme, pas juste le vampire ? J'aimerais beaucoup le rencontrer et–

Il l'interrompit de ses lèvres sur les siennes.

Il la laissa à bout de souffle quand il se recula tout juste pour lui murmurer à l'oreille :

— Vos désirs sont des ordres, ma reine.

Sienna n'eut pas le temps de protester qu'il l'attira à lui et sur ses genoux. Il l'embrassa avec ferveur tout en l'allongeant au sol. Elle ne le sentit pas lui retirer sa chemise ni la sienne, cependant les deux se trouvaient au sol quand Jackson rompit le baiser.

Jackson lui embrassa la poitrine. Quelques larmes coulaient le long des joues de Sienna, tant respirer lui faisait mal sous ce désir brulant. Son excitation atteignait des sommets. Elle essayait de rationaliser pour survivre à ces vagues de sensations, tandis qu'il lui ôtait son pantalon et sa culotte. Il lécha son ventre plat. La fraicheur d'être nue sur le sol froid de la cabane ne calmait en rien la chaleur de son corps. Même le manque de chaleur du corps de Jackson ne la rafraichissait pas. Elle avait l'impression d'être en feu. Elle couina quand la bouche du vampire se posa entre ses jambes. Elle agrippa ses cheveux et ne pouvait s'empêcher de l'appuyer davantage sur son intimité. Si Jackson avait été humain, il aurait crié de douleur tant elle tira fort quand elle jouit quelques moments plus tard.

Il ne fallut qu'une demi-seconde à Jackson pour retirer son pantalon et son boxer. Sienna eut à peine le temps de souffler qu'il la prit dans ses bras et sur ses cuisses, tandis qu'il était assis au sol. Elle expira fortement quand il la pénétra. Jackson enveloppait la taille de Sienna de ses bras, et Sienna passa les siens autour du cou du vampire. Il l'attira plus activement contre son bassin. Elle resserra ses bras autour de lui, et ses jambes autour de sa taille.

Sienna cria plusieurs fois face aux vagues de plaisir. Jackson se leva en une seconde et la plaqua sur le bord de la fenêtre. Le dos de Sienna cognait contre celle-ci à chacune de ses pénétrations, toujours plus fortes. Sienna respirait de façon saccadée, ses ongles laissaient des traces sur la peau de Jackson alors qu'elle serrait toujours plus fort. Elle gémit de plus en plus, un nouvel orgasme grandissait en elle. Elle jouit peu de temps après qu'il l'ait remise au sol et soit monté sur elle. Il ne s'arrêta pas de l'emplir pour autant. Elle avait l'impression de flotter malgré les pénétrations incessantes de Jackson qui approchait de l'orgasme. Il jouit en elle alors qu'elle s'évanouit.

Sienna sentait une main lui caresser le visage tandis qu'elle se *réveillait*. Le large plaid que Shiloh et elle laissaient toujours dans la cabane pour leurs longues soirées de lecture en hiver recouvrait son corps nu. *Nue*, très vite, la scène qui s'était jouée ici il y a peu lui revint en tête et elle ouvrit grand les yeux. Cela dit, de voir Jackson assis à côté, une main en arrière, de façon très détendue, apaisa sa panique d'une certaine manière. Elle détourna cependant le regard, le rouge aux joues face à sa nudité. Jackson sourit.

Sienna se redressa, gardant la couverture à hauteur de sa poitrine pour se couvrir. Elle observa tout autour et prit peur en voyant du sang au sol. Elle se rendit compte qu'elle en avait entre les jambes.

— Ne t'inquiète pas, ce n'est que le mien, principalement, la rassura-t-il.

— Le sang, c'est tout ce dont nous sommes faits. Tout ce qui sort de nous, larmes ou autres, même *ça*, que du sang. Cela n'empêche pas le plaisir, fort heureusement.

Sienna passa sa main dans ses cheveux, essayant de réaliser ce qu'il venait d'arriver, puis une pensée traversa son esprit. Elle regarda d'un coup par la fenêtre, l'air effaré. La nuit tombait.

— Ne t'inquiète pas, il ne s'est rien passé. Tu n'as pas massacré la communauté loup-garou toute entière… pas encore en tout cas. Non, non, tu as seulement vécu un dépucelage du tonnerre, indiqua-t-il avec un sourire satisfait.

— Donc… *ça* n'était pas la clé.

— Je n'ai jamais pensé que ça l'était.

— Pourtant tu avais l'air… et tu as… insisté. Enfin…

Elle était gênée et regarda de côté.

Jackson s'avança plus près et repoussa une mèche de cheveux blonds foncés loin des yeux étincelants de Sienna.

— J'avais juste vraiment envie de toi. Je te l'avais déjà dit. Et je dois bien avouer que…

Il caressa son épaule dévêtue.

— C'était quelque chose.

Sienna détourna le regard, peinant à cacher le rosé de ses joues.

— Mais tu avais besoin d'une pause.

— Que veux-tu dire… une pause ?

— Penses-tu vraiment que j'en ai eu assez, là ? Tu as un goût tellement enivrant que je pourrais y aller toute la nuit.

Le rouge de sa sclérotique parut s'agrandir jusqu'à l'iris. Sienna n'avait jamais vu ce regard si prédateur. Un frisson la parcourut, qui laissa une traînée de désir dans son corps au lieu de la paniquer. Ses mamelons durcirent déjà. Elle inspira profondément. Jackson sourit victorieusement avant de l'attirer dans un baiser ardent.

Il la coucha au sol, sur son côté gauche. Il était étendu en face d'elle, attirant son visage pour l'embrasser pendant que sa main gauche massait son sein. Elle descendit ensuite plus bas, entre ses jambes. Sienna n'avait pas besoin de beaucoup de préliminaires, étant encore mouillée de leurs ébats précédents et de son désir de retour au grand galop. Elle était toujours de côté lorsqu'il monta sur elle. Sa jambe droite entre les siennes tandis qu'il forçait la jambe droite de Sienna à remonter. Elle expira quand il la pénétra. Il grogna lui aussi, car cette position rendait l'intimité de Sienna plus serrée et lui donnait davantage de plaisir.

Il l'emplit doucement au début puis accéléra le rythme tel un vampire pouvait le faire, excité par ses gémissements et cris de plaisir. Après un long moment, il l'allongea complètement sur son ventre et la pénétra de nouveau, encore plus fort, glissant sa main sous son ventre, la caressant intimement de temps à autre. Elle tentait de s'agripper aux lattes de bois, se cassa trois ongles, s'efforçant de suivre ses mouvements, ou juste de se tenir. Des cris de douleur se mêlèrent aux cris de plaisir et à ses couinements puis elle jouit enfin. Elle avait l'impression qu'un raz de marée venait de lui passer sur le corps. Elle se sentait très faible et dans un état second tandis qu'il la pénétrait toujours. Il jouit un bon moment plus tard. Elle avait la tête qui lui tournait et se sentait partir dans les bras de Morphée.

Une soudaine fraicheur lui caressa le dos. Elle essayait d'ouvrir les yeux. Elle resta consciente suffisamment longtemps pour l'entendre murmurer : Je n'en ai pas encore eu assez, princesse… mais toi, si.

Sienna crut sentir un petit baiser sur sa joue, mais comme il s'agissait de Jackson, elle s'était probablement déjà rendormie, pensa-t-elle.

Quand elle ouvrit de nouveau les yeux, la cabane de bois était plongée dans un noir profond. Elle se dirigea dans le coin vers une malle qu'elle ouvrit. Elle en retira une lampe de poche que Shiloh et elle gardaient ici. Elle l'alluma et ne put s'empêcher de sourire à la vue de ses vêtements, pliés délicatement et rangés dans un coin de la cabane. Elle secoua ensuite toutes ses pensées qui se chamboulaient dans sa tête, car il lui fallait rentrer à la maison très vite. Elle enfila ses habits et sortit.

***

Sienna descendait aussi vite que possible, éclairée seulement de sa petite lampe de poche. Elle trébucha plusieurs fois et tomba une fois. Elle soupira de soulagement en distinguant la route qui contournait la colline, car la maison des Newton se trouvait moins de cent mètres plus bas.

— Ne bougez plus !

Sienna se figea et leva instinctivement les bras au-dessus de la tête. Un véhicule arriva.

— Déclinez votre identité.

— Sienna Greene. Je–j'habite juste en bas, la–la maison en bas de–de la colline.

Les lumières puissantes de la voiture l'aveuglaient alors même qu'elle ne lui faisait pas face. Elle tremblait, elle avait l'impression d'avoir entendu une arme se charger quand on l'avait interceptée.

— L'heure du couvre-feu est largement dépassée. Que faites-vous dans les bois ? Retournez-vous. Doucement !

Sienna obéit. Elle leva les mains encore plus haut en entendant, de manière certaine cette fois, des armes se charger. Elle se savait en joue.

— Ne tirez pas ! S'il vous plait ! J'habite juste en bas, chez les Newton. On–on a une cabane dans les bois plus haut, on lit, et–et faisons nos devoirs. Je me suis endormie. Je–je suis désolée, s'il vous plait, ne tirez pas. Je n'ai rien fait de mal.

Elle retint son souffle.

Ils ne lui répondirent pas. Un homme s'approcha lentement d'elle, un objet à la main. Elle ferma les yeux quand il l'apposa sur son front. Il se recula, le regard posé sur son objet. Elle le vit hocher la tête négativement en direction de l'homme qui lui avait parlé plus tôt. Celui-ci se tenait en face d'elle. C'était le seul qu'elle pouvait voir clairement. Il portait un uniforme sombre qu'elle n'avait jamais vu auparavant.

— Tendez votre main. Doucement.

85

Elle s'exécuta. Il s'avança avec précautions et prit son pouls. Il recula très légèrement et lui demanda sa carte d'identité qu'elle lui tendit délicatement, sans geste brusque. Il retourna à la voiture qui paraissait très large, tel un Hummer. L'homme fixait un moniteur, de ce que Sienna pouvait deviner malgré les lumières. Il vint lui rendre sa pièce d'identité, tandis qu'un autre homme qu'elle ne distinguait pas déclara :

— Très bien, Sienna Amber Greene, rentrez vite chez vous maintenant et respectez bien le couvre-feu désormais. Nous vous aurons à l'œil.

Sienna avala une nouvelle fois sa salive. Les lumières de la voiture semblaient s'intensifier donc elle s'en alla, comprenant qu'ils ne la laisseraient pas voir davantage. Elle se dépêcha de finir la descente. Elle arriva avec soulagement chez les Newton. La seule bonne chose que cette rencontre avait réussi à accomplir, c'était de calmer le désir de ces heures passées. Cette frayeur l'avait en effet bien refroidie, pourtant, à son plus grand désespoir, elle était toujours un peu excitée.

***

Sienna secoua la tête et monta les escaliers. Aussitôt qu'elle referma la porte de sa chambre derrière elle, celle-ci s'ouvrit brutalement.

— Putain, mais t'as vu l'heure ? J'étais mort d'inquiétude !

— Je–je, euh. Je n'avais pas vu qu'il était si tard.

— Ils ont bouclé toute la ville. Ils ne sont pas encore trop présents dans le centre, mais les extérieurs sont complètement bouclés. J'ai pris la voiture un moment après le couvre-feu pour te chercher. Il y avait ces grosses voitures, avec des lumières et des spots comme si c'était déjà Noël.

— Ne m'en parle même pas.

Shiloh lui attrapa le bras.

— Ils t'ont vue ? Ils t'ont touché ?

— Non, non, ils ont juste, euh, contrôlé mon identité et… ils ont pris ma température. J'ai cru qu'ils allaient me tirer dessus quand ils ont vu mes yeux et– quoi ? Pourquoi est-ce que tu me regardes comme ça ?

Elle réalisait seulement maintenant que le regard du jeune homme était passé d'une inquiétude sans nom à un choc encore plus grand en saisissant son bras.

Il s'approcha de son visage puis recula. Il inspira profondément, comme s'il sentait de l'urine de chat sur le tapis. C'est l'impression qu'il donnait, en tout cas.

— Dis-moi que tu ne l'as pas fait ?

Sienna ouvrit grand les yeux.

— Tu n'as pas fait ça, Sin, s'il te plait ?

Sienna croisa les bras sur sa poitrine et ne répondit pas, quelque peu embarrassée.

— Je n'arrive pas à y croire. Tu es folle !

Le regard de Sienna s'assombrit.

— Je croyais que peu importe mon choix, tu me soutiendrais, que tu me faisais confiance ?

— Parce que j'étais sûre que tu ferais le bon, que tu aurais assez de jugeote !

— Donc tout ton beau discours l'autre jour c'était de la merde ? Et puis de toute façon, je n'ai fait aucun choix. Il ne s'est rien passé en termes de *changements cataclysmiques*. Il ne s'est rien passé, OK ? Coucher avec moi n'est pas la clé. C'est juste un truc qui s'est... passé. Alors, fais avec, car je ne peux pas faire machine arrière. C'est fait, c'est tout.

— T'es amoureuse de lui ?

— Oh, arrête. Ne me demande pas ça. L'amour n'a rien à voir dans tout ça. Ça ne compte pas pour le moment. Il y a des militaires en ville qui me cherchent *et* je viens de perdre ma virginité, avec un vampire en plus. Alors je n'ai pas le temps de gérer ton désaccord.

Shiloh sembla perdu dans ses pensées.

— Désolé, mais... ça ne me va pas.

Sienna mit ses mains sur son front, en abandon.

— Ça ne me va pas, parce que je t'aime.

— Je sais ça. Tu me l'as dit en même temps que ton *beau* discours ; tu ne supporterais pas de me voir blessée, mais ça n'arrivera pas tant que tu es à mes côtés, OK ?

— Non, pas comme ça. Je *t'aime*.

— Moi aussi je t'aime. Arrête, arrête, qu'est-ce que tu fais ?

Elle posa ses mains sur la poitrine du jeune homme qui continuait d'avancer sur elle.

— Je te le montre.

Shiloh attira son visage à lui pour l'embrasser. Il fallut quelques secondes à Sienna pour sortir de sa torpeur et le repousser.

— Shiloh, j'ai passé une journée très bizarre et éprouvante. Ce n'est pas le moment de me charrier. Surtout pas dans l'état où je suis. Et ne me pose pas de questions là-dessus d'ailleurs.

— Je ne te charrie pas. Quant au reste, je sais déjà l'effet que j'ai sur toi.

— Non, crois-moi, ce n'est pas toi. C'est vraiment eux. Enfin bref. Tu es mon meilleur ami et–

— Es-tu aveugle ?

Il attrapa gentiment ses épaules.

— On n'est pas des amis toi et moi, mais des âmes sœurs. On est faits l'un pour l'autre.

— Pardon ? T'as fumé ou quoi ? Tu as oublié ce qu'il s'est passé hier soir ? Je te l'ai demandé, Shiloh !

— J'ai eu peur, OK ? Je tiens tellement à toi et... je voulais que tu le veuilles vraiment, pour les bonnes raisons. Mais je sais que tu m'aimes et tu sais ce que je ressens pour toi.

— Shiloh, tu es homo, OK ? Tu me l'as bien rappelé hier. C'est une des raisons qui t'a stoppé et c'est OK. Parce que *ça*, ce n'est pas notre relation, c'est tout. Donc, maintenant arrête, ce n'est pas drôle.

Elle quitta sa chambre pour se diriger vers la salle de bains. Il la suivit dans le couloir.

— Sienna, tu étais la première à me dire de garder l'esprit ouvert. Et d'aimer une personne pour qui elle est, non pas son genre, souffla-t-il tout bas pour qu'on ne les entende pas.

— Mais… c'est fou. Tu agis comme… Et simplement parce que j'ai couché avec Jackson. Et qu'en est-il de Lane ? Je croyais que c'était ton pote ? Tu étais à fond team Lane et maintenant… tu es totalement incohérent, surtout après ce que tu m'as dit hier soir.

Sienna posa sa main sur la poignée de porte, mais eu à peine le temps de l'ouvrir qu'il la referma. Ses mains sur les épaules de Sienna, il la retourna et l'embrassa. Elle eut du mal à interrompre ce baiser et s'écarter de lui.

— J'ai toujours su, Sienna, mais j'ai flippé. J'étais, je *suis* gay et personne d'autre n'est plus proche de moi que toi alors j'ai eu peur de ruiner notre relation. Et puis Lane passe par là et est plutôt décent comme mec, ça et toute cette histoire qui nous est tombée dessus. Je me dis, 'si elle est heureuse, lui peut la protéger mieux que moi en plus'. Par conséquent, je reste dans mon coin. Maintenant qu'il est hors-jeu—

— Je n'ai jamais dit ça et–

— Maintenant qu'il est hors-jeu, je tente enfin le coup avant qu'un autre loser me passe devant. Je me suis complètement dégonflé hier, une vraie poule mouillée. J'ai failli te perdre, mais tu m'appartiens. On est fait l'un pour l'autre et tu le sais. Personne n'a de relation comme la nôtre. C'est unique et personne ne viendra rompre cela. Surtout pas un mort-vivant.

Sienna s'écarta à la mention de Jackson.

— Laisse-moi tranquille, s'il te plait.

Elle rentra dans la salle de bain.

Shiloh posa ses mains contre la porte, inspirant fortement. Il ne bougea pas, pensif.

***

Sienna tentait de se détendre sous la douche, laissant l'eau chasser ses pensées. Elle l'aurait souhaité en tout cas. Mais elle ne chassa que les traces de son désir et celui de Jackson de son corps. Trop de pensées en tête, trop de sensations qui ne s'en allaient pas. L'humidité entre ses jambes semblait ne plus s'arrêter. Sienna prenait de profondes inspirations, essayant de se vider la tête. Elle sursauta quand de larges bras l'enveloppèrent. Cependant, à l'inverse d'il y a deux nuits, l'intrus n'était pas le bienvenu cette fois.

— Shiloh, qu'est-ce que–oh mon dieu ! s'exclama-t-elle quand elle sentit sa nudité.

Shiloh la serra fort, appuyant le dos de la jeune femme contre sa large poitrine.

— Je t'aime, Sin. S'il te plait, laisse-moi t'aimer.

— S'il te plait, Shiloh, c'est trop, je n'y arrive plus. Tout ça, et toi. C'est trop confus. Tu me perturbes.

Sienna commença à pleurer, mais il l'étreignit et elle laissa peu à peu ses baisers dans son cou la calmer et la conquérir. Il éteignit l'eau et pencha la tête de Sienna en arrière pour l'embrasser délicatement. Il approfondit le baiser ensuite en massant ses seins quand elle gémit tout doucement. Son corps était si sensible que la moindre touche se ressentait comme un intense préliminaire.

— Shiloh, Shiloh, réfléchis…

Il l'embrassa de nouveau. La main du jeune homme descendit entre les jambes de Sienna qui expira quand il commença à la caresser intimement. Ses mains tremblèrent, elle le sentait de plus en plus près dans son dos. Elle essaya de parler, sans y parvenir lorsqu'il la pénétra d'un doigt. Elle couina et il l'embrassa dans le cou avant de retirer sa main. Il lui caressa le sein tandis que la main l'ayant doigté levait la jambe gauche de Sienna. Elle agrippa le porte-savon quand elle le sentit glisser en elle. Il la serra fort en la pénétrant lentement et profondément. Elle expira lourdement.

— Tout va bien. Tout va bien, murmura-t-il dans son oreille, lui caressant le corps, tentant de la rassurer. Elle respirait de façon saccadée, comme si elle avait une crise d'angoisse. Il l'enlaça, restant en elle sans bouger, le temps qu'elle se calme. Elle gémit quand il se remit à la pénétrer tout en effleurant son clitoris de son autre main.

Au bout d'un moment, il se retira, reposa sa jambe puis la retourna. Il la souleva et l'emplit de nouveau en la plaquant contre les carreaux de la douche. Elle enveloppa ses jambes autour de sa taille et il accéléra ses mouvements.

— Shiloh… Shiloh, mon Dieu.

Elle parvenait difficilement à s'exprimer.

— Tu n'as… rien mis.

Elle continuait de l'attirer plus près contre elle, malgré son appréhension.

— T'inquiète, bébé. Je connais tes cycles par cœur. On ne craint rien.

Sienna se trouvait dans un état second, bien incapable de considérer les mots du jeune homme avec la clarté et l'intelligence avec laquelle elle l'aurait fait en temps normal. En réalité, elle entendit à peine sa réponse. Son esprit était dans un autre monde en cet instant.

Ils devenaient de plus en plus vocaux dans la salle de bain qui produisait un bon écho. Shiloh sortit de la douche, continuant de la pénétrer. Une main sous ses fesses comme si elle ne pesait rien, il continuait d'appuyer son bassin contre son entrejambe. Il ouvrit la porte de la salle de bain, jeta un œil dans le couloir puis rejoignit aussitôt sa chambre. Il l'allongea sur les couvertures et se plaça sur elle, entre ses jambes, ne perdant pas une minute, comme s'il ne supportait pas que leurs corps soient séparés. Il les réunit ainsi par une pénétration profonde qui fit crier Sienna. Il lui semblait même que le rythme de ses pénétrations était aussi rapide et puissant que celui de Jackson. Sienna se doutait tout de même que Jackson avait probablement adouci ses actions avec elle. Elle n'était qu'humaine après tout. Shiloh, lui, ne se retenait pas et l'aimait de tout son être à ce moment-là, perdu en elle et en leur plaisir.

Il caressait son corps, ses épaules, ses seins, ses jambes, son entrejambe, partout pour lui donner le maximum de plaisir jusqu'à ce qu'elle jouisse. Il jouit quelques instants plus tard, en elle, et se laissa retomber sur son corps, restant en elle un long moment.

Ils ne dirent rien. Des larmes silencieuses coulaient le long des joues de Sienna. Il les essuya de sa main. Il lui murmura des mots doux et la prit dans ses bras avant de s'endormir, pensant qu'elle dormait enfin.

***

Sienna attendit d'entendre les premiers ronflements légers de Shiloh pour ouvrir les yeux. Quelques larmes s'en échappèrent encore. Elle ne pouvait absolument pas dormir. Elle aurait tant voulu dormir pourtant, pour oublier tout cela, mais son esprit tournait trop vite pour la laisser en paix.

Elle se coucha sur le dos, regardant tout autour. La tapisserie jaune fade recouverte de posters de voitures de sport, de motos de course, de voitures de légendes, de stars du basketball. Des posters de tout ce qu'était Shiloh. Ses ronflements s'intensifièrent et elle ne supporta plus de rester ici. Être si près de lui physiquement et s'en sentir si loin à cause de ce qu'il s'était passé était très dur. Elle ne pouvait plus le regarder. Son corps nu à côté du sien…

Elle s'assit, enveloppa ses bras autour de sa propre nudité. Elle enfila l'une des longues chemises du jeune homme pour quitter la chambre. Elle alla directement dans la salle de bain et prit une nouvelle douche. Elle jetait constamment un œil par la fenêtre. Essayant désespérément d'effacer la confusion dans son esprit, elle se mit à pleurer, car c'était impossible.

Elle sortit, enveloppée d'une serviette et s'installa sur son lit. Elle resta ainsi un moment, partiellement mouillée, observant la nuit à travers la fenêtre, tout comme elle l'avait fait dans la salle de bain.

Au bout d'un moment, elle alla l'ouvrir et se rassit sur son lit. Son radio-réveil indiquait bientôt deux heures du matin. Elle se leva, se sécha et s'habilla de vêtements sombres. Elle marchait de long en large dans sa chambre, jetant toujours un coup d'œil à la fenêtre. Elle commençait à frissonner, le froid de cette fin novembre emplissait la pièce. À deux heures vingt, elle finit par enfiler un manteau et sortir par l'espalier fruitier placé contre la maison.

Sienna patienta dix minutes de plus à l'arrière de la maison, observant les bois avant de prendre la direction de la route. Dès qu'elle apercevait des lumières, elle se cachait, ne voulant pas se retrouver aux prises avec les militaires. Elle sentait le danger dans tout son être. C'était effrayant. Elle devrait être bien en sécurité au chaud dans sa chambre et pourtant elle ne pouvait s'arrêter d'avancer, sans penser, jusqu'à ce qu'elle reconnaisse les alentours. Elle regarda la maison au toit en tuiles rouge ; la maison d'Indigo. Elle n'avait pas décidé de venir ici, son inconscient l'y avait tout simplement guidée. Elle dépassa la résidence, puis repassa devant une nouvelle fois, puis se tint face à la porte d'entrée. Elle ramassa quelques cailloux au sol et se dirigea sous la fenêtre d'Indigo quand la porte d'entrée s'ouvrit.

Elle se cacha vite derrière un buisson, mais Indigo l'appela, lui disant de la rejoindre.

***

Elles échangèrent un bref 'salut' quand Sienna entra. Elle marchait avec précautions et se tourna en direction des escaliers.

— Tu ne dormais pas ? demanda-t-elle tout bas.

— Légèrement, mais… je t'ai sentie, je pense. Disons que tu as eu une journée… bien chargée.

Le ton amusé d'Indigo ne parvint pas à rendre le sourire à Sienna.

— Ce n'est pas grave, tu sais, ajouta-t-elle, la voyant baisser les yeux.

Sienna leva les yeux sur son amie et murmura :

— Je suis vraiment désolée de me pointer comme ça si tard… Je ne sais même pas pourquoi. Je ne veux pas t'attirer d'ennuis.

Sienna regarda une nouvelle fois les escaliers.

— Ne t'inquiète pas, et tu peux parler normalement ; mon père et ma tante ne sont pas là. Ils assistent à une sorte de colloque de sorcellerie, si je puis dire.

— Oh.

— Ta présence ne les dérangerait pas, de toute façon. Viens, suis-moi.

Indigo l'invita à s'asseoir dans le canapé.

— Tu veux un chocolat chaud ?

— Euh, non merci. Je veux bien un verre d'eau à la rigueur.

Indigo acquiesça et revint avec une canette de coca pour elle-même et un verre d'eau pour Sienna. Elle s'installa près de Sienna qui semblait perdue dans ses pensées.

— Et donc ? Vas-y dis-moi.

— *Donc* ? Oh rien de grave, seulement moi qui deviens une personne complètement différente. Je ne me reconnais plus. J'ai l'impression de perdre le contrôle. En fait, j'ai l'impression de me perdre tout court, perdre la boule même.

— Ne mets pas tout sur le compte de tes origines, tu sais. On est des ados ; le sexe est présent dans nos têtes à tous. Même moi.

— Qu'on ait ça en tête, OK. Mais là…

Sienna marqua une pause qui s'éternisa, en définitive.

— Vas-y je t'écoute. Je suis ton amie, Sienna. Jamais je ne te jugerai. Je suis là pour t'écouter.

— Oui, je sais. Je pense que c'est pour ça que je suis venue ce soir.

— Peut-être que oui, peut-être que non.

Sienna sourcilla aux paroles d'Indigo.

— Que veux-tu dire ?

— Ce n'est rien. Dis-moi ce que tu ressens. Ce que tu as ressenti ?

— Je me sens super mal.

— Non, non, pas comment tu te sens, là, mais comment tu t'es sentie avec…

Indigo sembla chercher un court instant.

— C'était Jackson, c'est bien ça ? Tu as couché avec le vampire, n'est-ce pas, en premier ?

Sienna mit ses mains sur son visage.

— J'aimerais tellement que tu n'aies pas à ajouter *en premier*.

Indigo lui frotta gentiment le dos.

— Et donc ? insista-t-elle, ramenant Sienna sur un *meilleur* sujet.

— C'était… c'était… ouah. J'ai aimé. Non, j'ai adoré. J'ai honte de le dire, mais c'était si bon. Même avec cette espèce de brutalité chez Jackson. Enfin non, il n'était pas brutal, il était… on aurait dit, enfin, il ne me ménageait pas, sans me blesser pour autant. C'était un mélange étrange de peine et de plaisir et c'était exquis.

Elle hésita brièvement puis admit : et c'est vrai que j'ai pensé ou ressenti que peut-être, effectivement, j'étais faite pour ça. Les non-humains, je veux dire.

Indigo opina, la laissant s'exprimer.

— Enfin, à un moment, je me suis quand même demandé si je pourrais remarcher un jour.

Indigo ne put s'empêcher de rire.

— Non, mais pour de vrai. Il était si… puissant et fort, mais moi aussi je me sentais puissante. À aucun moment je ne me suis sentie menacée ou *cassable* dans ses bras et sous son toucher. Et je vais bien, physiquement parlant, ça allait quand j'ai quitté la *Funhouse*. C'était juste un sentiment étrange.

— Je crois comprendre ce que tu veux dire. Mais c'est bien. Ça t'a aidé en fin de compte. Aider à appréhender cette partie de toi, non ?

— Ouais, et quelle splendide partie.

Sienna observa par la fenêtre.

— Oh, ce n'est pas si mal.

— Pas si mal ? Il y a dix heures j'étais encore vierge, et en quelques heures j'ai embrassé trois mecs, couché avec deux et je…

Sienna baissa la tête après avoir regardé une nouvelle fois par la fenêtre.

— Et c'est nul, c'est tout.

— Pourquoi n'as-tu pas dit ce que tu pensais vraiment ?

— Pardon ?

— Juste là. Ce n'est pas ça que tu allais dire, Sienna.

— Je ne comprends pas, affirma Sienna, en contemplant à nouveau par la fenêtre.

— Là, juste là, tu penses encore à elle.

Sienna la scruta abruptement.

— De quoi parles-tu ?

— Tout à l'heure, tu allais dire, *j'ai embrassé trois mecs, couché avec deux et je…* Tu avais Jeneva en tête. Je pense que ta phrase aurait été *et je pense à quelqu'un d'autre*.

— Non, ce n'est pas vrai.

Indigo la fixa.

— Non, je t'assure ce n'est pas ça, mais elle était censée être là et…

Sienna s'interrompit face au regard perçant d'Indigo.

— Tu vois, c'est elle que tu cherchais ce soir. Tu n'es pas sortie de la maison immédiatement après Shiloh. Tu as attendu. Tu espérais qu'elle se montre. Qu'elle t'apporte du réconfort. Comme elle l'a déjà fait, j'ai l'impression, non ?

Sienna hocha la tête.

— Avant-hier, à la pause au lycée et la nuit d'avant surtout. Je me sentais si mal et elle est venue. Elle était là. Elle est censée veiller sur moi. C'est juste… je crois que je suis un peu en colère, c'est tout. Elle aurait dû être là et ça ne serait pas arrivé.

— Et quand tu dis *ça*, tu parles de Shiloh, n'est-ce pas ?

Sienna baissa les yeux au sol. Elle couvrit son visage de ses mains et soupira. Elle regarda Indigo.

— Je ne trouve pas de mots pour exprimer comment je me sens, là. Je n'ai pas d'explications.

— Donc toi et lui ?

— Non !

Indigo sourit face à l'indignation de Sienna. Elle leva les mains au ciel.

— Désolée. La façon dont vous êtes l'un avec l'autre, beaucoup pensent que vous êtes ensemble, tu sais. Vous êtes toujours collés et si proches.

— On l'est, on est les amis les plus proches. Et il est gay d'abord ! C'est mon homo de meilleur ami. Comment est-ce que ça a pu arriver ?

Indigo ne commenta pas. Le ton de Sienna était beaucoup plus calme tandis qu'elle ajouta :

— Et je suppose que tu as raison. Je suis devenue tellement balaise à ignorer ce que je ne veux pas voir, ou savoir. Le pire c'est que je lui ai demandé, la nuit précédente. Je pensais que ça pourrait être un moyen de stopper cette folie. En tout cas, que cela soit quelque chose qui représente plus pour moi. Et il a dit non. Je me suis sentie super mal de lui avoir demandé en premier lieu, et qu'il ait refusé, encore plus. Et puis la nuit dernière… je ne sais pas ce qu'il s'est passé.

Elle essuya une larme de ses joues.

— OK, je mentirais si je disais ne jamais y avoir pensé avant. Plus jeune, j'avais même un petit crush pour lui. Je l'aime tellement et il m'aime lui aussi. À quel point, je n'en avais pas vraiment idée.

Sienna inspira fort, ses yeux brillaient de larmes qu'elle peinait à contenir.

— Mais ça n'aurait jamais dû arriver. Pas comme ça en tout cas. Quand je pensais à nous, plus jeune, je m'imaginais un baiser volé, ou même accidentel. Et puis les étapes qui suivent, se tenir la main, tomber amoureux. Laisser les sentiments se transformer entre nous et enfin un jour, faire l'amour. J'avoue, j'ai souvent rêvé qu'il soit mon premier. Mais pour moi, il est toujours mon Shiloh, mon meilleur ami, mon… âme sœur, murmura-t-elle, se rappelant les mots de Shiloh la veille avec amertume.

Elle détourna brièvement le regard.

— Mais ce qu'il s'est passé ne ressemble en rien à ça. Ce n'était pas de l'amour. Je ne le voulais pas.

— Hey, qu'es-tu en train de dire là ? Il t'a fait mal ? Il–

— Non, non, vraiment pas. Il ne me ferait jamais de mal, pas de cette manière. On parle de Shiloh tout de même.

— De la façon dont tu en parles, Sienna. Et tu dis que tu ne le voulais pas…

— Non, je ne le voulais… Non, ce n'est pas ça. C'est dur à expliquer. Physiquement, je le désirais, vraiment. Tu n'as aucune idée de ce que ce désir me fait. J'aimerais tellement que ça ne soit pas comme ça. Quand je suis rentrée, j'avais besoin de mon Shiloh, de mon ami qui m'aide à y voir plus clair et me rassure, surtout après avoir manqué de me faire tirer dessus, et avoir couché avec un vampire. Et il était aux abonnés absents. Mon Shiloh n'était pas là. C'est comme si un interrupteur s'était allumé, ou éteint la minute où il a compris que j'avais couché avec Jackson. Ou peut-être que c'est simplement son désir qui l'a transformé en quelqu'un d'autre, un peu comme moi hier. Et moi justement, mon esprit ne le voulait pas. Mais mon corps disait oui avant même qu'il ne me touche. Et c'est vraiment douloureux que ton corps réagisse ainsi malgré la barrière de l'esprit qui ne suit pas, mais alors pas du tout, dans ce cas-là.

Elle inspira fort.

— Je ne peux pas te dire à quel point ça fait mal. C'est dur. J'ai réellement l'impression de perdre le contrôle. Je ressentais le même désir avec Jackson, mais là je le voulais. Dès que je les ai rencontrés, Lane et lui, je les désirais. Et même si les explications et la force de ce désir m'ont fait peur, je le voulais quand même. Je n'avais pas peur. Je ne regretterai pas ce qu'il s'est passé avec Jackson si ce n'était pour l'état dans lequel ça m'a mis. Sans doute que j'aurais pu mieux contrôler les choses à la maison avec Shiloh. Il déteste Jackson et de savoir ça l'a rendu un peu fou, je crois. Peut-être… je ne sais pas. Et maintenant, je regrette la soirée entière.

— Je ne sais pas vraiment quoi te dire. Je pense que le temps t'aidera à y voir plus clair et j'espère aussi que tu pourras ne garder que le meilleur de cette nuit. Et Jeneva, qu'en dit-elle ?

— Elle dit que ça ne sera pas toujours ainsi. Que je ne suis pas comme ça, comme eux. Je suppose qu'elle veut dire qu'il me faut un peu de temps pour trouver une sorte d'équilibre, maintenant que mon héritage, si je peux l'appeler ainsi, s'est *déclenché*. Elle dit que mon corps réagit en premier à mon *éveil*, tout simplement. J'aurais souhaité qu'elle soit là la nuit dernière.

Sienna regarda de nouveau par la fenêtre.

— Es-tu inquiète ?

— Un peu, oui. Au début, je lui en voulais, maintenant je suis inquiète, car elle aurait dû être là. En principe, elle reste dans les bois près de la maison. Elle aurait dû me voir avec Lane, ou au moins avec Jackson. La *Funhouse* n'est vraiment pas loin de la maison. Mais elle n'était pas là, sinon elle n'aurait jamais permis ça d'arriver. Et les militaires, State 9 ou peu importe, étaient tellement présents cette nuit que ça m'inquiète.

Indigo posa une main rassurante sur le bras de Sienna.

— Ne te fais pas de souci pour elle. Elle a des millénaires d'expérience. Elle sait comment se cacher d'eux. Elle était probablement sortie de la zone et comme tu viens de me le dire, ils ont bien cadenassé la ville. C'est donc bien plus prudent d'y rentrer de jour, quand le couvre-feu est levé et qu'elle peut se fondre à la population.

— Tu crois ?

— Bien sûr, assura Indigo avec un sourire confiant.

— Je suis vraiment désolée de t'emmerder comme ça si tard. C'est juste… je n'avais personne à qui parler et…

— Tu en avais véritablement besoin là. Ne t'inquiète pas, tu ne m'as pas emmerdée.

— Oui, mais il vaudrait mieux que je te laisse dormir un peu. Il y a cours demain. Ça va être une journée de merde, je sens.

Sienna soupira en voyant l'heure qu'il était à l'horloge.

Indigo haussa les épaules.

— Je commence à dix-heures, par conséquent, ça ira mieux pour moi que pour toi, ça, c'est sûr.

Elle ajouta plus sérieusement :

— De toute façon, c'est hors de question que je te laisse repartir là. Outre être très imprudent, ça te priverait des quelques heures de sommeil qu'il te reste. Suis-moi, on vérifie que la chambre d'amie est prête et hop, au lit de suite. Je vais te préparer une tisane spéciale qui t'aidera à t'endormir rapidement, car te connaissant, tu vas cogiter encore des heures.

Sienna sourit.

— Merci. C'est vraiment super gentil.

— Hey, à quoi servent les amies ?

Elles sourirent et montèrent les escaliers. Indigo éteignit la lumière du salon.

En face de la résidence d'Indigo, Shiloh soupira une fois la maison plongée dans l'obscurité. Il passa sa main dans ses cheveux et souffla une nouvelle fois avant d'aller retrouver sa voiture, garée plus loin afin d'éviter les patrouilles de police et autres véhicules de surveillance.

Chapitre Huit

Sienna attendait devant une salle de classe. Elle regardait tous les lycéens en sortir, le froncement de sourcil sur son visage s'accentuait à chaque passage. Elle vérifia à l'intérieur quand plus personne ne sortit et repartit avec un soupir. Elle se dirigea vers la salle de journalisme. Elle jeta un coup d'œil avant de s'adresser à une jeune fille aux cheveux roux :

— Terry, as-tu vu Indigo ?

— Non.

— Elle n'était pas en français avec moi et Gwen m'a confirmé qu'elle a raté son cours de chimie aussi. Tu as une idée d'où elle pourrait être ?

— Non. Mais quand tu la verras, dis-lui que j'attends ses photos pour la une de demain. C'est urgent.

Terry s'en alla retrouver trois autres lycéens plus loin, laissant Sienna sans autre mot.

Sienna croisa les bras sur sa poitrine avec un soupir. Elle quitta la pièce légèrement soucieuse. Elle aperçut Shiloh au bout du couloir et se retourna. Elle se réfugia dans les toilettes pour filles, s'enfermant dans une des cabines. Le silence retomba après plusieurs va-et-vient de lycéennes. Elle sortit et sursauta de se trouver face à face avec Shiloh. Il se tenait dos au mur, une jambe pliée, pied contre le mur et ses bras croisés sur sa poitrine. Sienna hésitait à avancer. Elle n'arrivait pas à déchiffrer l'expression sur le visage de son ami. Elle se dirigea vers les lavabos et se lava les mains.

— Tu n'as pas vu le panneau ? C'est les w.c. filles, ici.

— Tu sais bien, j'ai toujours été un peu confus là-dessus.

— D'ordinaire.

— Ça veut dire quoi ça ?

Sienna ne répondit pas.

— Vas-y, exprime-toi. Défoule-toi, j'aime mieux ça plutôt que tu m'évites.

— Je ne t'évite pas.

— Arrête, Sin.

— Ce n'est pas moi qui n'étais pas en classe ce matin, Shiloh.

— J'ai eu une nuit un peu agitée, répliqua-t-il avec le sourire.

Sienna détourna le regard en y repensant.

— OK, même si tu ne cherchais pas à m'éviter dans le couloir, ou là à passer dix minutes aux toilettes, qu'est-ce qui t'a pris de partir au milieu de la nuit alors que la ville est bouclée ? Tu as perdu la tête ou quoi ?

Sienna continuait d'observer de côté.

— Arrête, ce n'était pas si horrible que ça, Sienna. Regarde-moi, Sin.

Il se rapprocha, mais elle se dirigea vers la porte. Il la suivit à l'extérieur.

— Stop, attends !

Shiloh lui attrapa le bras.

— Je ne peux pas en parler là. Je n'arrive même pas à te regarder dans les yeux.

— Je le vois bien ça, mais pourquoi ? La nuit dernière était–

— Stop ! Arrête !

Sienna mit ses mains devant elle, comme si la simple pensée la blessait.

— Je ne veux pas y penser. Et puis il faut que j'aille à l'infirmerie, je suis déjà en retard.

— En retard pour quoi ?

— C'est mon tour, indiqua-t-elle en accélérant le pas.

Shiloh la suivit.

— Mais de quoi parles-tu ?

— Bon sang, tu as vraiment séché toute la matinée, toi ?

Shiloh haussa les épaules, alors elle poursuivit : il y a une nouvelle épidémie de grippe, ou un virus qui s'est renforcé. Je n'écoutais pas vraiment. Ils font un léger check-up à tout le monde de manière à contenir l'infection au max.

Sienna tourna pour prendre le couloir d'à côté. L'infirmerie se trouvait vingt mètres sur la gauche.

— Attends, attends.

Shiloh la stoppa brusquement, par le bras.

— Quel type de check-up ?

— Je ne sais pas. Mais c'est court.

— Et ça ne t'a pas paru bizarre ? Avec tout ce qu'il se passe en ce moment ?

— Non. Enfin si, mais j'avais autre chose en tête et puis… Ben y est allé ce matin et m'a dit que ça prenait, genre, trente secondes et que ce n'était rien du tout.

Sienna voulut y aller, toutefois, Shiloh maintint sa prise sur son bras tout en composant un numéro.

— Ben, ouais, ça gaze ? … Cool, dis-moi le check-up ce matin, tu peux me dire un peu ce que c'est ? … Uh-huh. … Oui. OK, cool. À plus.

Shiloh raccrocha et tira Sienna plus loin.

— Mais qu'est-ce que tu fais ?

— Ils ont pris sa température et son pouls. C'est ça leur check-up, Sin.

Sienna pâlit légèrement.

— On s'en va maintenant.

Sienna n'eut pas le temps d'y réfléchir que l'on appela son nom. Elle se raidit.

— Mademoiselle Greene ? répéta la voix.

Sienna se retourna et reconnut l'infirmier qui avait commencé à travailler au lycée cette semaine. Sienna retint un petit cri à la force avec laquelle Shiloh serra sa main. Elle vit son autre poing se serrer.

— On vous attend, insista l'homme, avec le sourire.

Elle lui sourit en retour en signalant qu'elle arrivait tout de suite.

Elle regarda Shiloh.

— Je ne peux pas m'enfuir maintenant, sinon… Ma température est normale de toute façon, et j'ai un pouls valide, donc…

Elle inspira fort.

— Ça va aller, ne t'inquiète pas, Shiloh.

Il hocha la tête.

— Oui, ça va aller.

En parlant, il commença à se diriger vers l'infirmerie, tenant toujours la main de Sienna.

— Qu'est-ce que tu fais ?

Shiloh lui répondit d'un simple clin d'œil bien que l'expression de son visage était tout sauf amusée.

— Fais-moi confiance, murmura-t-il avant qu'ils n'entrent, main dans la main.

***

Ils remarquèrent tout de suite que l'infirmerie avait été remodelée pour le check-up. Le simple bureau habituellement à droite avait laissé place à un plus large, derrière lequel se trouvaient deux hommes et une femme. À gauche, deux autres hommes étaient présents, les yeux rivés sur un écran. L'infirmier se tenait debout à droite de la femme.

— Il me semble que nous avons appelé mademoiselle Greene, monsieur… ?

— Morgan. Shiloh Morgan. Et je sais, mais comme j'ai manqué les cours ce matin, j'ai sûrement raté mon tour. Ça vous en fait deux pour le prix d'un. On gagne tous du temps, car c'est la pause et j'ai la dalle.

— Je comprends bien, cependant nous préférerions vraiment que vous attendiez dans le couloir, s'il vous plait, jeune homme.

L'infirmier montra la porte, mais Shiloh s'avança avec Sienna comme si de rien n'était.

— Oui, mais moi j'aurais préféré que vous envoyiez une note à nos tuteurs. Il ne me semble pas que ce soit le cas. En principe, la direction du lycée transmet un courrier aux parents ou tuteurs légaux en cas d'examens médicaux, ou de choses de ce genre. Je crois même que c'est la loi. Alors, comme je suis le plus vieux dans notre famille d'accueil, c'est mon rôle de représenter l'autorité parentale, un minimum, disons, non ? déclara-t-il avec un sourire nonchalant.

Sienna tâchait de se détendre, l'expression sur son visage n'équivalait en rien l'air tranquille de Shiloh.

— Je comprends, mais–

— Vous avez tout à fait raison, monsieur Morgan, indiqua l'homme le plus âgé derrière le bureau, interrompant l'infirmier qui recula dans son coin.

— Le département de la santé a voulu agir promptement. Nous venons seulement de découvrir cette mutation du virus qui nous arrive d'Asie par la côte ouest. Il ne s'est pas encore répandu et nous ne connaissons pas sa vitesse de reproduction. Nous sommes désolés de n'avoir pas suivi le protocole. Nous devons parfois intervenir rapidement afin de protéger les populations, néanmoins je vous rassure, il n'y a pas de quoi s'alarmer de telles mesures. Nous agissons vite pour éviter une pandémie justement, mais ce virus, hormis nous coûter cher, n'est pas dangereux.

Shiloh hocha la tête.

L'homme se leva de derrière le bureau.

— Nous n'avons plus qu'à commencer et vous verrez qu'il n'y a pas de quoi s'affoler. Et vous pourrez rejoindre vos camarades à la cafétéria.

— OK. Je commence donc.

Shiloh s'avança. L'homme, toujours sourire aux lèvres s'approcha également. Sienna reconnut l'objet dans ses mains, puisqu'on lui avait pris la température avec un appareil similaire la veille, tandis qu'elle redescendait de la *Funhouse*.

— Trente-sept huit. Vous sentez-vous un peu fiévreux ou fatigué ?

— Non, j'ai toujours été chaud comme ça, plaisanta-t-il.

L'homme sourit et plaça un oxymètre sur le doigt de Shiloh pour mesurer son pouls.

— Tout me semble correct. Passons à cette demoiselle.

Il se tourna vers Sienna qui sourit faiblement. Il mit l'appareil sur son doigt.

— Rien à signaler.

Il s'approcha davantage et pointa l'autre instrument vers sa tempe. Sienna l'observait, car il ne quittait pas son regard des yeux. Elle luttait pour ne pas partir en courant. Il ne la quitta toujours pas des yeux en se reculant. Il ne vérifia son appareil qu'une fois à son bureau.

— Trente-six huit.

Shiloh rit brièvement.

— OK, j'avoue. Je lui en pique un peu. Je n'y peux rien, ça a toujours été comme ça.

L'homme lui rendit son sourire.

— La température du corps humain fluctue beaucoup durant la journée. Mais vous vous situez tous les deux dans la norme. Toutefois, jeune homme, si vous deviez vous sentir fiévreux ou nauséeux, signalez-le aussitôt à votre médecin de famille. Quant à vous, jeune fille, allez vite manger et prendre quelques calories.

— On y va de ce pas, répondit Shiloh.

Il mit sa main sur l'épaule de Sienna.

— Passez une bonne journée, messieurs.

— Vous de même.

Shiloh se retourna et ils quittèrent la salle. Sienna n'expira qu'une fois hors de vue de l'infirmerie.

Shiloh prit sa main quand elle commença à se diriger vers la cafétéria.

— On s'en va.

— Mais de quoi parles-tu ? C'est la pause. Qu'est-c–

— T'es défoncée ou juste très longue à la détente aujourd'hui ? lança Shiloh tout en l'attirant en direction de la sortie.

— Mais–mais ça s'est bien passé. C'est vrai que la température varie la journée et qu'on est dans la norme.

Shiloh ne commenta pas, dans la mesure où cinq lycéens passèrent à côté d'eux. Ils quittaient le bâtiment quand Sienna l'interrogea :

— Mais où tu vas ?

— C'est quoi que t'as pas compris dans 'on s'en va' ?

Shiloh continuait de marcher, tenant fermement la main de Sienna.

— Mais–mais, non, on, ils étaient–

— Ils savent !

Il stoppa enfin devant sa voiture.

— Non. Non, ils–c'est juste. Et ça a été. Je–je–

— Ils savent, Sienna. On aurait dû partir la minute où l'on a commencé à voir toutes ces nouvelles têtes en ville et au bahut. Combien de temps crois-tu que l'on puisse garder le gouvernement dans le noir ?

— Mais comment–

— Tes yeux, Sin. Tes yeux. Ils savaient avant même que tu n'entres là-dedans. Ils t'ont repérée hier. Ils essaient juste de s'en assurer. Franchement, je suis surpris qu'ils ne t'aient pas kidnappée hier soir. Ils ne s'attendaient sûrement pas à ce que tu leur tombes dessus comme ça. Le check-up surprise vient de là. De toute façon, cela n'a plus d'importance maintenant.

Sienna semblait comateuse tandis que Shiloh la guida et l'assit pratiquement sur le siège passager. Il lui attacha même la ceinture. Elle sortit de sa torpeur quand il quitta sa place de stationnement.

— Mais comment est-ce que tu peux être sûr–

— C'est le gouvernement, Sin. On est stupide. C'était idiot de penser qu'on pouvait simplement faire profil bas et attendre de voir. On aurait dû partir dès qu'on a su pour toi. Ils te cherchent depuis dix-huit ans. Ils capturent et étudient la population supranaturelle depuis des décennies, peut-être même des siècles. On ne sait pas du tout ce qu'ils ont ou savent sur toi, mais on était probablement au sommet de leur liste de vérification, avant même qu'ils ne bouclent la ville. Ils ne sont pas stupides, dix-sept ans, dix-huit ans, dix-neuf ans. Ils ne limitent certainement pas leurs recherches à quelques années près. Ce n'était pas non plus le plus grand tour de magie au monde que de te rajeunir d'un an. Donc s'ils approfondissent un peu leurs recherches, ils éliminent les familles biologiques confirmées et ça laisse qui ?

Il hocha la tête face à l'expression sur le visage de Sienna.

— Les enfants adoptés, en foyer, orphelins, etc. Alyssa a seize ans même si elle donne l'impression d'en avoir douze. Le père biologique de Grégoire est en prison. À Willow Creek, ça laisse Ben, toi et moi. Felipe ici à Hoopa. Danny, Élise et Stew d'Eureka. Felipe et Stew ont des parents biologiques. Et Danny à treize ans. Restent quatre candidats idéaux et franchement, tu sors du lot, même sans tes yeux.

Sienna demeura silencieuse. Shiloh roulait vite. Ils approchaient de Willow Creek.

— Alors on fait quoi maintenant ?

— Tu es vraiment longue à la détente aujourd'hui.

— Mais je ne veux pas partir !

— Il n'y a plus d'autres options.

— Non, on… attend, comment ? On ne peut pas partir de cette manière.

— Si, on peut. Ce slogan a bien marché pour Obama.

— Super. C'est vachement le moment de plaisanter.

Shiloh prit un virage un peu large puis se gara à quelques kilomètres de la maison.

— Qu'est-ce que tu fais ?

— Ils guettent sans doute déjà la maison. Si on arrive par-derrière, par les bois, ils ne nous verront pas monter par l'espalier. On passe par la *Funhouse*. On rentre, on prend le minimum et on repart de la même façon aussi vite que possible.

Shiloh était déjà sorti de la voiture. Il ouvrit la portière passager, car Sienna n'avait toujours pas bougé.

— Sienna, putain, réagis !

Il la sortit de la voiture.

Il saisit sa main et commença à grimper la colline qu'ils empruntaient d'ordinaire par pur plaisir pour les mener à la *Funhouse*. La maison des Newton se trouvait isolée, de l'autre côté.

— Mais attends.

Shiloh ne s'arrêta pas de marcher pendant qu'ils discutaient.

— On devrait le dire à quelqu'un. Indigo comprend tout ça.

— Arrête avec ta sorcière. Elle ne sait rien !

— Comment sais-tu que c'est une sorcière ? Elle ne pratique pas, pour ton info.

Shiloh regarda droit devant un instant avant de répondre : j'ai fait mes *devoirs*, c'est tout. Quand tout ça nous est tombé dessus, j'ai effectué des recherches sur tout ce monde surnaturel. Et personne ne peut être aussi zarbi que ça, de toute façon. Vampires, loups-garous, pourquoi pas des sorciers ? Ça coulait de sens vu les trucs qu'elle dit.

— Ah bon ? Moi je n'y aurais jamais pensé.

Shiloh continua de marcher.

— C'est parce que tu as la tête dans les nuages la plupart du temps.

— On peut lui faire confiance, tu sais. Elle–

— Arrête avec ça ! Ce n'est pas elle qui va te protéger de State 9 ou des milices ! C'est moi.

— Et que vas-tu bien pouvoir faire contre eux, hein ?

— Te sortir de Willow Creek déjà me semble un bon départ.

— Et puis après on fait quoi ? Rien de ça ne va.

Sienna s'arrêta et retira son téléphone portable de sa veste. Elle composa un numéro, mais Shiloh lui arracha le portable des mains. Il jeta un bref coup d'œil et secoua la tête.

— Je vais commencer à croire qu'elle te plait.

— Sois sérieux. Je m'inquiète, c'est tout. Elle n'était pas en cours, je n'arrive pas à la joindre depuis ce matin. Elle n'a même pas rendu l'épreuve pour l'édition du journal de demain, ça ne lui ressemble vraiment pas.

— Et en quoi ça te regarde ?

— C'est mon amie ! Pourquoi réagis-tu ainsi ?

— Je veux juste que tu comprennes dans ta petite tête que l'on a d'autres chats à fouetter là. On est plutôt dans la merde et on doit se barrer immédiatement. C'est ta vie qui est en jeu, mais c'est sûrement stupide de ma part de m'en inquiéter, hein ?

Shiloh lui reprit la main et ils continuèrent de monter. Ils arrivaient presque en haut de la colline derrière laquelle se trouvait la *Funhouse*.

— Je peux récupérer mon portable maintenant ?

Quand il ne répondit pas, elle retira sa main pour qu'il la lâche.

Shiloh soupira face au regard de Sienna.

— Et voilà, maintenant t'es fâchée. Vaut mieux que ça passe vite, Sin. On a cinq minutes pour redescendre, une minute pour plier bagage et dix minutes pour remonter et retourner à la voiture et c'est bye-bye Willow Creek pour de bon.

— Non.

Shiloh croisa ses bras sur sa poitrine. Elle continuait de le toiser avec fermeté, donc il lui rendit son téléphone qu'elle scruta. Shiloh mit sa main sur sa hanche.

— Bon qu'est-ce que tu attends maintenant ? On est pressés, alors appelle l'autre zarbi, dis au revoir et on bouge.

Sienna détourna le regard. Shiloh souffla, exaspéré.

— Qu'est-ce qui ne va pas maintenant ? s'enquit-il comme elle observait son téléphone, sans bouger.

Finalement, elle le reposa dans sa poche, néanmoins elle ne semblait pas plus encline à avancer.

— Ça y est, en fin de compte tu as eu ta dose de la folle la nuit dernière ?

Sienna le fixa et il lança ses mains en l'air.

— Comme si c'était dur de savoir ou t'as passé la nuit. D'ailleurs, tu peux me remercier d'avoir dit à Paul et Annie que tu faisais un sleepover chez elle. Ils étaient vraiment surpris de ne pas te voir au p'tit déj.

Sienna mit ses mains sur ses hanches elle aussi. Son regard toujours ferme sur lui.

— Peu importe. Et puis oui, ce n'est pas dur de savoir où j'étais, car soyons honnête, ce n'est pas comme si j'avais d'autres amis, de toute manière.

— De quoi tu parles ?

— Tu le sais parfaitement. Je n'ai pas d'amis à moi, ce sont tous *tes* amis.

— C'est ça qu'elle te met dans la tête ?

— Pourquoi la détestes-tu autant ? Et puis c'est la vérité de toute façon. D'ailleurs, c'est sûrement pour ça que tu ne l'aimes pas. C'est mon amie, à moi.

— C'est du gros n'importe quoi.

— Non, c'est la vérité. Et je n'ai pas la tête dans les nuages la plupart du temps. Ma tête se trouve là où toi tu la veux la plupart du temps.

— Là, tu es dure. Je suis ton meilleur ami. Personne ne t'aime comme moi. Je me suis toujours bien occupée de toi.

— Ouais et bien un petit peu trop.

— Donc c'est vraiment à cause de la nuit dernière que tu agis comme ça ?

Sienna regarda de côté en y pensant et croisa les bras sur sa poitrine.

— Non. Je pense juste que je me repose trop sur toi, c'est tout. Tu diriges tout dans ma vie. Comme maintenant par exemple.

Shiloh l'attrapa par les épaules.

— J'essaie de te sauver la vie !

— Et peut-être que ce n'est pas ton boulot !

— Qui va le faire alors ?

Sienna détourna une nouvelle fois le regard. Shiloh allait parler, mais elle le devança en se sortant de son étreinte :

— J'avais besoin de toi cette nuit.

— J'étais là ! C'est toi qui es partie au milieu de la nuit.

— Non, tu n'y étais pas ! J'avais besoin de mon meilleur ami, de mon âme sœur. J'avais besoin de tes mots qui me réconfortent. De la chaleur et la sécurité que je ressentais quand tu me prenais dans tes bras avant.

— C'est toujours le cas. Mais les choses changent.

— Pas ça, pas nous. La nuit dernière c'ét–

— Si tu me dis que ce n'était pas le pied, tu es une menteuse.

Sienna se mit à pleurer.

— Il ne s'agit pas de plaisir. Tu sais ce que je ressens en ce moment, ce que ça me fait. Et c'est pire, car tu le savais justement. Là, je ne contrôle plus rien et cette nuit j'étais dans un état… Donc oui, mon corps le voulait, mais *je* ne le voulais pas. Et au fond de toi, tu le sais.

— Hey, attends là, qu'est-ce que tu insinues ? Je ne te ferai jamais de mal.

— Je n'insinue rien, je n'utiliserai pas de mots qui entacheraient notre belle relation et notre passé commun. Mais tu m'as fait du mal parce que c'est loin d'être ce dont j'avais besoin de ta part.

Shiloh resta silencieux quelques secondes. Il essuya ensuite les larmes qui coulaient sur les joues de son amie.

— Je suis désolé.

Il voulut la prendre dans ses bras, mais elle recula.

— Je ne peux pas l'effacer maintenant, c'est trop tard. Ce n'est pas ce que j'ai fait de mieux. J'ai commis une erreur, OK ? Je ne suis qu'un homme. Je ressens tellement de choses pour toi. Je me suis laissé emporter par mes sentiments et je n'ai pas su gérer le truc. Je suis vraiment désolé, je ne voulais pas te blesser. Dans ma tête, j'ai vu comment ça pourrait être entre nous et j'ai un peu anticipé les choses.

— Carrément anticipé. Je t'aime, mais… et puis tu es gay.

— Tu m'as toujours dit qu'il ne s'agit pas de genre, mais d'amour. Puis j'ai été avec d'autres filles, tu le sais bien.

— Ça ne change rien. Tu m'as imposé ça et je n'étais pas prête. Et tu as tellement changé.

— Me dit celle qui est moitié loup-garou, moitié vampire. Peut-être que tu ne vois pas à quel point toi tu as changé.

— Sans doute, mais mes sentiments pour toi n'ont pas changé. Je ne t'aurais jamais fait ça.

Shiloh s'approcha et lui prit les mains.

— Je suis désolé. La nuit dernière, j'ai… j'ai agi comme un mec. Je suis sincèrement désolé. Et je me ferai pardonner, je te le promets. Je serai de nouveau ton Shiloh… dès qu'on sera loin d'ici, OK ?

Il la tira par la main, mais elle résista.

— Je t'en supplie Sin ; punis-moi autant que tu veux dès qu'on est parti d'ici. Je te jure que tu pourras même me flageller autant que tu voudras, mais loin d'ici !

— Non, je…

Elle ne continua pas sa phrase.

— Écoute, tu appelleras Indigo de ta voiture, je promets que je ne dirai rien.

Sienna enleva un bout d'herbe de son pied.

— Ce n'est pas… il ne s'agit pas d'Indigo.

— C'est quoi alors ? Je te promets qu'on reparlera de la nuit dernière autant que tu veux, mais pas ici.

— Non, c'est...

Elle s'interrompit brièvement.

— Je ne veux pas partir maintenant, c'est tout.

Shiloh soupira.

— Je me doutais bien qu'il ne s'agissait pas que de la zarbi. Alors quelle est la vraie raison ? Pourquoi agis-tu ainsi ? C'est quand même ta vie qui est en jeu.

— C'est juste que... tu ne sais pas à quel point c'est énorme tout ça. Tu crois savoir, mais c'est faux. On n'est pas préparés. On ne sait pas vraiment quoi faire.

— Moi, je sais.

— Non, c'est faux. Et je ne changerai pas d'avis ; je ne bouge pas.

Shiloh se rapprocha.

— Tu ne bouges pas jusqu'à... quand exactement, ou *qui,* devrais-je dire ?

Shiloh plongea son regard dans celui si énigmatique de Sienna quand elle expira d'un léger souffle.

Shiloh secoua la tête.

— Ne me dis pas que c'est cette mystérieuse vampire ?

Sa voix avait pris une octave.

— Son nom est Jeneva.

Shiloh agita la tête de part et d'autre.

— Donc ça y est, tu choisis les vampires, en fin de compte.

— Non ! Je ne choisis rien ni personne ; je ne veux pas que les loups meurent. Pas plus que les vampires. Mais elle n'est pas *les vampires.* Elle s'en fiche de cette guerre. Elle est là pour moi. Elle est différente. Et elle m'a protégée toute ma vie.

— On n'a jamais entendu parler d'elle avant ton anniv !

— Elle était là pourtant, à veiller de loin. Je le sais, et je lui fais confiance. Je ne peux pas l'expliquer, mais je lui fais vraiment confiance. Alors... tu vas devoir me faire confiance là-dessus.

Shiloh se mordit la lèvre et passa sa main dans ses cheveux.

Sienna s'avança vers lui et prit ses mains dans les siennes, comme il l'avait fait plus tôt.

— S'il te plait, fais-moi confiance. Elle saura quoi faire.

Shiloh secoua la tête.

— Et elle était où, hier, que tu étais en telle détresse, hein ?

Sienna baissa les yeux.

— Je... je ne sais pas. Indigo pense qu'elle a probablement été retenue hors de la ville à cause du couvre-feu et des patrouilles qui bloquaient les entrées.

— Super, alors pendant qu'elle est bloquée à l'extérieur, nous on va être enfermés à l'intérieur. Comment penses-tu la retrouver ?

— J'ai juste–

— Voilà pourquoi tu dois m'écouter, Sin. Tu ne réfléchis pas, car tes émotions te guident. On quitte la ville dès maintenant. Elle a été là toute ta vie, n'est-ce pas ? C'est un vampire, Sin. Elle te retrouvera, ne t'inquiète pas.

— Je–je.

Shiloh posa délicatement ses mains sur ses épaules.

— Fais-moi confiance. Les vampires et les loups peuvent te retrouver n'importe où, comme vous êtes liés. Mais là, maintenant, je suis le seul qui puisse te protéger. Et crois-moi, je ne laisserai personne lever une main sur toi.

Sienna vit le regard de son ami passer d'attentionné à létal, tandis qu'il se retourna. Sienna ne vit qu'à cet instant l'homme qui pointait un fusil sur eux.

Sienna retint son souffle alors que Shiloh se mit devant elle.

— Pousse-toi, petit.

Shiloh ne bougea pas. Sienna enfonça ses doigts sur les bras de Shiloh, par-dessus sa veste quand l'homme chargea son fusil.

— S'il vous plait, on n'a rien fait de mal. Vous ne pouvez pas nous tirer dessus comme ça.

— Ne te fatigue pas, Sin. Regarde-le.

Malgré la boule d'angoisse qui lui serrait la gorge, Sienna l'observa brièvement. Il portait un blue-jean et un t-shirt noir, les cheveux brun clair, mi-longs. Un talkie-walkie était attaché à sa ceinture.

— Il n'est pas du gouvernement, mais de ces milices. Il s'en fiche de tuer des innocents. Ils tirent dans le tas, n'est-ce pas ?

— Juste ceux en travers de notre chemin.

L'homme ne quittait pas Sienna du regard.

— Maintenant, bouge, mon garçon, c'est ta dernière chance. Tu n'as aucune idée de la chose qui se tient à tes côtés.

— S'il vous plait, vous vous trompez, jura Sienna, des larmes dans la voix.

Shiloh se déplaça légèrement sur la gauche, les mains en l'air.

— OK, OK, tout le monde se calme.

L'homme regardait de Sienna à lui et vice versa, tandis que Shiloh s'éloignait sensiblement de Sienna tout en continuant de parler :

— Je suis sûre qu'il y a un moyen de–

Shiloh utilisa la seconde où le regard de l'homme le quitta pour retourner sur Sienna pour mettre un coup de pied ultra rapide sur le fusil du milicien. Ni l'homme ni Sienna ne s'y attendaient tant il bougea rapidement. Shiloh le bouscula ensuite si fort qu'il tomba lourdement au sol.

— Cours ! s'exclama Shiloh en poussant Sienna en marche avant.

Elle courut si vite que ce fut un miracle qu'elle ne chute pas dans les nombreux trous de la colline à travers les pins.

L'homme se releva promptement, saisit son arme et courut en direction du sommet de la colline. Il mit un petit moment avant de voir Sienna puis l'avoir en ligne de mire.

Son doigt sur la gâchette, il s'apprêtait à appuyer, mais lâcha son arme pour mettre ses mains à son cou, essayant de se défaire de l'assaillant qui lui serrait la gorge.

— Toi, souffla-t-il avant que les doigts ne serrent plus fort et qu'il ne puisse plus parler.

La surprise dans son regard laissa place à la terreur quand ses pieds quittèrent le sol, tandis que l'attaquant le soulevait par la gorge comme s'il ne pesait rien.

Il suffoquait, tentant de mettre des coups de pied à son assaillant sans que celui-ci ressente quoi que ce soit.

— Shiloh ! Shiloh !

Les appels de Sienna résonnèrent dans la colline.

Shiloh tourna sa main d'un geste brusque, un craquement s'en suivit et l'homme cessa de se débattre. Shiloh laissa son corps retomber au sol quand les appels de Sienna se rapprochèrent. Il l'accueillit dans ses bras quelques secondes plus tard. Elle était à bout de souffle.

— Je t'ai perdu. Je ne savais plus où tu étais. J'avais trop peur pour to–oh mon Dieu !

Elle dissimula son visage dans les bras de Shiloh en voyant le corps inerte de l'homme gisant au sol.

Il la serra plus fort.

— Je sais, ma belle. Je l'ai entendu crier et un gros boum au sol et j'ai fait demi-tour. Je crois qu'il s'est brisé la nuque en tombant.

— Oh, mon Dieu, répéta Sienna, fermant ses yeux.

— C'est rien. C'est rien.

Shiloh regarda tout autour.

— Il n'était sûrement pas seul dans les environs. On ne peut pas rester là.

Il prit sa main comme pour partir en courant.

— Mais on ne peut pas le laisser là. Enfin… c'est ma faute.

— Ce n'est pas vrai.

Shiloh la força à le regarder, tentant d'effacer sa détresse.

— Il allait te tirer dessus, Sin. Tu n'as rien fait et il t'aurait tuée. Il m'aurait probablement tué aussi rien que de t'aider. Moi je ne vais pas le pleurer. On n'a rien fait de mal, tu lui as dit toi-même. Il a eu ce qu'il mérite. Maintenant on doit y aller. On prend un peu de change et c'est tout. On retournera à la voiture par la route qui contourne la colline, car les bois vont grouiller de miliciens d'ici là. Enfin, j'imagine. On n'a plus de temps à perdre.

Sur ces mots, Shiloh la prit dans ses bras et redescendit en direction des Newton. Sienna s'accrocha à lui. Ils avaient souvent descendu cette colline en courant, mais jamais si vite et en plus, il la portait. C'était la montée d'adrénaline, pensa-t-elle. Elle était trop choquée par la vue du corps de l'homme pour y réfléchir davantage.

***

Une minute plus tard, ils se trouvaient au pied de l'espalier de fruits sous la chambre de Sienna. Shiloh ne perdit pas plus de temps que pour la descente. Il prit Sienna sur son dos et monta en quatrième vitesse.

— Chaussettes, culottes ; deux paires. Un jean, deux t-shirts et c'est bon, OK ?

Sienna le fixait et son manque de réaction le força à la secouer par les épaules.

— T'es avec moi ?

— Oui, oui désolée. Et nos cartes d'identité et passeports ?

— On laisse tout, on aura besoin d'en forger des faux. Nouveaux noms, nouvelles identités, nouvelle vie. On ne garde que nos cartes de crédit. On retirera nos comptes au prochain stop et on jette tout ensuite.

Sienna hocha la tête, mais ne put s'empêcher d'avaler sa salive.

106

— Dépêche-toi, Sin.

Shiloh se dirigea vers sa chambre et réapparut trente secondes plus tard avec son sac à dos sur le dos. Il prit un jean, deux t-shirts des placards de Sienna, car elle n'avait rangé que les culottes et chaussettes dans son sac à dos. Il vida celui-ci dans son propre sac pour n'en garder qu'un. Il le mit sur le dos de Sienna.

— Es-tu sûre qu'on ne prend que ça ?

— On ne part pas en croisière ; on s'enfuit, Sienna. On trouvera ce dont on a besoin sur la route. Pour l'instant, on voyage léger. Il faudra changer de voiture très vite, d'ailleurs.

Sienna ôta le sac de ses épaules en se dirigeant vers sa table de nuit et récupéra un album photo qu'elle mit dans le sac qu'elle tenait maintenant dans les mains.

Elle contempla tout autour.

— Je n'arrive pas à croire que ça y est, c'est fi–

Shiloh la prit par le bras. Ils n'avaient pas le temps de se laisser aller à la nostalgie.

— On n'a pas le temps pour ç–

Effectivement, du temps ils n'en avaient pas, car un lourd bang résonna au rez-de-chaussée. Tandis que Sienna se demandait ce qu'il se passait, Shiloh l'attirait déjà vers la fenêtre, voulant s'échapper avant que les soldats qui venaient de défoncer la porte d'entrée ne les attrapent.

— Saute sur mon d–

Une fois de plus, il fut coupé mi-phrase. Cette fois, il eut l'impression d'une claque dans la figure au coup de vent qui lui passa devant et, avant qu'il ne puisse respirer, Sienna avait disparu.

— Merde !

Les soldats montaient les escaliers, par conséquent, il n'avait pas le temps de se demander quel vampire venait d'emmener Sienna à toute vitesse. Il sauta par la fenêtre juste avant que les soldats n'entrent dans la chambre vide.

Chapitre Neuf

Sienna ne pouvait pas ouvrir les yeux. La sensation de vitesse était ahurissante, presque insoutenable. Mais *elle* la tenait, par conséquent, Sienna n'avait pas peur du tout. Elle ne sentait rien à ce moment. Elle s'accrochait aux cheveux mi-longs et à la nuque de Jeneva.

Le tonnerre résonna dans le ciel quand Jeneva ralentit enfin. Sienna ouvrit les yeux. Elle ne reconnaissait pas les environs. Elle se jeta dans les bras de Jeneva quand la vampire la posa à terre.

— T'es vivante, expira-t-elle, à bout de souffle comme si c'était elle qui venait de courir.

— Je suis désolée, s'excusa Jeneva quand Sienna se recula.

— Ils ont vraiment bouclé les extérieurs de Willow Creek cette nuit. Leur présence s'est concentrée en centre-ville dans la journée et j'ai pu rentrer sans attirer l'attention. Je devais absolument trouver la brèche, car je savais qu'ils allaient bouger aujourd'hui. Je suis soulagée de ne pas être arrivée trop tard. Je n'aurais jamais dû te laisser ici si longtemps. C'était trop de risque. Ils ont failli…

— Ce n'est rien.

Sienna mit sa main sur celle de Jeneva. La vampire reprit de la constance.

— On était sur le point de fuir, de toute façon et…

Sienna stoppa d'un coup et observa tout autour d'elles. Elles étaient toujours dans la forêt, dans une zone beaucoup plus parsemée que Willow Creek. Elles semblaient se trouver au sommet d'une colline, en déduisait Sienna. Elle sentait une légère brise marine et les devinait proches de l'océan. À donc soixante-dix kilomètres minimum de Willow Creek, en trois ou quatre minutes à peine. Pourtant, ce qui frappait le plus Sienna était qu'elles étaient seules.

— Où est Shiloh ? Oh, mon dieu, tu l'as laissé là-bas ?

— C'est toi ma priorité.

Face à l'expression sur le visage de Sienna, Jeneva s'interrompit. Elle prit une de ses mains dans les siennes.

— Il est plus en sécurité sans toi dans sa vie, Sienna.

— C'est lui qui me faisait m'enfuir. Sans lui, je serais encore en cours, là. Il planifiait tout et nous a fait quitter le bahut et on allait partir deux secondes avant que tu ne me récupères.

— Et c'est très bien qu'il l'ait fait. Le lycée de Hoopa fourmille d'agents de State 9. Mais Shiloh ne fait pas partie du plan. Ce n'est pas une vie pour un humain, autre que toi.

— Ils vont s'en prendre à lui.

— Non, ne t'inquiète pas. Il ne craint rien.

— Tu n'en sais rien. Tu dis ça pour me rassurer, mais ils sont probablement en train de le questionner en ce moment même. Ou pire, le torturer. Tu ne peux pas les laisser faire.

Jeneva se tenait droite puis s'avança enfin vers Sienna. Sienna sentait que quoi que la vampire allait dire, lui coûtait de le dévoiler.

— Je ne peux pas te laisser penser que je suis ce que je ne suis pas, Sienna. J'agis sans doute différemment de mes pairs, parfois, et j'éprouve des sentiments singuliers et non, je n'ai pas envie que cette guerre dure éternellement, mais... je suis tout de même un vampire, Sienna. Tu ne dois pas l'oublier. Tu es la seule chose, la seule personne humaine qui m'importe. Et je ne peux pas prétendre le contraire. Je suis désolée de te décevoir une fois de plus.

Jeneva regarda au sol pour la seconde fois ce jour.

Sienna resta silencieuse un moment.

— Je voulais juste être sûre qu'il soit en sécurité.

— Je sais. Quand les choses se seront calmées et que tu seras en sécurité, je reviendrai m'assurer qu'il aille bien, d'accord ? Mais je doute qu'ils s'en prennent à lui ou aux Newton. Ils ont déjà beaucoup attiré l'attention en ville. Les habitants s'interrogent beaucoup.

Sienna hocha la tête malgré son inquiétude.

— Tiens, je l'ai attrapé au vol.

Jeneva tendit le sac à dos de Sienna qui observa les vêtements à l'intérieur.

— C'est lui qui a mis nos affaires, glissa-t-elle, quelque peu absente.

Jeneva prit une inspiration inutile, mais sourit.

— Il est plus en sécurité sans toi dans sa vie.

— Je sais. Je ne veux pas qu'il lui arrive quoi que ce soit. Ce n'est pas la vie que je veux pour lui. C'est juste... Il était prêt à tout quitter pour me protéger.

— Le problème c'est qu'il ne le pourra pas, c'est juste un garçon.

— Je sais. Je te disais juste... Ça me rend triste...

— Je le sens bien, c'est parce que toi et lui... et moi je ne peux pas. Je n'y arriverai pas s'il est là. Je ne peux pas le protéger. Je ne veux pas qu'il soit là, pour être honnête.

Sienna la fixa sérieusement.

— Je ne t'ai jamais entendue parler de manière si décousue, s'en amusa presque Sienna.

Jeneva ne se déroba pas.

— Je ne peux pas être jalouse et être une bonne protectrice pour toi.

Jeneva passa devant Sienna et avançait en direction de l'océan que son ouïe surnaturelle lui permettait d'entendre.

Malgré tous ces évènements, un sourire se forma sur les lèvres de Sienna. Elle suivit la vampire, glissant sa main dans la sienne. Jeneva, bien qu'ayant l'air surprise, serra la main de Sienna.

Sienna regarda devant elle, tandis que la vampire s'arrêta nette et se raidit. Elle se plaça immédiatement devant Sienna. Elle scrutait les alentours, son bras tendu en arrière, elle serra la taille de Sienna, la plaquant contre son dos.

Sienna ne saisissait pas. Jeneva se retourna comme pour repartir, mais stoppa.

— C'est trop tard.

— Que se passe-t-il ?

— Je suis désolée. Je n'aurais jamais dû m'arrêter.

Sienna ne comprit pas tout de suite, puis les bois semblèrent s'animer. Elle observa tout autour. Là où ne se trouvaient que de l'herbe et des arbres quelques secondes auparavant, se tenaient à présent des dizaines d'hommes, peut-être même une centaine. Beaucoup étaient dissimulés par des arbres, ce qui rendait une évaluation précise difficile. Jeneva se retourna pour serrer Sienna contre sa poitrine maintenant qu'elles étaient encerclées. Sienna remarqua toutefois que le visage de Jeneva n'était pas fermé. Elle paraissait calme.

Sienna réalisa à cet instant qu'il s'agissait de vampires. Ils la fixaient intensément pour la plupart, néanmoins Sienna se détendit un peu. Connaissant le statut de Jeneva, elle ne se pensait pas *trop* en danger. Les vampires qui se trouvaient derrière elles se retirèrent pour se placer à la droite de Sienna et Jeneva. Jeneva recula jusqu'à ce qu'aucun vampire ne se tienne derrière elles. Sienna retint son souffle en comprenant pourquoi les vampires regardaient maintenant droit devant eux. Une fois encore, sortis de nulle part, plus d'une centaine d'hommes apparurent sur la gauche de Jeneva et Sienna. Sienna comprit vite que c'étaient des loups-garous.

— Et c'est parti, murmura Jeneva d'un soupir.

Un éclair déchira le ciel, si sombre que l'on aurait cru la nuit déjà tombée.

Jeneva attira Sienna plus près d'elle. Jackson s'avança pour se démarquer du groupe de vampire.

— Salut, *cousine*. Ravie que tu aies pu la sortir à temps.

Jeneva ne commenta pas tandis que Jackson détailla Sienna de haut en bas.

— Et salut, petit miracle. Ravie que tu puisses encore marcher.

Sienna sentit une soudaine brise avant de voir Jackson au sol, sur son dos, le pied de Jeneva sur son torse.

— Dorénavant, tu lui parles et la traites comme une lady.

Jeneva n'en dit pas davantage en ôtant son pied. Elle rejoignit aussitôt Sienna. Sienna s'étonna que Jackson se relève sans rien dire. Aucune pique en retour ou un coup de poing rageur, ou plaisanterie. Il passa simplement sa main pour ajuster sa veste et se tint droit. Il n'avait l'air ni honteux ni en colère. En revanche, quand quelqu'un du côté loup-garou se mit à rire, son regard s'assombrit. Il s'avança tout de suite en direction du clan ennemi.

— Qu'est-ce qui te fait rire, le naze ? Au cas où tu n'aurais pas compris, c'est moi qui l'ai eue.

Jeneva serra les poings.

Lane souriait toujours en s'approchant de Jackson.

— Moi, je suis un gentleman, je ne presse pas les jeunes filles comme toi. Et puis, on sait parfaitement qu'elle n'aurait pas craqué si je ne l'avais pas chauffée au préalable. C'était très chaud entre nous et elle ne t'aurait pas choisi. Mais tu l'as pressée. Maintenant que la vague de chaleur est partie, on verra bien qui elle choisira, parce qu'à l'inverse de toi et de ta race, son cerveau à elle est vivant, comme le nôtre. Elle ne choisira jamais des tueurs froids et sans vie plutôt que des humains.

Malgré la tension et la dangerosité de la situation, Sienna sortit quelque peu de la dispute, car les mots de Lane résonnèrent dans sa tête. *Vague de chaleur, parti.* Elle prit enfin le temps de repenser à cette journée entière et réalisa que, effectivement, elle n'avait pas éprouvé ce désir intense en elle. Elle se tenait vers une centaine de vampires et loups-garous, pourtant, elle ne ressentait que la chaleur de la main de Jeneva, appuyée délicatement sur son ventre. Jeneva l'entourait de son bras contre sa grande silhouette si fine. Sienna leva les yeux et Jeneva, comme si elle lisait dans ses pensées, la regardait elle aussi.

— Oui, tu es *libre* maintenant. Je t'avais dit que ça irait mieux. Ça signifie également que ton cerveau s'ouvre, s'adapte, équilibre ses aptitudes. Il se passera certainement d'autres choses, mais cette réaction-là est passée, oui.

Une ébauche de sourire dessina les lèvres de la lycéenne, malheureusement, la discussion qui s'enflammait entre Lane et Jackson l'effaça de suite.

— La bataille est loin d'être terminée, entendit-elle Lane dire avant qu'il n'ajoute : et vu ce qu'on vient de voir, ça ne durera pas longtemps. Tu t'es fait latter par une femme sans rien dire. Pas étonnant qu'elle préfère les filles désormais si tu es aussi mauvais au lit qu'au combat.

Jackson et Lane s'étaient bien rapprochés, trop, de l'avis de Jeneva qui recula, emmenant Sienna.

Jackson, sans l'ombre d'un embarras sur le visage, le fixa avec ce regard brillant qui donnait toujours la chair de poule à Sienna. La tension augmenta de nouveau en elle quand il se concentra sur Lane.

— Je comprends maintenant pourquoi on vous bat sans arrêt. Vous n'êtes pas immortels et, de toute évidence, vous ne savez pas comment survivre. Cette femme a plusieurs dizaines de millénaires sur moi. Elle me démonterait d'une main. Toi, elle te démontrait avec *un* doigt, sans se casser un ongle, précisa-t-il, regardant Jeneva qui choisit de ne pas entrer dans leur jeu.

— Moi au moins j'aurais l'honneur de m'être défendu, parce que ça franchement, c'était nul, indiqua Lane en pointant du doigt le sol ou Jackson avait atterri quelques minutes plus tôt.

Jackson s'approcha si près du loup-garou que Lane fit craquer ses phalanges.

— Nul, ça va être ta tentative de tenir un round contre moi.

— S'il vous plait, non. Ne vous battez pas !

Les deux hommes la regardaient, alors que Jeneva la retenait de s'avancer vers eux.

— Tu ne peux pas les arrêter, Sienna, ni empêcher tout cela.

— Mais il le faut !

Jackson offrit un clin d'œil à Sienna.

— Elle a raison, tu sais ; tu ne peux pas stopper ça. Et puis le toutou me tape sur les nerfs depuis un moment.

— Mais vous ne pouvez pas vous battre. Le gouvernement et les miliciens sont là. Vous êtes censés me protéger tous autant que vous êtes, pas vous battre.

Jackson secoua la tête négativement.

— Tu as passé trop de temps avec Jeneva. Que ça lui plaise ou non, la guerre ne cessera pas avant qu'une de nos espèces ne soit éradiquée. Oui, ta protection est notre objectif premier, mais nous ne sommes pas là à nous regrouper pour former une grande et heureuse armée contre les humains. On est là parce que c'est ici que s'arrête notre collaboration forcée. À présent, tu sais tout. Jeneva aurait dû te le dire, ça.

— Ce n'est pas comme s'il y avait un *mémo*, non plus, répondit Jeneva.

— Ouais, eh bien maintenant c'est clair. Et vu que tu sembles si attachée à nous représenter, tu lui dis que ce soir, c'est sérieux, ce soir je ne me barrerai pas pour laisser le loup se calmer. La trêve est finie.

— C'est là que tu te trompes, Jackson. Je ne suis pas là pour vous, pour mon espèce. Je suis là pour elle, pour la protéger et que ce soit bien clair pour vous tous, lança-t-elle en fixant les deux espèces.

— Sienna part avec moi ce soir. Peu importe ce qu'il se passe.

Jeneva regarda ensuite Sienna.

— Même si le choix s'effectue d'une manière ou d'une autre et n'avantage pas les vampires, je resterais sa protectrice. Tant qu'elle en aura besoin. De près ou de loin selon son souhait.

Jeneva scruta de nouveau les centaines de paires d'yeux braqués sur elle.

— Autrement, le premier qui s'approche d'elle meurt. N'importe lequel d'entre vous.

Sienna retint son souffle. La forêt resta sans bruit, l'espace d'un court instant seulement puisque, à l'évidence, les loups-garous n'aimaient pas du tout cette option. Jeneva n'en attendait pas moins d'eux.

Sienna saisit enfin pourquoi Jeneva était aussi silencieuse depuis leur arrivée sur cette colline et pourquoi elle n'avait pas fui à la première opportunité. Une bataille ce soir était inévitable.

— Non ! Il n'y aura aucun mort. Je ne choisirai rien, OK ! Tous autant que vous êtes, écoutez-moi. Je ne choisirai pas ! Donc vous avez intérêt à trouver un accord commun. Allez !

Elle grinça des dents de voir qu'ils ne réagissaient pas.

— La terre est bien assez grande pour vous tous ! Vous n'avez pas besoin de vous battre, c'est ridicule. Vous n'avez qu'à vous éviter, c'est tout. En plus, ça évitera aux humains de vous repérer, ne le comprenez-vous pas ?

Lane s'avança de quelques pas, pas plus, sachant que Jeneva ne l'autoriserait pas à venir plus près.

— Ce n'est pas possible. Tu as un certain pouvoir sur nous, oui, mais tu ne peux pas nous contrôler. Les choses sont ainsi entre eux et nous et ne bougeront pas, sauf si… Il ne tient qu'à toi d'éviter encore plus de siècles de bain de sang. Alors, prie pour rapidement trouver la clé de ce *partage* de pouvoir. Là, il ne resterait plus que quelques décennies, max. Et tu aurais ta paix.

— Mais vous seriez morts ! Ou eux ! Je ne veux pas ça.

Lane agita la tête.

— Je n'arrive vraiment pas à te comprendre. Comment peux-tu pleurer sur leur sort ?

Jackson fit craquer ses phalanges en écoutant Lane.

— Ils sont déjà morts ! Et se nourrissent d'humains.

— On ne les tue pas forcément, car, à l'inverse de vous, on sait se maîtriser. Dr Jekyll et Mister Hide, c'est vous. Quand la bête prend le contrôle, vous causez bien plus de dégâts que nous. Plus d'humains sont morts de rencontres accidentelles avec ton peuple. Bon, OK, certains d'entre nous ont du mal à se retenir, mais–

— Tu en sais quelque chose, assassin.

Jackson sourit du coin des lèvres. Il allait parler, mais Lane continua en regardant Sienna :

— Moi, je n'ai jamais tué personne. Volontairement ou accidentellement. Enfin, quand je dis personne, je veux dire, personne d'humain.

Il fixa Jackson.

— Parce que lorsqu'il s'agit des morts-vivants, là, j'ai un sacré palmarès que j'ai hâte de gonfler, à commencer par toi.

Lane para le coup de poing de Jackson juste à temps. Sienna mit sa main sur sa bouche. Le loup essuya le sang de ses lèvres. S'il n'avait pas paré le coup un minimum, il n'aurait plus de mâchoire. Lane grogna.

Jackson hocha la tête en marchant autour de lui. Jeneva s'était déjà reculée avec Sienna pour maintenir une distance plus sûre.

— C'est ça, toutou, montre-moi ce que tu as dans les tripes, réellement cette fois.

Tandis que Lane commença sa transformation, Jeneva observait les alentours. Les vampires bien sûr se délectaient de la scène devant leurs yeux. Les loups par contre l'inquiétaient, pas forcément par leur nombre, mais parce qu'ils restaient étonnamment calme. Cela ne leur ressemblait pas. Jeneva regarda de nouveau les combattants quand un Lane poilu et à quatre pattes se jeta sur Jackson. Le vampire évita facilement les premières attaques du loup avant de lui mettre un coup de pied circulaire dans les côtes. Le loup réussit à lui faire un croche-patte, le griffant profondément au bras également. Le vampire retomba sur ses pieds. La manche de Jackson était déchirée et un filet de sang entachait son t-shirt blanc. Les deux êtres supranaturels coururent en direction l'un de l'autre, à une vitesse fulgurante, mais, tandis que le loup s'approchait, Jackson stoppa net et s'accroupit, soulevant le loup en l'air en se relevant. Le loup aurait pu retomber sur ses pattes s'il en avait eu le temps, seulement Jackson fut plus rapide. Le vampire appuya de sa force surnaturelle sur le dos de Lane pour le pousser au sol.

Tout allait bien trop vite pour Sienna qui peinait à suivre l'action. Elle entendit un son perçant, très bref, quand Lane s'écrasa au sol. Il ne bougea plus. Sienna savait qu'elle n'oublierait jamais ce cri, pas plus qu'elle n'oublierait la main de Jackson se retirant de la poitrine de Lane, tenant son cœur, tandis qu'il se redressait.

Lane avait repris forme humaine. Il gisait, nu, au sol, les premières gouttes de pluie se mélangèrent au sang qui coulait abondamment de sa poitrine.

Jeneva resserra son étreinte sur Sienna, pensant qu'elle allait s'évanouir.

— Oh mon dieu !

Sienna couvrit sa bouche puis ferma les yeux, se retenant de vomir.

Jackson se tourna vers les loups-garous d'un air défiant. Son sourire moqueur causa l'avancée de certains loups, d'autres entamaient déjà leur métamorphose.

— C'est ça, mes toutous, la lune de miel est finie, lança un autre vampire tandis que la plupart d'entre eux s'approchaient également.

Jeneva était à une seconde de s'enfuir avec Sienna dans ses bras, quand les loups se calmèrent et reculèrent, redevenant humains pour ceux qui avaient presque achevé leur transformation, fait très étrange. Les vampires le remarquèrent. Seule Sienna restait figée, le regard sur le corps de Lane au sol. La pluie redoublait maintenant que l'orage déchirait le ciel. Les gouttes d'eau chassaient le sang qui sortait de sa poitrine et pourtant, toujours plus de sang entachait son corps. Sienna ne parvenait pas à détourner le regard.

— Qu'as-tu fait ? glissa-t-elle comme un murmure désespéré, son regard rivé sur Lane.

— Je viens de me payer du bon temps, répondit Jackson, son regard plus sombre qu'à l'habitude face au pack de loup immobile.

— Allez, ne jouez pas les timides, qui sera le prochain ?

Les loups-garous ne bougèrent pas quand quelqu'un passa au travers du groupe et s'avança. Sienna ouvrit grand les yeux. Elle voulut aller rejoindre Shiloh, mais Jeneva la retint. Sienna se débattit légèrement, puis elle s'arrêta en voyant le regard froid et sérieux que Shiloh et Jeneva échangèrent.

— C'est Shiloh !

— Alors c'est toi… la fameuse Jeneva.

Il la détailla de haut en bas, l'expression de son visage restait impassible.

— Qui es-tu ? demanda Jeneva, s'adressant directement au jeune homme.

Sa main ferme sur le ventre de Sienna pour la retenir.

— Mais c'est Shiloh !

Sienna se tourna vers son meilleur ami, bien trop calme et silencieux.

— Shiloh, que se passe-t-il ? Comment es-tu arrivé si vite ? Comment nous as-tu trouvés ? Qu'est-ce qu'il se passe chez les Newton ? J'espère qu'ils n'ont fait de mal à personne. Mon dieu, tu… Parle-moi, Shiloh !

Sienna regarda Jeneva comme cherchant les réponses à ses questions.

— Il est… Qu'es-tu ?

— Mais il est hum—

— Il y a quelque chose de différent chez lui, la coupa Jeneva.

Jackson reprit part à la conversation.

— Ouais. Du départ, j'ai senti que tu étais louche, mon gars. Et ta réaction avec moi, ta façon d'encourager le loser là-bas, nota Jackson en pointant le corps de Lane de la tête.

— Mais je n'arrivais pas à te définir. Alors, t'es quoi ?

Shiloh toisa le vampire avec un sourire malsain que Sienna ne lui connaissait pas. Un frisson lui parcourut le corps.

— Même si tu n'étais pas une disgrâce morte-vivante, aimer quoi que ce soit chez toi serait difficile.

— Shiloh ?

Shiloh regarda Sienna quand elle l'appela. Son sourire d'ordinaire si chaleureux, toujours un peu joueur, avait disparu.

— Notre petit miracle m'a beaucoup apprécié la nuit dernière pourtant, le titilla Jackson, passant une main sur son entrejambe.

— Ouais, elle n'a jamais su les choisir. Elle doit tenir ça de sa salope de mère.

Le choc sur le visage de Sienna n'était rien comparé à la façon dont la main de Jeneva se resserra sur son ventre face à cette insulte envers Shiri, la mère de Sienna. Jeneva lui fit presque mal.

Shiloh fixait Jeneva. Sienna ne comprenait pas comment il pouvait la regarder ainsi, sans une once de peur.

— C'est bien vrai, vampire, tu l'as connue. Tu peux le confirmer.

Jeneva resta calme malgré le désir d'aller lui trancher la gorge. Elle ignorait trop de choses sur lui pour risquer la sécurité de Sienna.

— Qui es-tu ? demanda-t-elle fermement.

— Qui es-tu putain ! s'exclama un autre vampire au bout de quelques secondes.

Jackson s'avança plus près de Shiloh.

— Tu sais quoi, je m'en contrefiche de savoir si t'es un de leurs shamans, ou juste une toutou-groupie qui sent vraiment mauvais. Si tu te tiens ici avec eux, tu mourras ici avec eux.

— Non ! Non, non. S'il te plait, non. Ne le tue pas, je t'en supplie, plaida Sienna.

— Comme s'il le pouvait.

Shiloh fixa Sienna. Il pointa son doigt sur Jeneva, puis sur Sienna.

— Elle vient avec nous.

Jeneva secoua la tête, avec le sourire.

— Elle reste avec moi.

— Attendez, tout le monde se calme. Je ne fais aucun choix, OK ? Mais je repars avec Jeneva.

Shiloh s'avança de quelques pas.

— Hors de question. Point final.

— Shiloh, tu dois rester hors de tout ça. Il va t'arriver un malheur. À quoi tu joues ?

— Peut-être qu'à elle tu vas enfin répondre, déclara Jeneva.

— Je ne joue pas. Je nettoie ton bordel. Enfin, le bordel de tes parents. Et tu ne partiras pas avec eux. C'est tout.

— Je ne pars pas avec eux. Je pars avec elle.

— Je n'ai pas passé ces dix dernières années à te protéger pour te laisser filer avec n'importe lequel d'entre eux.

— Quoi ? Qu'es-tu en train–

— Tu veux dire, garder un œil sur elle, non pas la protéger, n'est-ce pas ?

Jeneva coupa Sienna avant de continuer : vas-y, dis-lui. Que fais-tu réellement chez les Newton ? Je me suis toujours interrogé sur le fait que vous soyez systématiquement envoyé au même endroit. Où pourquoi tu étais le seul ami avec qui je la voyais passer du temps. J'ai toujours senti que quelque chose m'échappait, sans pouvoir mettre le doigt dessus.

— Mais on est proche ! C'est juste… Il y avait des places pour nous deux, c'est tout. On est orphelins, ils ont essayé de nous garder ensemble comme nous étions proches et qu'ils le pouvaient. Shiloh est mon ami, je… Shiloh, dis-lui ! Dis quelque chose !

Jeneva posa son autre main sur le bras de Sienna, ce toucher semblant rassurer quelque peu la jeune femme malgré son incompréhension. En dépit de ces paroles, Sienna commençait à avoir de sérieux doutes sur Shiloh et l'angoisse montait en elle. La respiration de Sienna devenait irrégulière.

— Elle a raison. J'ai fait en sorte que nous ne soyons jamais séparés. Il fallait que je sois là, pour te protéger.

— Coucher avec elle faisait aussi partie de ta protection ?

Sienna détourna le regard à cette pensée, et surtout au fait que Jeneva le sache.

— Non. C'était plus une garantie, je suppose.

— Une garantie pour quoi ?

— Cela n'a plus d'importance.

— Bien sûr que–

— Stop ! Tous autant que vous êtes, stop ! lança Sienna en fixant Shiloh.

Elle se retourna dans l'étreinte de Jeneva. Jeneva ôta ses mains d'elle. Elle se radoucit de voir les larmes dans les yeux de Sienna.

Sienna avait la tête qui tournait légèrement. Ça faisait beaucoup. Elle se concentra de nouveau vers Shiloh.

— S'il te plait, Shiloh. Que se passe-t-il ? Qui… qu'es…

Shiloh regarda brièvement le sol. Jackson le poussa d'un coup.

— Désolé mais je ne suis pas patient. Les pourquoi et les comment je m'en fous. Tu te barres maintenant ou je te tue.

— J'aimerais bien voir ça.

Jeneva attira Sienna à elle immédiatement quand Jackson chargea le jeune homme. Shiloh le stoppa d'une main autour de son cou.

— Tu es fort, indiqua Jackson qui mit ses mains autour du cou de Shiloh lui aussi.

— Je suis plus fort.

Le regard de Shiloh s'assombrit. Jackson sourit.

— Donc… tu es l'un d'entre eux ?

Les deux hommes resserrèrent leurs étreintes.

— Crois-moi, tu n'as pas envie de savoir ce que je suis. Et tu n'en auras pas l'occasion.

Jackson eut à peine le temps d'en sourire qu'il dut lâcher prise face au large cou de loup qui remplaça celui de l'humain. Stupéfaite, Sienna mit sa main devant sa bouche.

La surprise et la transformation ultra rapide de Shiloh prirent Jackson de court. Tout comme la vitesse de Shiloh qui le chargea. Jackson tomba sur le dos, Shiloh sur lui. Le loup Shiloh était bien plus grand et costaud que leur taille habituelle. Jackson, avec ses pieds, leva l'arrière du loup, cependant ses pattes avant restèrent fermement ancrées sur la poitrine de Jackson.

Jackson tenta de le frapper quand Shiloh s'approcha pour le mordre. Il le cogna des deux poings et une jambe. Le loup vola dans les airs, la tête de Jackson aussi. Shiloh retomba au sol en forme humaine. Nu et le sourire aux lèvres, il attrapa la tête de Jackson avant qu'elle ne touche le sol. Il la regarda d'un air désapprobateur et la tint par les cheveux en la pointant vers Sienna.

— Je n'arrive toujours pas à croire que tu aies pu coucher avec ça.

Il jeta la tête en direction des vampires et resta immobile, fixant Sienna.

Sienna était en état de choc. Elle sentait la bile remonter. Elle aurait vomi si cela n'avait pas été Shiloh et le ton de ses mots. Si elle oubliait le contexte ; lui qui venait de se transformer en loup et de tuer quelqu'un, cette phrase était du pur Shiloh. Elle avait la tête qui tournait et les oreilles qui bourdonnaient. Elle ferma les yeux très forts, espérant se réveiller de ce cauchemar.

Ça ne peut pas être réel. Je rêve, je suis en train de faire un de ces atroces rêves. Ce n'est pas vrai.

Shiloh alla ramasser le sac à dos que Sienna avait laissé tomber quelques mètres plus loin et sortit le jean qu'il avait mis dedans.

— Je me doutais bien que ça me servirait.

— Tu es différent des autres. Plus grand, plus leste, plus rapide. Et tu passes du loup à l'homme et vice versa bien plus vite.

Le ton de Jeneva amusa Shiloh. Le doute avait changé de camp.

— Je suis meilleur et bien plus fort que quiconque que tu aies combattu auparavant.

— Qu'est-ce que tu es ?

Jeneva paraissait réellement inquiète.

— Je suis le premier d'une nouvelle race. J'ai voué ma vie à cela. Maintenant, je suis un leader, *le* leader et je vais conduire mon peuple à l'écrasement du tien.

— Penses-tu vraiment–

— Comment as-tu pu ? Tu…

Sienna interrompit Jeneva, ses larmes se mélangeant à la pluie.

— Tu m'as menti.

— Il le fallait.

— Oh, OH, mais bien sûr, il le fallait ? Tout va bien donc, hein ? Et tu es un… loup-garou ? Comment est-ce possible ?

— C'est une très bonne question. Qu'est-ce qui te rend si spécial ?

— Comme je l'ai dit, *vampire*, je suis le premier. Le premier, mais d'autres suivent. Nous sommes partout, ou nous y arrivons ; State 9, les milices. Dans quelques années, nous serons véritablement partout, la télé, les sports, la culture, les médias, le gouvernement. Nous pourrons influencer les populations, nous protéger le cas échéant. Partout.

— Pourquoi ne vous reconnaît-on pas ? demanda Jeneva, dissimulant son irritation.

— Tu émets quelque chose de différent, mais pas les ondes habituelles des loups. Comment fais-tu cela ?

— Si je te le dis, je serai obligé de te tuer. Ah, mais c'est vrai, je vais le faire, de toute façon.

— Stop, non, ne dis pas ça. Plus de morts, supplia Sienna, les mains en l'air comme si elle ne pouvait supporter davantage.

— Tu n'es pas un tueur.

Shiloh contempla le corps sans tête de Jackson gisant au sol.

— Je le suis maintenant. Oh, j'oubliais ce milicien dans la colline tout à l'heure. Mais qui s'en soucie ?

Sienna ouvrit grand les yeux. Son esprit n'enregistrait pas tout. Elle était trop perturbée, toutefois Shiloh poursuivit en regardant Jeneva : Mais avant aujourd'hui, non, pas de cadavres au compteur et cela, ma non-amie, est la raison pour laquelle personne ne m'a senti. Ça et surtout le fait qu'aujourd'hui était la première fois que je me transformais, juste là, sous vos yeux. C'est ça la clé.

Jeneva resta silencieuse, son esprit en surcharge. Néanmoins, gérer les informations rapidement avait toujours été la clé de toutes ses victoires.

— Non seulement cela me permet de passer sous le radar du gouvernement et incognito parmi les tiens, cela me rend également plus fort que jamais. Un combattant certainement plus affûté en un contre un que quiconque auparavant. Et au cas où tu te poserais la question, ça ne disparaît pas une fois que nous nous transformons. Nous l'avons vérifié avec plusieurs jeunes. Tu ne nous verras pas venir et ne nous stopperas pas.

— Comment est-ce possible ? Le changement est inné chez vous. Les enfants de cinq ans se transforment déjà. Vous ne pouvez pas le contrôler.

— Je n'ai jamais dit que c'était facile. Les sages racontent les histoires d'un temps bien révolu, avant moi évidemment, où l'on savait se maîtriser et changer lorsque nécessaire. Voire ne pas changer du tout si l'on ne le souhaitait pas. Cette guerre et les batailles incessantes ont changé cela et rendu le loup en nous plus sauvage, moins contrôlable. À l'époque, les enfants étaient plus disciplinés, plus concentrés et zen. Le bon vieux temps. Et devines quoi, il revient à la mode. Je leur ai montré la voie. Et nous ai rendus plus forts par la même occasion.

Jeneva y réfléchit, cela demanderait des qualités indéniables de maîtrise de soi et de motivation. Elle ne doutait nullement d'avoir un redoutable adversaire face à elle. Il croyait fort en lui et en son peuple.

— Tu n'as jamais rien dit… Comment as-tu pu me mentir ainsi ?

— Comme je t'ai dit, tu as la tête dans les nuages la plupart du temps… ça n'a pas été si difficile.

Face au regard stupéfait de Sienna, il ajouta : de plus, on sait très bien que tu ne vois que ce que tu veux voir.

— Elle n'a rien vu car elle comptait sur toi, se fiait à toi. Là aussi, tu as fait un boulot remarquable à t'insinuer dans sa vie jusqu'à devenir irremplaçable.

— Ouais, jusqu'à ce que tu te pointes de nulle part avec ton médaillon. Je ne t'ai pas vu venir et tu as un peu contrecarré mes plans. Elle n'était pas censée l'apprendre ainsi. Et encore moins chercher des réponses et une protection auprès de quiconque autre que moi, admit-il avec un hochement de tête.

— Et comment était-elle censée l'apprendre ? Quel était le plan ? J'imagine que cela impliquait de nous montrer sous notre meilleur jour, l'effrayer. Lui prouver à quel point les loups sont proches de l'humain et doux comme des agneaux. Qu'elle tombe amoureuse de l'un d'entre vous pourquoi pas. Tu ne te serais même pas révélé sous ton vrai jour avant que ce choix qui sommeille en elle ne soit fait, n'est-ce pas ?

— Un truc dans le genre, oui. Mais tu es arrivée et lui as mis autre chose en tête.

— Autre chose ? Tu veux dire la vérité ?

Sienna écoutait l'échange verbal sans vraiment l'entendre. Elle se sentait engourdie. Si Jeneva ne la tenait pas de sa main, elle serait sûrement au sol.

Shiloh sourit du coin des lèvres.

— C'est cela, oui, la vérité ; que vous n'êtes pas des créatures diaboliques dépourvues de toute compassion et sentiments ? C'est ça ta vérité ? Pour moi, tu n'es qu'un faire-valoir pour les vampires. Tu as tenté de l'adoucir, car tu sais parfaitement que vous allez perdre, en fin de compte. Elle est humaine. Elle prend parfois de mauvaises décisions, mais n'est pas stupide. Elle ne vous choisira pas aux dépens d'humains, car *nous* sommes humains. Et nous le serons de plus en plus, en contrôlant le loup. Elle ne vous laissera pas nous massacrer.

Sienna regarda le sol détrempé.

— Je ne me suis jamais caché. Elle sait ce que je suis. Ce que nous sommes. Si elle m'a choisie, c'est parce que je ne lui ai jamais menti et qu'elle a senti au fond d'elle que j'étais réellement là pour la protéger. Tu vois, peut-être que tu as raison et qu'elle évite de voir ce qu'elle ne veut pas, car inconsciemment, elle a toujours su que tu étais faux.

— J'ai dû mentir pour la bonne cause.

— La bonne cause. C'est toujours une bonne excuse.

— J'ai des raisons valables pour justifier qu'elle ne devait rien savoir, hormis que je la protégeais.

Sienna parut se réveiller d'un coup et se défit de l'étreinte de Jeneva. La discussion s'imprimant enfin dans son esprit. Elle observa de l'un à l'autre.

— Peut-être qu'*elle* en a marre que l'on décide pour *elle* de ce qu'elle devrait savoir ? Peut-être qu'*elle* aimerait connaître la vérité pour une fois !

Elle fixa Shiloh d'un regard sombre.

— Ne m'as-tu pas assez menti ? Si tu veux que je te pardonne un jour, ou que le peu de confiance que j'ai encore en toi perdure, tu vas tout me dire maintenant.

Il hocha la tête tandis que la pluie redoublait et l'orage grondait, les éclairs déchirant le ciel. L'un d'eux s'abimant dans les bois, non loin d'eux.

— Comme d'habitude, c'est ton choix.

Il inspira fort.

— J'étais le fils d'un des plus puissants chefs de meutes. Un leader jusqu'à ce qu'il nous trahisse, nous et l'univers en s'enfuyant avec une pute de vampire. Ça te parle ?

Sienna recula comme touchée par la foudre justement.

— Non, murmura-t-elle.

— Si, glissa-t-il, un faux sourire aux lèvres dissimulant à peine son amertume.

— Il a entaché notre nom, jeté la honte sur ma mère et moi. J'avais quatre ans. Nous étions des parias. Toute ma vie j'ai tâché d'effacer sa trahison et laver notre nom. Tout le monde me prenait de haut, jusqu'à ce que les années passent et que je ne me transforme toujours pas. Mon peuple a commencé à oublier le *fils du traître* et me voir en tant que *celui qui montre la voie*. Celui qui avait suffisamment de volonté pour y parvenir sans même l'aide des shamans. Parce qu'ils ne m'ont pas aidé au début, puis ils l'ont fait quand ils ont réalisé que mon plan était solide et bien parti. Avec leur aide, c'est devenu plus facile, et de sentir tout mon peuple derrière moi a gonflé ma motivation. Et je l'ai fait, j'ai réussi malgré les difficultés. Ça n'a pas été une promenade de santé, je t'assure. Et maintenant, je suis un leader, *le* leader et je vais laver mon nom complètement une fois la terre débarrassée de ces démons. Ils ne devraient pas exister, ne le vois-tu pas ?

Jeneva attira Sienna plus près quand elle commença à trembler. En plus du choc de cette journée, elle était transie de froid.

— Quatre ans. Tu en avais donc cinq quand Sienna est née. Tu as l'air un peu plus âgé que dix-neuf ans, c'est vrai. Cela dit, tu as bien joué le coup.

Sienna grimaça comme si elle était physiquement affectée.

Il n'y a rien de vrai. Tout n'est que mensonges. Qu'est-ce qu'il s'est passé ? Où est ma vie ? Je veux juste que ça s'arrête. S'il vous plait, faites que ça s'arrête.

Sienna grimaça de nouveau, elle serra les dents. Elle reprit son souffle et pleura en même temps. Jeneva la laissa partir quand elle s'avança en direction de Shiloh.

— Tu as… couché avec moi. Tu savais et tu… et ça m'a fait du mal. Et tu l'as fait en toute conscience… Tu m'as blessée… Tu es… mon frère.

— Demi-frère. La meilleure moitié, ajouta-t-il.

Un énorme frisson parcourut le corps de Sienna et elle chancela vivement avant de trouver ses mots.

— Jamais je ne te pardonnerai.

— Bien sûr que si. Parce que tu m'aimes. Tout ça n'enlève en rien ce que nous avons eu toutes ces années.

— Nous n'avions rien ! Rien, répéta-t-elle d'un souffle.

— Tout n'était que mensonges. Il n'y avait rien de réel. Tu as joué avec moi. Tu m'as toujours guidée où tu voulais que je sois. Et cette nuit… si la nuit dernière n'était pas arrivée… Mais tu l'as fait, tu t'es imposé à moi et seulement parce que j'avais couché avec Jackson en plus ! Tu te fiches totalement de moi.

— Tu sais que ce n'est pas vrai. J'ai simplement dû prendre une décision pour la juste–

— Va te faire foutre avec ta juste cause ! Et va te faire foutre tout court !

Elle s'avança et le frappa fortement à la poitrine sans qu'il bouge un cil. Elle mit sa main sur sa bouche et recula. Elle observa autour d'elle les regards fixés sur elle.

— Allez tous vous faire foutre ! Je n'en ai rien à faire de votre stupide guerre. Vous pouvez tous vous entretuer que ça m'est égal. Si je pouvais choisir, je vous enverrais tous au diable. Ça vous va comme choix ? Je vous déteste, je vous déteste tous ! Laissez-moi tranquille !

— Sin–

— Ne m'appelle pas comme ça ! Ne m'appelle plus jamais comme ça. Je comprends maintenant pourquoi tu m'appelles si rarement par mon vrai nom. Toi qui aimes tellement l'anglais ; sin signifie péché, c'est ce que je suis pour toi, un péché. Voilà pourquoi tu m'as donné ce surnom dès qu'on s'est connus. Tu me détestes autant que ça ?

— Je ne te déteste pas. J'étais sérieux hier. Toi et moi on est des âmes soe–

Elle le gifla.

— Je te hais !

— Tu ne serais pas tant en colère, ni touchée, si c'était le cas.

— Qu'est-ce que tu m'as fait, Shiloh ? Et la nuit dernière… pourquoi ne l'as-tu pas fait la nuit d'avant quand je… Dieu, je n'arrive même pas à croire que j'étais prête à… J'aurais fait n'importe quoi pour stopper tout ça. J'étais perdue, en détresse totale et je t'ai demandé de le faire et… tu as refusé. J'en étais heureuse finalement une fois que je me suis sentie mieux. Alors pourquoi ?

— Je ne pouvais pas à cause de notre lien. Je voulais éviter–

— Ah oui, là, forcément, tu as joué le gentleman louable et tout le bordel, n'est-ce pas ? Il n'a fallu que vingt-quatre heures pour que ce peu de conscience s'envole et que tu t'imposes à moi.

Il allait parler, mais elle le devança.

— Parce que c'est ce que tu as fait, Shiloh ! Tu m'as forcée plus que tu ne le crois.

— Non, je ne t'ai pas forcée. Je… devais le faire.

Sienna avait envie de crier, mais elle couvrit son visage de ses mains. Elle les baissa ensuite.

— On n'est pas des âmes sœurs. Juste demi-frère et sœur. C'est la seule raison pour laquelle je me sentais proche. Mais tu en as abusé. Tu m'as abusée de tellement de manières que jamais je ne te pardonnerai.

— Ça te passera, annonça-t-il en posant ses mains sur les épaules de Sienna.

— Tu verras que c'était la seule chose à faire. Une fois qu'ils seront partis, nous–

Jeneva se tint devant lui en un quart de seconde, écartant sans ménagement les mains du jeune homme de Sienna. Ses mains autour des poignets de Shiloh, elle le repoussa de vingt mètres.

— D'abord, tu restes loin d'elle. Ensuite, nous n'irons nulle part.

Plusieurs vampires s'avancèrent. D'autres continuèrent d'observer la scène attentivement. Les loups également.

Sienna se mit à rire amèrement. Jeneva restait vigilante à leurs alentours. La nervosité était palpable des deux côtés. Sienna s'arrêta de rire, s'approchant de Shiloh.

— Oh que si tu me haïs. Tu ne peux pas les haïr eux, donc tu as déversé cette haine sur moi. Je le vois maintenant. Mais tu sais… ce n'est pas de ma faute si papounet chéri ne t'aimait pas assez et t'a oublié en un clin d'œil, lança-t-elle avec un sourire en coin.

Avant qu'elle ne termine sa phrase, Shiloh se laissa emporter par sa colère et se précipita vers Sienna. Bien que plus près d'elle que Jeneva, la vampire arriva tout de même en premier sur la jeune femme. Elle rejeta Shiloh si fort qu'il retomba sur le dos, cinquante mètres plus loin.

Sienna ne riait plus, elle essuya ses larmes et tâcha de repousser ses mèches détrempées de son visage.

— Tu vois ? Tu me fais mal, je sais faire aussi.

Shiloh la dévisagea en se relevant.

— Tu vas le regretter, Sienna.

— Plus que tout le reste ? lança-t-elle en levant ses bras, montrant tout ce qui l'entourait.

Elle semblait résignée.

Shiloh inspira fortement et se ressaisit. Il était plus calme en se rapprochant.

— Il est bien temps de régler cette question de *qui part avec elle*, à présent.

— C'est déjà réglé, affirma Sienna en prenant la main de Jeneva.

— Je n'ai confiance qu'en elle.

Shiloh sourit du coin des lèvres.

— Et beh. D'abord Indigo, maintenant elle. Je vais sérieusement m'interroger sur ton orientation sexuelle.

Jeneva fronça les sourcils à l'expression, très brève, qui passa sur le visage de Shiloh à ses propres mots. Il le dissimula rapidement par contre. Sienna ne l'avait pas remarqué, Jeneva, si.

— Indigo. C'est la sorcière, n'est-ce pas ?

Jeneva ne quittait pas Shiloh du regard.

— Elle ne pratique pas, mais oui, sa famille est une très ancienne famille de purs sorciers, ou un truc dans le genre. Elle m'a vraiment beaucoup aidée et elle a toujours été honnête aussi. J'espère qu'elle n'aura pas de souci avec le gouvernement. J'ai passé la nuit chez elle hier quand j'ai vu que tu n'étais pas là. Je n'ai pas réussi à la joindre de la journée.

— Un autre accroc à ton plan, n'est-ce pas ?

Jeneva le fixait tout en continuant :

— Sienna n'était pas censée compter sur qui que ce soit d'autre que toi. Je pense que tu n'étais pas fan de cette Indigo ?

Shiloh ne répondit pas.

— Oh, ils ne peuvent pas se piffer, confirma Sienna avec légèreté, comme si elle était encore dans son petit monde de lycéenne, dans cette vie passée qui l'habitait encore malgré tout. Elle manquait complètement l'échange visuel intense, presque violent entre Shiloh et Jeneva.

La lèvre inférieure de Jeneva se leva juste à peine, d'un sourire satisfait, tandis qu'elle ne le quittait pas du regard. Sienna, elle, était toujours dans son monologue.

— Ils ne se détestent pas non plus, mais Indigo n'arrive pas à le cerner. À présent, je comprends pourquoi. Et Shiloh ne l'a jamais aimée et...

Sienna s'arrêta d'un coup, maintenant que la situation la rattrapa enfin. Elle leva les yeux en direction de Shiloh, tandis que Jeneva n'hésita pas à mettre en avant la pensée douloureuse qui s'insinuait dans l'esprit de Sienna :

— Vos Shamans sont d'une grande aide pour cette nouvelle génération de loups, surtout pour passer inaperçus, n'est-ce pas ? Les vampires et les humains ne peuvent vous repérer. En revanche, quelqu'un avec un héritage familial de sorcellerie pure le pourrait, à un moment ou un autre, n'est-ce pas ? Quelqu'un comme Indigo par exemple. Même la magie de nos anciens ne pèse pas lourd en comparaison de cette magie-là. Alors la magie des shamans, n'en parlons pas.

Shiloh resta silencieux. Sienna déglutit. Elle serra les dents.

— Dis quelque chose, s'il te plait. Elle n'est pas... Tu n'as pas... Elle n'est même pas une vraie sorcière. Elle n'est pas. Dis quelque chose !

— Je ne pouvais pas prendre le risque qu'elle–

— Non !

Jeneva attrapa Sienna avant qu'elle ne s'effondre au sol. Elle était blanche comme neige. Ses larmes ressortaient malgré la pluie qui lui fouettait le visage.

— S'il te plait, je t'en supplie, dis-moi que tu ne lui as pas fait de mal, s'il te plait, Shiloh.

— Tu parlais de me faire du mal plus tôt ? Tu n'aurais jamais dû l'impliquer dans cette histoire.

Un gros coup de tonnerre résonna dans le ciel et la pluie redoubla. Le vent se leva également.

— Mais qui es-tu ? murmura Sienna.

Sa vie entière s'écroulait devant elle.

Jeneva laissa Sienna tomber délicatement au sol, sur ses genoux. Elle s'accroupit près d'elle.

— Tu restes là, glissa-t-elle avec une légère caresse sur la joue.

Jeneva se leva, face à Shiloh. Il se tint droit.

Sienna se releva quand elle comprit.

— Non, non ! Vous ne vous battrez pas.

— Il le faut. Je ne peux pas le laisser t'emmener.

— Non, mais–

— Il ne te laissera pas partir, Sienna. Après tout ce qu'il a fait. Il ne s'arrêtera pas.

— Elle a raison, confirma Shiloh.

— Il n'y a pas d'autre choix, murmura Jeneva avec une nouvelle caresse sur le visage de Sienna.

Sienna posa sa main sur sa poitrine à la douleur qu'elle ressentit quand Jeneva s'éloigna d'elle, en direction de cette bataille inévitable. Sienna avait l'impression qu'on lui arrachait le cœur. Jeneva et Shiloh se tenaient face à face. Sienna passa sa main dans ses cheveux détrempés, ses mèches blond foncé lui collant au visage et dans le dos. Sa nervosité et une angoisse qu'elle n'avait jamais connues jusqu'à présent étaient à son summum dans son corps face à cette scène surréaliste.

Shiloh et Jeneva se tournaient autour, en cercle, s'observant. Aucun d'entre eux ne se jetant tête baissée dans le combat. Jeneva savait qu'il ne fallait pas le sous-estimer, pas après la facilité avec laquelle il avait tué Jackson. L'élément de surprise était certes passé, mais elle n'avait pas vécu des millénaires en sous-estimant ses adversaires. Shiloh restait encore un mystère et ce dont il était capable pouvait aller bien au-delà de ses observations. Quant à Shiloh, il savait que techniquement et en force pure, Jeneva lui était supérieur. Cependant, les vampires ignoraient encore sa réelle force et ses capacités. Les loups et lui-même méconnaissaient encore la plénitude de son potentiel. Ainsi, il se savait en mesure d'équilibrer le combat ; sa haine intense pour les vampires décuplait également ses forces. Il devrait se montrer malin pour contrecarrer ses faiblesses. Il utiliserait tout ce qu'il aurait contre Jeneva. La vampire en était consciente.

Elle commença à le tester sous sa forme humaine. Elle vérifiait la vitesse à laquelle il évitait ses coups, ou ses réactions quand il n'était pas assez rapide pour cela. Il était costaud ; sa peau pour un humain aurait la dureté du bois. Il ne semblait pas ressentir de douleur, ou il le dissimulait bien. Jeneva n'était pas certaine de la réponse pour l'instant. Pour le moment, elle avait esquivé aisément toutes ses tentatives de la frapper, des poings ou des pieds. Cela dit, le vrai duel était loin d'avoir débuté.

Tandis que les éclairs et le tonnerre déchiraient le ciel, maintenant noir de nuages menaçants, Shiloh réussit enfin à l'atteindre en changeant en l'air. La rapidité de sa transformation la prit tout de même par surprise, bien qu'elle l'ait déjà vu faire. L'accélération que son changement causait en lui était phénoménale et il avait pu la toucher de ses pattes avant. Toutefois, elle retomba sur ses pieds d'un simple salto arrière. Mais elle s'étonna de le voir se tenir droit sur ses pattes arrière, fait nouveau également. Les loups peinaient généralement à rester longtemps sur deux pattes et ne se tenaient jamais si droits. L'affrontement s'intensifia, les coups que se portaient les deux combattants n'étaient couverts que par le tonnerre. Sienna était détrempée, pourtant ses tremblements avaient peu à voir avec le temps. Elle respirait difficilement. Elle eut un haut-le-cœur quand les dents de Shiloh déchirèrent le haut noir de Jeneva, laissant un filet de sang perler de celui-ci. Cela ne perturba pas la vampire que cette petite blessure, refermée d'ici peu, n'affecta pas.

Une minute plus tard, c'est Shiloh qui reçut un gros coup de pied dans la hanche sans avoir le temps de parer le coup ni de s'écarter. Sienna retint son souffle. Shiloh, boitant, tourna autour de Jeneva. Là aussi, elle l'observait pour connaître ses capacités de guérison. Comme elle s'en doutait, il lui fallut bien moins de temps qu'à un loup ordinaire pour remarcher normalement. Jeneva était prête à en finir malgré l'expression stoïque sur son visage. Maintenant qu'elle avait eu le temps de l'étudier, elle ne lui laisserait pas l'occasion de récupérer après le prochain coup, et l'achèverait. Shiloh l'attaqua. Bien que sa mâchoire atteigne à nouveau le bras de la vampire, il reçut un autre coup puissant dans la poitrine. Il couina vivement en retombant sur le dos.

— Shiloh, Sienna ne put s'empêcher de murmurer, les larmes dans la voix.

Pour la première fois de sa vie, Jeneva sortit de la bulle dans laquelle elle s'enferme pendant tout combat. La présence de Sienna, ses émotions, ce que la jeune femme ressentirait si elle tuait Shiloh…

Jeneva eut tout juste le temps de parer l'attaque de Shiloh, ses mains bloquant ses dents. Elle cria quand il lui arracha presque la main. Elle guérirait vite aussi… si elle en avait le temps. D'une patte, il atteignit sa gorge, elle tomba en arrière, du sang sortait de son cou. Elle cria une nouvelle fois quand il lui mordit la jambe.

— Non ! s'écria Sienna en s'avançant sans le vouloir.

Shiloh ouvrit grand sa gueule en direction du visage ensanglanté de la vampire.

— Non !

Un coup de tonnerre recouvrit à peine le cri de Sienna, tandis qu'un éclair la frappa. Il se réfléchit sur elle et repartit entre les deux combattants, les éjectant à quarante mètres l'un de l'autre, de part et d'autre de Sienna. La forêt parut s'éteindre malgré le tonnerre, tous les yeux braqués sur elle. Elle n'était ni morte ni brulée. Elle n'avait aucune blessure. Elle était sans voix, ne comprenant pas ce qu'il venait de se passer.

Quoi qu'il se passe a démarré là et va se produire très bientôt. Tu es comme un signal lumineux qui éclaire tout le monde supranaturel. Et l'intensité de ce signal continue d'augmenter jusqu'à ce qu'il explose. On arrive à un point de non-retour.

Sienna entendit les mots de Jeneva quelques jours plus tôt.

Alors ça y est : ses pouvoirs s'étaient *déclenchés ?* Elle en était complètement secouée.

Elle tremblait fortement. Shiloh, de nouveau humain, sourit. Jeneva était toujours au sol, sa main était cicatrisée. Sa gorge saignait encore, mais guérirait sous peu également. Sa jambe avait besoin d'un peu plus de temps en revanche, Shiloh lui avait arraché un bon bout de chair.

— Tellement de pouvoir, s'émerveilla Shiloh.

Les loups se transformèrent et les vampires s'avançaient. Maintenant qu'ils avaient eu un aperçu de cette puissance en elle, chaque clan était encore plus fermement décidé à la garder dans leur rang. Ils sentaient bien que le pouvoir ultime pour l'une ou l'autre des espèces était à portée de main. Ils le sentaient, cela se produirait prochainement. L'excitation du pouvoir stimulait les deux camps. Une bataille féroce était inévitable.

Jeneva tourna la tête en direction des bois, plus de cent mètres derrière Sienna quand ses sens affûtés sentirent le danger. Elle se releva d'un bond, tandis que les premiers coups de feu retentirent. S'en suivit une pluie de balles. Elle sauta par-dessus Sienna, prenant une balle dans le dos, là où la tête de Sienna était une demi-seconde plus tôt. Shiloh tomba en arrière quand il prit une balle dans le ventre. Jeneva était allongée sur le côté, Sienna devant elle. Elle la couvrait. La jambe de la vampire était maintenant guérie, mais elle ne l'était pas encore lorsqu'elle s'était relevée. Tandis qu'une odeur qu'elle ne pouvait confondre lui emplit les narines, elle réalisa que cette lésion lui avait coûté la microseconde dont elle aurait eu besoin pour la protéger totalement. Elle se figea à la sensation du liquide chaud coulant à travers ses doigts.

— Non.

Sienna tremblait par à-coup, en état de choc, sa chemise blanche à présent couverte du sang qui s'échappait de sa poitrine, près de son cœur. Elle blêmit. Elle essayait désespérément de regarder Jeneva dans les yeux. Elle s'accrocha au haut noir de la vampire.

— Ce n'est rien, ça va aller, murmura Jeneva avant de jeter un rapide coup d'œil tout autour.

Les miliciens, responsables pour ces premiers coups de feu, avançaient épaules contre épaules en direction des créatures supranaturelles qui se cachaient autant que possible à l'abri des quelques arbres. Certains montèrent très vite sur ceux-ci, sautant d'arbre en arbre pour arriver derrière les rangs des miliciens et le massacre commença. Les coups de feu cessèrent quand le son de moteurs étouffa le bruit du tonnerre, tandis qu'une vingtaine d'hélicoptères militaires émergeaient des nuages noirs. Ils se mirent à tirer, principalement des cartouches tranquillisantes, maintenant que les deux clans étaient encerclés.

Les miliciens s'étaient déjà retirés. Bien que *tolérés* par State 9, ils évitaient toute confrontation pour que cela reste ainsi. Certains loups et vampires partirent à leurs trousses pour des proies faciles, mais la plupart étaient déjà en pleine guerre avec les militaires. Deux vampires sautèrent sur un hélicoptère qui volait trop bas, et s'écrasa au milieu du champ de bataille. Des arbres en feu et des lumières puissantes illuminaient une forêt sinon plongée dans le noir. La lutte s'annonçait âpre et beaucoup de sang serait versé sur cette colline. Vampires, loups-garous et humains y perdraient la vie. Shiloh, sa main pressée contre sa blessure, regarda l'endroit où se tenaient Sienna et Jeneva il y a encore une minute, pour n'y voir qu'une mare de sang. Il toussa tandis que plus d'hélicoptères arrivèrent sur les lieux.

Chapitre Dix

Un coup de vent balaya l'entrée d'une petite grotte située juste en dessous de la *Funhouse,* tant Jeneva entra vite, Sienna dans ses bras. La cavité était équipée de lumières, d'un lit et d'armes. Jeneva y avait passé la plupart de son temps ces quatre dernières années, pour veiller Sienna de loin.

Jeneva allongea la jeune femme et continua d'appuyer fort sur sa blessure. Elle ferma les yeux quand elle remarqua que du sang coulait aussi de la hanche de Sienna. Elle pressa sur cette blessure également.

— Je suis désolée, je suis tellement désolée.

— Pas, pas ta faute.

Sienna n'arriva pas à terminer sa phrase. Elle toussa et trembla fortement. Elle chercha le visage de Jeneva, mais sa vision se troubla. Jeneva prit sa main, arrêtant son point de compression sur sa poitrine, vain de toute façon.

— Je ne peux pas te perdre, murmura Jeneva.

Voir les larmes de sang couler le long des joues de Jeneva, redonna un peu de force à Sienna qui se concentra sur la vampire. Elle voulut essuyer ses larmes rouges, mais sa main n'atteignit pas la vampire. Jeneva la prit dans les siennes, tenant à présent les deux mains de Sienna.

— J'aimais ta mère. C'était fort, mais à la fois tellement stérile, froid. Je ressentais cet attachement, pourtant je l'ai quitté, mourante dans ses bras, si aisément. Je le sais maintenant, parce que je ne peux le faire avec toi. C'étaient des sentiments morts, si je puis dire. Comme moi. Je te l'ai dit, c'est près d'eux que j'ai compris la différence. Et ça m'a frappée une fois de plus quand tu es née. Je me suis sentie vivante.

Jeneva serra la main de Sienna plus fort dans les siennes.

— Le moment où je t'ai tenue dans mes bras, je me suis souvenue de ce que cela faisait d'être humaine. Je ne savais même pas que ce sentiment-là me manquait. Ressentir quelque chose de si vrai, de si fort, de si puissant. Les émotions humaines sont plus puissantes qu'aucun d'entre nous ne le sera jamais. Et quand…

Les larmes de Jeneva redoublèrent sur son visage, ajoutant plus de sang sur les draps entachés du sang de Sienna.

— Quand je me suis tenue face à toi ce soir-là, pour la première fois depuis que je t'avais laissée à ces autochtones, quand ma main a effleuré la tienne, quand mes lèvres ont effleuré les tiennes… tout est revenu. J'ai reconnu ce sentiment. Ton humanité est la chose la plus précieuse sur cette planète. *Tu* es la chose la plus précieuse sur cette planète.

La main de Sienna devint molle dans celle de Jeneva. La vampire vit le regard de Sienna se dérober et fuir ce monde doucement.

— Je suis désolée, car je vais t'ôter ce que j'aime le plus chez toi.

Sienna ferma les yeux.

— Mais je ne suis pas prête à te laisser partir. Je suis tellement, tellement désolée, murmura Jeneva avant de se baisser jusqu'au visage de Sienna pour lui déposer un tendre baiser, alors que la main de Sienna glissa de la sienne.

Jeneva s'ouvrit le poignet et le posa sur la bouche de Sienna, s'assurant que son sang coule à flots dans la gorge de la jeune femme dont le cœur cessa de battre. Jeneva laissa son poignet un instant, tandis qu'elle posa sa tête contre son ventre, en pleurs.

***

Un autre millénaire avait passé dans l'esprit de Jeneva qui restait assise à côté du corps inerte de Sienna. Sa tête baissée, dans ses mains. Les traces encore humides de sang sur ses joues lui rappelaient pourtant que le cœur de Sienna ne battait plus depuis une minute seulement. Jeneva était tellement désemparée qu'elle ne réagit pas en sentant les premiers mouvements à côté d'elle, alors qu'un nouveau vampire ne s'éveillait que bien plus tard, d'ordinaire.

Elle releva la tête d'un coup à ce son si familier qui lui caressa l'oreille. Elle n'osait pas regarder sur sa gauche, pourtant c'était bien le son d'un cœur qui bat, et ces pulsations s'intensifiaient. Jeneva tourna la tête et vit Sienna, s'asseyant doucement sur le lit. Plus que les battements de son cœur, ce regard troublé et quelque peu désespéré sur son visage ne pouvait se confondre avec des émotions autres qu'humaines.

— Tu es vivante, murmura Jeneva.

Sienna cligna des yeux, essayant de comprendre ce qu'il se passait, ce qu'il s'était passé. Jeneva la prit dans ses bras, toute pensée autre que Sienna était sauve, à présent effacée. Sienna enlaça Jeneva et se sentit apaisée, ne pensant plus à rien non plus. Toutefois, Jeneva se recula très vite.

— Tu es en vie ? répéta-t-elle, avec un froncement de sourcils cette fois.

— C'est… c'est impossible.

Jeneva se leva, effectua quelques pas à gauche, puis à droite. Sienna l'observait, incapable de dire quoi que ce soit, ne sachant pas quoi dire de toute façon.

— Ce n'est juste *pas* possible, c'est, tu…

Jeneva s'interrompit, contempla Sienna et sembla réfléchir un instant.

— Les vampires ne peuvent devenir loup, et eux ne peuvent être… vampirisés. Et toi, tu as l'un et l'autre en toi.

Sienna se sentit irrémédiablement attirée par l'étincelle qui illumina les yeux de Jeneva, tandis qu'elle se rassit à côté de Sienna.

— Mon sang t'a sauvé.

Jeneva ouvrit la chemise de Sienna pour vérifier. Aucune trace de balles, aucune cicatrice non plus.

— Il t'a guéri et… tu ne peux être transformée. Guérit et agit… comme un électrochoc et t'a ramenée à la vie, comme tu venais juste de…

Jeneva ne pouvait pas prononcer le mot, le souvenir du moment où le cœur de Sienna s'était arrêté de battre restait trop douloureux pour elle.

Elle toucha le visage de Sienna, la scrutant. Sienna ferma les yeux. Cette journée avait été épuisante. Très étrange et épuisante. Elle se sentait vidée et le seul réconfort qu'elle éprouvait était les caresses et le regard de Jeneva sur elle.

127

C'était la seule chose de positive dans sa vie. Elle ne prononça pas un mot et posa ses mains sur les bras de Jeneva.

Jeneva essuya les larmes silencieuses qui coulaient le long des joues de Sienna.

— Ça va aller. Ça va aller maintenant, Sienna.

— Ça ne va que quand tu es là. Depuis le début, ça ne va que quand tu es avec moi.

Sienna sentit son cœur fondre au sourire qu'afficha Jeneva.

— C'est bien ce que je disais ; ça va aller maintenant. Je ne te lâche plus.

Sienna prit la bouteille d'eau qui se trouvait sur la table de chevet et un mouchoir de sa poche. Elle le mouilla pour essuyer le sang des joues de Jeneva qui se détendit complètement sous son toucher. Sienna paraissait captivée par la vampire. Elle posa une main délicate sur son visage. Jeneva ne bougea pas, tandis que les doigts de la jeune femme effleurèrent son visage, surtout le contour de ses yeux, ses pupilles bleues, le blanc étincelant de son iris. Le rouge de sa sclérotique était clair à ce moment-là.

Sienna laissa son doigt se promener le long des lèvres de Jeneva. Sienna ferma les yeux, un sourire secret aux lèvres, car l'émotion qu'elle ressentit quand Jeneva l'embrassa ce soir-là, lors de sa soirée d'anniversaire l'envahit. Elle inspira profondément et s'agrippa aux bras de Jeneva quand la vampire pressa ses lèvres sur les siennes, comme cette nuit-là, lorsque tout débuta. Un baiser lent et doux. Sienna garda les yeux fermés le temps qu'il dura.

Jeneva se recula et secoua la tête. Sienna comprenait qu'elle n'était pas la seule des deux confuse. Elle attira Jeneva à elle, cependant Jeneva résista. Sienna vit les milliers de questions qui défilaient dans les yeux de Jeneva.

— Je... Cela ne peut être ainsi, Sienna, murmura-t-elle, prenant une inspiration non nécessaire.

Sienna l'attira à elle, désirant l'embrasser, mais Jeneva la stoppa, attrapant délicatement les poignets de la jeune femme. Elle ferma les yeux, comme si la repousser la blessait.

— Je ne peux pas faire ça, Sienna. Je suis censée te protéger. J'ai... j'ai déjà outrepassé cette limite non pas une, mais deux fois en t'embrassant. Tu le sais ça.

— Tout ce que je sais c'est que c'est la seule chose qui me paraît réelle en ce moment. À travers tout ce chaos, tout devient calme, paisible dès que tes lèvres touchent les miennes. Ce n'est que lorsque tu es près de moi que je ressens que tout ça... c'est bien moi. Que c'est ma vie. Et cela ne m'effraie plus du tout en ta présence. C'est toi... ma voie.

Sienna posa sa main sur la nuque de Jeneva et l'attira pour un baiser intense.

Tandis que Jeneva l'allongeait sur le lit, rien de tout cela n'existait ; ni vampires, ni loups-garous, ni guerre, pas de naissance miracle, pas de fuite du gouvernement, pas de miliciens, pas de pluie de balles, pas de trahison, pas de morts, pas de peine. Rien d'autre n'existait que les touchers délicats de Jeneva sur son visage. Quand Sienna ouvrit les yeux parce que Jeneva s'était un peu reculée, elles étaient sur le côté, face à face. Jeneva se tenait sur son coude droit.

Sienna voyait bien que Jeneva tentait toujours de résister à ses propres émotions. Des émotions humaines enfouies depuis si longtemps. Sienna comprenait que cela puisse être terrifiant pour la vampire, pourtant chacune de leurs caresses, chacun de leurs baisers les rapprochait de l'inévitable. Sienna lui caressa le visage et Jeneva lui sourit.

Sienna émit un petit son de plaisir à la sensation des lèvres de Jeneva se posant dans son cou, plaçant de doux baisers sur sa peau si tendre. Sienna retint son souffle quand Jeneva monta partiellement sur elle. Sienna aimait la sentir, son corps si puissant contre le sien et à aucun moment ne se sentir menacée ou faible. Jeneva lui caressa le haut du corps pendant longtemps. Sienna était presque en soutien-gorge avec sa chemise ouverte et déchirée à plusieurs endroits. Elle gémissait occasionnellement.

Sienna caressa la peau fraîche de la vampire, glissant ses mains sous le haut, déchiré lui aussi, de Jeneva. Sa main, justement, passa à travers le large trou causé par les griffes de Shiloh. Elle fronça les sourcils. Comme si elle devinait ses pensées, Jeneva s'assit sur le lit, un sourire apaisant aux lèvres et retira ses vêtements tranquillement. Tout se déroulait doucement, ce qui rassurait Sienna. Elle inspira profondément à la beauté de Jeneva, se tenant nue face à elle. La grande brunette se baissa pour déposer un nouveau baiser sur les lèvres de Sienna avant de se reculer. Cette fois, c'est elle qui allait ôter tout ce qui la dérangeait, c'est-à-dire les habits entachés de sang de Sienna. Le sang de Sienna. Des souvenirs qu'elle ne supportait plus de garder en tête, malgré son expérience et son vécu.

Sienna tenta de calmer sa respiration alors que Jeneva lui retira son pantalon. Jeneva pencha légèrement la tête, ne comprenant pas le sourire sur les lèvres de Sienna. Sienna aimait tant ces sentiments de réconfort, de chaleur qui l'enveloppait sous le regard et les touchers de Jeneva. Elle aimait par-dessus tout que l'envie qui montait en elle provienne de ces caresses-là. C'était lent, doux et désiré. Cela ne lui tombait pas dessus comme une force inarrêtable telles les sensations qui l'avaient envahie ces derniers mois et surtout cette dernière semaine. Là, elle voulait tout ; Jeneva, ses caresses, son désir, son amour…

Sienna ouvrit les yeux et sourit davantage face au regard inquisiteur de Jeneva.

La lycéenne ne portait plus que sa culotte. Elle enveloppa le visage de Jeneva de ses mains. La vampire ne bougea pas. Sienna promena ses mains sur le visage de Jeneva et effleura ses lèvres de son doigt, comme elle l'avait fait plus tôt. Elle attira Jeneva à elle pour un baiser appuyé. Sienna gémit quand Jeneva approfondit le baiser tout en l'allongeant sur le lit. Elle retint son souffle quand Jeneva monta partiellement sur elle, son regard blanc-bleu intense semblait voir à travers elle. Elles s'embrassèrent à nouveau.

Elles se désiraient ; pourtant il n'y avait aucune précipitation. Leur désir augmentait sans même se toucher intimement. Sienna aimait tellement ce désir-là ; pur, naturel… et fort, plus fort que quoi que ce soit qu'elle ait pu ressentir cette semaine. Sienna sortit très vite de ses rêveries quand Jeneva enveloppa l'un de ses mamelons de sa bouche puis remonta sur ses lèvres, laissant maintenant ses mains s'occuper des seins de Sienna. Les mains de Sienna se promenaient dans le dos de Jeneva, descendant parfois sur ses fesses, ses cuisses et ses seins, dès que Jeneva reculait un peu. Elles se caressèrent délicatement pendant un moment qui paraissait une éternité au paradis, s'aimant tendrement.

Jeneva baissa la culotte de Sienna le long de ses jambes, ses doigts effleurant celles-ci subtilement. Sienna retint son souffle quand la bouche de Jeneva se posa sur son sexe. Elle caressa les cheveux de la vampire avant de les agripper tandis que le plaisir s'intensifia. Elle empoigna également le drap. Elle gémissait de plus en plus. Elle expira fort lorsque Jeneva glissa un doigt en elle, la suçant toujours. Sienna écarta les jambes plus encore, son bassin s'arqua davantage sous les caresses intimes de Jeneva. Elle tira les draps quand elle jouit d'un petit couinement accompagné de plusieurs halètements. Sa poitrine se soulevait fort. Jeneva continua de la sucer quelques instants, son doigt encore en elle. Elle le lécha ensuite en le retirant. Les yeux de Sienna étaient toujours fermés tandis que Jeneva remontait le long de son corps, léchant ses cuisses, son bassin, son nombril, son ventre, ses seins et plus haut jusqu'à ses lèvres qu'elle embrassa avec délicatesse.

Sienna ouvrit les yeux, glissa ses doigts dans les cheveux de Jeneva et l'attira dans un baiser passionné. Sienna sentit son cœur se soulever dans sa poitrine au sourire de Jeneva. Sienna se tenait sur ses coudes tout en l'embrassant dans le cou et les épaules. Un frisson de plaisir lui parcourut le corps au gémissement presque rauque de Jeneva. Sienna continua de l'embrasser et de la caresser, ses mains s'abaissant sur ses seins, suscitant un nouveau son de plaisir de Jeneva. Jeneva attira Sienna pour un baiser profond tandis que les mains de Sienna descendirent. Une fois de plus, Sienna sentit son cœur se soulever dans sa poitrine en entendant l'expiration de Jeneva quand elle glissa entre ses jambes. Jeneva était si puissante, si parfaite et pourtant si humaine et si chaleureuse auprès de Sienna. Ce mélange l'excitait énormément.

Jeneva se redressa un peu quand Sienna la pénétra d'un doigt. Sienna suivit les puissants mouvements de la vampire et s'assit droite, son autre main plaquée dans le dos de Jeneva. Elle ne pouvait s'empêcher d'embrasser le cou offert de sa partenaire si puissante, si majestueuse, tout en la pénétrant plus profondément, maintenant que Jeneva était assise sur ses cuisses, ses jambes de part et d'autre des hanches de Sienna. Elles s'embrassèrent langoureusement tandis que Sienna gardait un rythme régulier en elle. Son autre main caressait le dos de Jeneva, avec cette peau si douce, si parfaite, sentant ses muscles cachés. La puissance de Jeneva prit logiquement le dessus. Elle se balançait d'avant en arrière sur la main de Sienna. Jeneva ralentit et sourit à Sienna, elle lui caressa le visage et l'embrassa. Elle l'allongea sur le lit. Elle posa ensuite sa main par-dessus celle de Sienna puis elle recommença à osciller sur leurs mains jointes.

— Plus, susurra-t-elle.

Sienna inspira longuement en glissant un second doigt en Jeneva. Jeneva ferma les yeux et augmenta encore la vitesse de son bassin sur leurs mains. Sienna aurait eu du mal à suivre le rythme sans la main de Jeneva la guidant. Sienna admirait la puissance et la force de Jeneva encore plus que sa beauté à ce moment-là. Elle bougeait si rapidement, le plaisir montait en elle et pourtant Sienna ne sentait que la chaleur de Jeneva autour de sa main. Jeneva remuait si vite, sans aucunement écraser sa main. Sienna glissa un troisième doigt, suivant la pression de Jeneva. Jeneva expira et posa son autre main sur le lit, déchirant les draps quand elle jouit.

Là aussi, Jeneva avait mis toute sa force sur cette main, n'appuyant à aucun moment sur celle de Sienna.

Le regard captivé de Sienna sur le visage et le corps de Jeneva cessa quand elle sentit le liquide froid qui courait le long de sa main. Elle contempla entre leurs corps en retirant sa main, le sang qui la recouvrait. Jeneva posa sa main sur celle de Sienna.

— Du sang… c'est tout ce dont je suis faite. Je suis désolée.

Sienna se souvint du sang de Jackson et des larmes de sang de Jeneva.

— Ça ne me dérange vraiment pas, assura la lycéenne, regardant Jeneva droit dans les yeux, et non plus sa main.

Jeneva la fixa avant de contempler de nouveau leurs mains. Elle prit un morceau du drap déchiré et commença à essuyer le sang sur la main de Sienna. Le regard de Jeneva semblait perdu autre part quand elle répéta d'un souffle :

— Tout ce dont je suis faite.

Sienna posa sa main sur le cœur de Jeneva.

— Ce n'est pas vrai, déclara-t-elle en s'asseyant sur le lit.

— Tellement pas vrai, ajouta-t-elle, caressant la douce peau au-dessus de son cœur et remonta jusqu'à la joue de Jeneva.

Et quand elle lui sourit, Jeneva eut presque la sensation que son cœur battait réellement. Un sourire se dessina enfin sur ses lèvres. Elle ne pouvait résister à Sienna.

Jeneva s'avança et l'embrassa, l'allongeant de nouveau sur le lit. Sienna gémit quand Jeneva se plaça entre ses jambes. Sienna s'agrippa à son dos, essayant désespérément de l'approcher plus près. Jeneva pressait leurs entrejambes fortement avant de descendre une main le long du corps de Sienna. La jeune femme se cambra quand Jeneva la pénétra. Elles s'embrassèrent tandis que Jeneva accélérait la vitesse de ses pénétrations, suivant les gémissements de Sienna. Sienna couina quand Jeneva ajouta un deuxième doigt. L'étudiante agrippa ses jambes sur les cuisses de Jeneva.

— Jeneva, Jeneva.

Jeneva augmenta la cadence et la force de ses pénétrations, la paume de sa main touchant Sienna où elle en avait le plus besoin. Sienna enveloppa ses jambes plus haut sur le corps de Jeneva, sur ses fesses quand le plaisir devint trop intense. Le rythme de Jeneva était plus rapide et plus fort. Sienna ressentait un plaisir inouï, une bombe prête à exploser dans son corps. Elle se sentit venir plusieurs fois, mais chaque fois Jeneva ralentissait ou changeait la position de sa main pour la pousser encore plus loin et prolonger ce moment autant que possible. Sienna grognait autant qu'elle gémissait, prononçant le nom de Jeneva plusieurs fois. Quand son orgasme la saisit, elle eut l'impression d'un tremblement de terre. Elle vibra de la tête aux pieds et l'onde de choc paraissait infinie. Sienna n'eut cependant pas loisir de savourer cette béatitude, car Jeneva bondit en arrière, arrachant la tête de lit au passage alors qu'elle tâchait de se raccrocher à quelque chose. Sienna voulut s'asseoir.

— Qu'est-ce–Jen.

Sienna s'arrêta au recul encore plus brutal qu'effectua Jeneva quand Sienna souhaita poser ses mains sur ses épaules.

— Non, non, attends, peux pas, te faire mal.

Jeneva ne parvint pas à s'exprimer davantage. Elle se tint au pied du lit, qui se brisa également sous ses doigts. Sienna trembla de voir cette scène.

Jeneva posa ses mains contre la roche de la petite cave, emmenant quelques morceaux de pierres avec elle. Elle mit ensuite ses mains sur sa tête.

— Ça tourne, souffla-t-elle.

Elle parut finalement s'apaiser et retrouver son équilibre. Elle regarda Sienna et lui sourit pour la rassurer.

— Que... que s'est-il passé ?

Comme Jeneva ne commenta pas, Sienna ajouta : encore une de ces questions dont j'ai déjà la réponse, n'est-ce pas ?

Jeneva continua de la fixer, sa poitrine se soulevant inutilement des spasmes qu'elle venait de ressentir.

— Donc ça y est... C'est arrivé. Vraiment ?

Sienna observait droit devant elle, une peur évidente dans la voix.

Jeneva s'avança avec précautions pour s'asseoir à côté d'elle. Elle désirait prendre sa main, mais se ravisa. La dernière chose qu'elle voulait était de lui briser les os. Elle commençait à prendre toute la mesure de ses nouvelles forces et de ses sens et capacités décuplées, néanmoins, il s'agissait de Sienna. Elle ne prendrait aucun risque, par conséquent, elle attendrait quelques instants supplémentaires.

— Ça va aller... je suis... ça va aller.

Sienna acquiesça, mais paraissait toujours confuse. Jeneva prit délicatement le visage de Sienna entre ses mains. Elle frotta la joue de Sienna de son pouce.

— Ça va all...

Jeneva s'arrêta d'un coup et pencha la tête, fermant les yeux, inspirant fortement. Sienna n'était pas sûre, toutefois Jeneva semblait écouter ou sentir quelque chose. Sienna redevint inquiète face à l'expression sombre de la vampire qui ouvrit enfin les yeux.

— Je suis tellement, tellement désolée, Sienna.

En vitesse vampirique, Jeneva ramassa le sac à dos de Sienna et plaça devant elle le change que Shiloh avait mis à l'intérieur plus tôt ce jour.

— Enfile vite ça, nous devons partir. Elle n'avait même pas encore terminé sa phrase qu'elle était déjà en train d'habiller Sienna elle-même. Sienna était debout et vêtue en quelques secondes, n'ayant pas vu la vampire se vêtir non plus.

— Que se passe-t-il ? Où allons-nous ?

— Là, nous sommes dans la colline, sous votre cabanon. C'était une de mes caches, mais on ne peut absolument pas rester là.

Sienna secoua la tête face à l'inquiétude sur le visage de Jeneva qui accrocha deux pistolets à sa ceinture et en rangea d'autres, ainsi que des munitions dans un sac. La vampire s'arrêta, elle ne paniquait pas d'ordinaire. De plus, elle se doutait que cela ne rassurait pas Sienna de la voir ainsi. Jeneva s'approcha d'elle et prit son visage dans ses mains.

— Je suis tellement désolée de cette vie que nous t'avons volée, et de la vie que je vais te faire mener dès à présent.

— Je m'en fiche, tant que tu es avec moi.

— Je serai toujours avec toi. Mais je suis quand même désolée.

— Tu n'es pas responsable de qui je suis.

— Non, mais… ce choix que tu as fait sans même le savoir, il a des conséquences. Et je sais que tu n'as rien vraiment choisi… à part moi. Il n'empêche que le choix est fait et…

Sienna avala sa salive et Jeneva poursuivit : avant, deux espèces puissantes te protégeaient. Maintenant, seuls les vampires sont de ton côté.

Sienna fronça les sourcils.

— Je le sens déjà, les loups vont s'attaquer à toi avec tout ce qu'ils ont. Leur seule chance de survie est de te tuer le plus vite possible pour nous retirer ce bénéfice inouï. Ils sont très nombreux et bien mieux organisés que nous ne le pensions et déterminés, et avec leur nouveau leader…

— Shiloh, murmura Sienna, baissant la tête.

— As-tu vu… Est-ce qu'il est…

— Je l'ai vu blessé et… j'espère qu'il n'aura pas survécu, parce qu'il a un gros avantage sur nous. Il te connaît par cœur et… tu l'aimes.

Sienna la regarda.

— Non, ce n'est pas–

Jeneva posa un doigt sur ses lèvres.

— Ssh, ne dis rien. C'est ce qui te rend humaine, n'essaie jamais de changer cela.

— Mais je le hais, je… souhaiterais tant le haïr. Je suis–

— Tu n'es pas une machine. Ce genre de sentiments, amour, haine, amitié ne se créent ni ne s'évanouissent sur commande. Tu es un être humain. Cette humanité te rend si précieuse. Tu es tellement précieuse à mes yeux. N'essaie jamais de changer, jamais.

— Mais je… t'aime. Tant que je t'aurai, tout ira bien.

— Dans ce cas, tu n'auras jamais aucun problème.

Sienna sourit tout comme Jeneva et insista : je le pense, tu sais. Ne sois pas désolée de ce qui arrive, car je ne laisse rien derrière moi. Ma vie entière n'était que mensonges. Je suis désolée pour les Newton tout de même et j'espère que tu pourras… avec l'aide des anciens peut-être, t'assurer qu'il ne leur arrive rien. Ils ont toujours été super avec nous, murmura-t-elle dans cette question à peine dissimulée.

Jeneva hocha la tête avec sincérité.

— Ils seront très certainement placés sur écoute et leurs déplacements surveillés au cas où tu chercherais à les contacter.

— Je ne le ferai pas. Je veux qu'ils soient en sécurité. Ça… ce futur, c'est *ma* vie. Et je la saisis à bras le corps parce que tu es à mes côtés.

Jeneva lui sourit avant de déposer un doux baiser sur ses lèvres. Elle la prit dans ses bras et la lampe de chevet tomba au sol par le coup de vent créé par leur départ rapide.

Partie Deux : Conséquences

Chapitre Un

Sienna s'assit sur l'herbe, ses bras tendus derrière elle, son visage tourné face au soleil malgré les quelques nuages de fumée du volcan El Misti qui assombrissait le ciel occasionnellement.

Le volcan péruvien crachait sa fumée depuis quelques jours déjà, mais tant que Jeneva assurait que tout allait bien, Sienna ne s'inquiétait absolument pas.

Elle regarda autour d'elle ce beau paysage, le volcan en arrière-plan. Elle ne pouvait pas voir Arequipa, la plus grosse ville se trouvant près de celui-ci. Jeneva les arrêtait toujours dans des endroits reclus, que ce soit pour un jour ou plus. Sienna n'avait vu la cité que de loin. Seule Jeneva effectuait les ravitaillements, limitant ses allers-retours au minimum. Sienna ne croisait que très rarement de personnes.

Sienna ferma les yeux, refusant de penser à l'impact que cela pouvait avoir sur elle. Elle n'avait jamais eu beaucoup d'amis de toute manière, mais bon…

Elle baissa les yeux, le visage d'Indigo lui revint en mémoire, comme souvent.

Elle est morte à cause de moi. J'aurais tellement aimé qu'elle soit sauve, comme les Newton. Elle n'avait pas mérité ça. C'était ma seule vraie amie et ça l'a tuée.

Elle inspira lentement et enfouit ces pensées au plus profond d'elle-même. C'était le seul moyen d'avancer, comme le lui répétait Jeneva.

Elles étaient sur la route depuis deux ans maintenant. Sienna s'occupait du mieux qu'elle le pouvait. Elle s'autoéduquait sur internet, tâchant d'approfondir ses connaissances sur les sujets qu'elle aimait au lycée tels l'histoire, la philosophie ou encore la sociologie. Elle s'organisait mieux dorénavant, l'information sur internet étant si vaste qu'elle s'y était un peu perdue la première année. Pour l'histoire toutefois, elle possédait l'encyclopédie la plus complète avec Jeneva. Sinon, elle n'avait rien d'autre à faire que de regarder des DVD sur son ordinateur. Elle s'était mise en tête de visionner toutes les séries et tous les films fantastiques possibles. Elle avait du temps à rattraper, vu qu'elle n'avait jamais été attirée par ce style, auparavant. Tout avait changé à la découverte de ses origines. Jeneva s'efforçait de faire en sorte qu'il y ait l'électricité dans leurs cachettes afin que Sienna puisse brancher son ordinateur, et profiter des milliers d'heures de séries qu'elle avait en stock. Sinon, elle utilisait les nombreuses batteries que Jeneva achetait. Voilà le peu de distraction dont elle bénéficiait.

Quand elles stoppaient dans un endroit plus équipé, Sienna les regardait sur une télévision et en téléchargeait d'autres. Jeneva faisait de son mieux, néanmoins la routine de Sienna se composait d'entrainements intensifs pour développer ses pouvoirs, de beaucoup de télévision et un peu de sexe. Sienna soupira en songeant à cette dernière partie ; elle aurait aimé qu'il y en ait davantage, mais Jeneva semblait la garder à distance, de plus en plus d'ailleurs. Sienna ne comprenait pas pourquoi. C'était si fort entre elles quand elles faisaient l'amour.

À cet instant précis, Sienna s'ennuyait terriblement. Elle observa Jeneva qui replaçait des canettes de soda sur de grosses pierres, sept au total, plus ou moins alignées. Et elle les reposait à vitesse régulière, ce qui agaçait également Sienna. Vu qu'elles avaient tout le temps du monde, Jeneva n'effectuait plus rien à vitesse vampirique, sauf départ précipité.

Jeneva revenait vers elle. Sienna sourit. Qu'elle s'ennuie ou soit énervée ne changeait rien au soulèvement de sa poitrine chaque fois qu'elle la voyait. Jeneva produisait toujours cet effet sur elle, Sienna n'y pouvait rien.

Et voilà qu'elle se tenait maintenant devant elle, attendant qu'elle se lève pour recommencer encore et encore à renverser ces maudites canettes, alors que tout ce que Sienna désirait à ce moment était passer ses mains sur le corps nu de Jeneva et le sentir sur le sien.

Jeneva sourit. C'était probablement inscrit en gras sur le front de Sienna, car elle tendit la main pour aider Sienna à se relever. Sienna voulut embrasser la vampire qui se tourna en direction des canettes.

— Concentre-toi, murmura Jeneva à l'oreille de Sienna, ses mains sur la taille de la jeune femme.

Sienna n'arrivait à se focaliser que sur ses tétons durcis.

Si Jeneva continuait de la toucher sans terminer le boulot, elle allait exploser en lieu et place des canettes, pensa Sienna.

— Je l'ai déjà fait un millier de fois. On fait ça tous les jours.

— Oui, et il faut que tu continues de t'entrainer, tu dois être concentrée et rapide.

Sienna fixa les canettes puis se tourna dans les bras de Jeneva, ses mains se promenant sur la poitrine de la vampire.

— Allez, on pourrait rentrer et profiter de la chaleur de notre petit lit avant que le volcan nous engloutisse.

Le sourire de Jeneva se durcit légèrement.

— Ce volcan est le dernier de nos soucis. L'entière communauté des loups est contre toi. Leur seule chance de survie est de te tuer. Le gouvernement te recherche intensément et n'oublions pas les milices qui te tireront dessus comme un quelconque vampire ou loup.

Sienna laissa sa tête retomber sur la poitrine de Jeneva. Comment pourrait-elle l'oublier ; elle l'entendait tous les jours depuis deux ans.

Elles avaient beaucoup bougé pendant ces deux années. Elles avaient croisé une fois des miliciens dont Jeneva s'était vite occupée. Le plus gros danger rencontré, survenu par sa faute, se déroula durant un court séjour au Canada, il y a six mois. Sienna s'en voulait énormément, d'autant plus que depuis, Jeneva se montrait un peu plus dure avec elle et encore plus vigilante.

Sienna avait vu aux informations que de violents incendies ravageaient les forêts de la Trinity Valley, causant énormément de dégâts, forçant les autorités à évacuer des centaines d'habitations. Willow Creek était particulièrement touchée. Sienna savait maintenant qu'elle avait été trop naïve, mais à ce moment-là, elle n'avait pas réfléchi. Inquiète pour la sécurité des Newton, elle avait pris un des portables jetables que Jeneva gardait pour le cas où. Alyssa avait décroché. Sienna savait qu'elle devrait faire court. Elle ne pourrait bien sûr révéler à Alyssa ni où elle se trouvait, ni expliquer les raisons de son départ précipité ou encore l'interrogatoire que subit toute la maisonnée. Alyssa la rassura vite que les feux étaient partiellement maîtrisés, repoussés des habitations en tout cas, et que la maison des Newton n'avait pas été touchée. Sienna apprit aussi que Grégoire habitait à Eureka où il occupait un emploi à la marina. Ben était en première année d'études contemporaine sur le cinéma et les médias à l'université de Washington à Seattle. Alyssa lui expliqua avec enthousiasme qu'elle avait été acceptée en première année de technicienne de l'industrie pharmaceutique au College of the Redwoods à Hoopa, la ville où ils avaient étudié au lycée. Fidèles à eux-mêmes, les Newton la gardaient chez eux pour la dépanner, comme elle n'avait pas obtenu de place dans les dortoirs. Elle lui apprit qu'ils hébergeaient deux nouveaux enfants de la DDASS, un au collège et un autre au lycée. Tellement heureuse d'avoir toutes ces nouvelles, elle avait eu beaucoup de mal à raccrocher. Puis elle s'était dit que même si l'appel avait duré *un peu* plus longtemps que prévu, cela ne *craignait* pas vu que c'était un téléphone jetable, normalement intraçable. Pourtant, lorsqu'elle l'admit à Jeneva, la vampire, déjà blême à l'ordinaire, pâlit davantage. *Elle* n'était pas naïve. Elle savait parfaitement que les incendies étaient très certainement l'œuvre de State 9, pour les pousser à sortir de leur cachette. Et Sienna était tombée dans le panneau. Jeneva n'avait aucun doute qu'ils remontraient jusqu'à leurs locations, téléphone jetable ou pas. Ils définiraient rapidement une zone élargie avant de localiser précisément le lieu de l'appel. Ni une ni deux, Jeneva rangea l'ordinateur portable de Sienna dans un sac à dos, prit Sienna dans ses bras et partit en coup de vent. Elle n'attendit pas de vérifier si, effectivement, les feux étaient volontaires ou pas. Elles parvinrent difficilement à quitter la zone à cause de la présence militaire, barrages routiers et couvre-feu. Toutefois, elles s'en étaient sorties.

Jeneva n'avait rien dit. Elle ne lui avait adressé aucun reproche, néanmoins les choses étaient différentes entre elles depuis. Sienna en était bien consciente, et triste.

Jeneva lui souleva le menton avec le doigt, la sortant de ses pensées.

— Je sais, Sienna. Ce n'est pas drôle pour toi. Mais je ne serai peut-être pas toujours là et… je m'inquiète tant. Sans toi…

Sienna sourit et plaça un doigt sur les lèvres de Jeneva. Elle secoua la tête, ferma les yeux et les canettes volèrent.

— On peut aller faire l'amour maintenant ?

Jeneva sourit, mais la retourna et pointa du doigt un large tronçon d'arbre coupé.

— Essaie celui-là. Je vois bien que tu t'ennuies, tu as besoin d'un challenge.

— Ouais… c'est exactement ce dont j'ai besoin, ironisa Sienna en levant les yeux au ciel.

Elle soupira et se tint face au tronc d'arbre au sol. Elle tendit le bras, les doigts écartés.

Jeneva fronça les sourcils.

— Que fais-tu ?

— Ça marche mieux pour El.

— El ?

Sienna se tourna vers Jeneva.

— Oui, tu sais, Eleven. <u>Stranger Things</u>. Je t'ai montré la saison une et deux. Il faut vraiment que je mate la trois. Cette série est trop géniale, mais je n'y peux rien ; j'avais trop envie de me refaire mes VM.

VM. <u>Veronica Mars</u>, ça, Jeneva connaîssait, puisque c'était la série préférée de Sienna.

Sienna lui avait dit un jour que le paranormal n'était pas son truc, *avant*. <u>Veronica Mars</u>, <u>Friends</u> ou encore <u>Grey's Anatomy</u> étaient plus à son goût, mais comme beaucoup de choses depuis leur rencontre, cela avait changé et elle regardait le genre fantastique avec un œil différent.

— Sienna, c'est une série. Tu n'as pas besoin de ta main. Ce pouvoir c'est toi, c'est tout ce que tu es, tu n'as pas besoin de bouger un muscle. Maintenant, concentre-toi.

— Mais tu regarderas la saison trois avec moi quand même ? Ah mince, je n'ai pas encore regardé <u>Legacies</u>, non plus.

Jeneva resta silencieuse.

— Et j'aimerais bien me refaire les <u>Buffy</u> aussi. C'est vrai que la première saison est un peu kitsch parfois, mais en le replaçant dans son contexte, je comprends pourquoi c'est un classique. Non, mais sérieusement, assura-t-elle, sans voir le regard stoïque de Jeneva.

— Des séries comme <u>Buffy</u>, <u>Xena</u>, ou les <u>X-Files</u> sont les raisons pour lesquelles on a eu ensuite les <u>True Blood</u>, <u>Twilight</u>, <u>Teen Wolf</u> et tout ce qui a suivi, tu ne penses pas ?

Sienna se trouva face à ce même regard stoïque.

— OK.

Elle se retourna face au tronçon de bois. Elle soupira et fixa Jeneva encore une fois.

— Non mais franchement j'en ai marre. Je sais, je sais ; tout le monde est après nous. Mais quel est l'avantage de vivre pour toujours si tu ne vis pas vraiment ?

— C'est là que tu te trompes, Sienna. C'est moi qui peux vivre éternellement. Pour toi, ça peut s'arrêter très, très vite. Tu es humaine, ne l'oublies pas. Ce pouvoir en toi peut te protéger si moi je ne le peux pas. Parce qu'il viendra peut-être un temps où je ne serai plus là.

— Ne dis pas ça.

— Ça peut arriver, Sienna.

— Dans ce cas-là, je ne voudrais plus vivre.

— C'est tellement humain de dire ça.

— Tu as dit la même chose juste avant. Et puis quoi, je suis humaine et alors ! Est-ce si mal d'être amoureuse pour la première fois de ma vie, un amour complètement exceptionnel, émotionnel, passionné et avec un vampire en plus ? Et ne pas avoir envie d'exploser des canettes toute la journée.

Elle soupira, mais reprit aussitôt : quand l'humaine en moi s'exprime, tu me demandes d'être une machine. Comme tu veux, lâcha-t-elle, le regard sauvage en se tournant en direction du tronçon qui vola quarante mètres plus loin.

Sienna s'en alla d'un pas ferme, cependant ses émotions la rattrapèrent, et c'est en pleurs qu'elle arriva dans la maisonnette en pierre où elles vivaient depuis quelque temps. Jeneva s'y trouvait déjà, les canettes bien rangées dans un placard pour la prochaine fois.

Sienna se réfugia directement dans les bras ouverts de Jeneva qui la serra fort avant de l'embrasser. Elle la guida ensuite vers la chambre.

***

Sienna s'arqua contre le corps de Jeneva qui se pressa sur son entrejambe. Sienna l'attira plus près. Jeneva pencha la tête en arrière et ronronna de plaisir. Les yeux fermés, elle appuya son bassin contre Sienna une nouvelle fois. Elle se recula un peu et glissa sa main entre leurs corps. Sienna gémit plus fort quand elle atteignit son intimité, mais elle ouvrit les yeux et retint Jeneva contre elle.

— Ne fais pas ça, murmura-t-elle alors que Jeneva se plaçait légèrement sur le côté.

Sienna resserra son emprise sur la taille de Jeneva pour la garder sur elle. Jeneva baissa la tête pour l'embrasser, puis continua de la caresser intimement d'une main tout en se tenant sur l'autre, non contre Sienna. Les sons de plaisir de Sienna s'intensifièrent. Jeneva l'embrassa dans le cou avant de remonter sur ses lèvres, maintenant ses caresses entre ses jambes jusqu'à ce que Sienna jouisse quelques minutes plus tard.

Sienna tenta de la garder près d'elle tandis que Jeneva se recula pour se mettre sur son côté.

— Non, ne pars pas.

— Je suis là.

Sienna se tourna pour l'embrasser, sa main se promenant sur la poitrine de Jeneva. Sienna montait tout doucement sur son amante, glissant une de ses mains plus bas sur le corps de Jeneva, qui la stoppa.

— Pourquoi fais-tu ça ? demanda Sienna contre ses lèvres.

— S'il te plait, susurra-t-elle puis l'embrassa, toutefois Jeneva la força à reculer.

Sienna se redressa sur le lit et mit ses mains sur son visage.

— Sienna, ce n'est rien.

— Tu ne me laisses plus te toucher.

Jeneva s'assit en face d'elle et lui caressa le visage.

— Ce n'est pas vrai.

— Presque. Enfin, de moins en moins. Pourquoi ?

— Sienna, mon ange.

Sienna ne put s'empêcher de l'admirer, ses yeux de jeune femme passionnellement, naïvement amoureuse, brillaient comme chaque fois que Jeneva l'appelait ainsi, c'était si rare.

— C'est simplement différent pour moi. Je n'ai pas besoin des mêmes choses que toi.

— Foutaise. Quand tu te laisses aller, c'est tellement magique entre nous et tu aimes ça et en as besoin autant que moi.

— Quand je me laisse aller, oui. Comme la fois où je t'ai luxé l'épaule, ou foulé le poignet ?

Sienna secoua la tête.

— Tu ne peux pas te cacher derrière ça. C'est arrivé une fois, ou trois, on s'en fout.

— Non, car ça peut être une fois de trop. Je suis censée te protéger, pas te blesser. J'ai mes propres démons, Sienna. Je ne devrais pas avoir ce type de relation avec toi.

Sienna inspira profondément avant de déclarer : parce que tu es un vampire ou parce que tu étais amoureuse de ma mère ?

Jeneva caressa le visage de Sienna et mit une longue mèche de ses beaux cheveux blond foncé ondulés derrière son oreille.

— Parce que je devais être ta protectrice.

— Tu l'es.

Sienna s'avança sur les genoux de Jeneva, ses deux mains de chaque côté du visage de la belle vampire, ses doigts glissants entre ses cheveux noirs.

— Tu me protèges, tu m'apprends. Tu m'as déjà sauvé. Ça ne veut pas dire que l'on ne peut avoir ça.

Jeneva resta silencieuse un instant.

— Je me laisse distraire par toutes ces émotions que je ne suis pas censée ressentir. Ça vient à l'évidence de ce qui émane de toi et d'être près de toi. Et j'ai peur, car lorsque je laisse ce tourbillon d'émotions m'envahir, plus rien d'autre ne compte que ton odeur, la douceur de ta peau et le son de ta voix, et je ne suis plus ta protectrice dès lors. Je deviens au contraire un danger pour toi, car je perds le sens de ce qu'il se passe hors de notre lit.

Jeneva embrassa les lèvres de Sienna avec délicatesse, essuyant une larme sur les joues de la jeune femme.

Sienna se mit à vraiment pleurer quand Jeneva recula.

— Donc… ça veut dire…

— Ssh.

Jeneva leva son menton d'un doigt pour la tranquilliser.

— Je ne suis pas en train de rompre avec toi, la rassura-t-elle, le sourire aux lèvres à ce concept. Elle avait, après tout, près de cent mille ans.

— Ça signifie seulement que quand je dis stop, c'est stop.

Sienna avala sa salive, mais acquiesça.

— Moi ça me va très bien de simplement te toucher. J'aime tellement ça, Sienna. De plus, je déteste voir mon sang sur toi.

— Tu sais que ça ne me dérange pas.

Sienna ne mentait pas. Elle avait été surprise la première fois, un peu effrayée, voire gênée avec Jackson quand elle avait vu le sang entre ses jambes. Maintenant, elle n'y prêtait même plus attention. Au contraire, elle aimait voir que Jeneva prenait du plaisir avec elle.

— Je t'aime, murmura Jeneva et elles s'embrassèrent une nouvelle fois.

Parfois, Sienna se demandait si Jeneva le pensait sincèrement, ou si elle le lui disait seulement pour lui faire du bien et l'apaiser, puisque cela marchait. Sienna savait que Jeneva l'aimait, toutefois la vampire avait raison et Sienna en avait conscience ; leur amour était différent.

Sienna préférait ne pas trop y réfléchir. Une partie d'elle comprenait les réticences de Jeneva. L'autre partie en revanche, celle de la jeune femme de vingt ans profondément amoureuse n'en avait que faire. Elle était si amoureuse que penser avec sa tête plutôt qu'avec son cœur s'avérait impossible. À Jeneva incombait par conséquent le rôle de poser des limites. Sienna détestait cela, mais le comprenait.

Sienna laissa ce doux baiser chasser toutes ces pensées comme chaque baiser de la vampire. Elles s'embrassèrent un long moment puis restèrent étendues côte à côte sur le lit. Sienna s'endormit rapidement dans les bras de Jeneva qui la veilla toute la nuit.

***

Une légère brise effleura le dos nu de Sienna. Elle sourit. Elle aimait tellement sentir les doigts frais de Jeneva sur sa peau. Après avoir profité de ses caresses un moment, Sienna se tourna pour contempler la femme qu'elle aimait. Son sourire s'estompa de voir Jeneva habillée et assise au bord du lit.

Sienna grogna puis sourit de nouveau, ses doigts se posant sur les lèvres de Jeneva.

— Reviens au lit. Il est tôt.

Elle ne savait pas quelle heure il était, mais elle voyait très bien par la lumière qui filtrait dans la pièce qu'il était tôt.

— Je ne peux pas. Je pars vite à Arequipa pour m'assurer que la voiture est prête, et que l'on ait le nécessaire pour la route.

Sienna s'assit.

— On s'en va ?

— Oui. On est restées trop longtemps déjà.

Sienna observa autour d'elle leur petite maison temporaire. Elle s'y était bien plu, mais paraissait résignée en hochant la tête.

— On va où maintenant ?

— En Argentine.

— Cool.

Jeneva lui caressa la joue.

— Tu adoreras les paysages là-bas aussi.

— J'en suis sûre.

Jeneva se leva.

— Je ne devrais pas en avoir pour plus d'une heure. Ça te laisse le temps de prendre ton petit-déjeuner et de préparer ton sac.

Elles laissaient systématiquement leur véhicule du moment dans une ville proche et se rendaient à pied à leur cache, souvent des endroits impraticables en voiture. Elles changeaient régulièrement de voitures et roulaient en ce moment dans une BMW 7, blindé et aux vitres teintées. Jeneva craignait les technologies modernes, les caméras à tous les coins de rue et sur les portables. Elle préférait laisser le moins d'opportunités possible à State 9 d'apercevoir le visage de Sienna. Leurs véhicules étaient protégés par la magie des anciens, de manière à ce que les shamans des loups-garous ne puissent les localiser. Elle prenait toutes les

141

précautions, sans perdre de vue que ces efforts ne garantissaient pas une sécurité à cent pour cent.

Jeneva se baissa et embrassa ses lèvres délicates avant de quitter leur maisonnette.

Sienna s'allongea de nouveau et profita de son lit quelques minutes supplémentaires.

***

Jeneva courait à vitesse vampirique au travers de la réserve aride de Salinas, en direction d'Arequipa. Elle s'arrêta net, ressentant d'instinct que quelque chose n'allait pas. Elle observa tout autour d'elle les quelques arbres qui l'entouraient. Elle inspira fort, aucune odeur particulière, pourtant elle sentait le danger dans tout son être. Elle savait qu'il se passait quelque chose, mais avant qu'elle ne se remette à courir, plusieurs balles l'atteignirent, notamment dans les jambes, la faisant vaciller. Elle en reçut une dans le dos également. Des hommes sautèrent des arbres et de derrière des buissons. Une chaîne s'enroula autour de son poignet, la tirant. Elle tira en retour et l'homme fut projeté presque cent mètres plus loin, ne le tuant point. Jeneva en déduit par conséquent qu'elle se trouvait face à des loups-garous, comme Shiloh, puisqu'elle ne les avait pas sentis. Elle n'eut pas le temps d'y penser que d'autres tentaient d'entourer ses poignets et ses chevilles de leurs chaînes. Là encore, ils ne réussirent pas face à sa force. Ils volaient dans tous les sens jusqu'à ce qu'elle ressente une douleur dans le cou. Elle retira la fléchette empoisonnée. Ils l'attaquèrent de nouveau, tirant sur ses chevilles et poignets. Avec les effets de la fléchette, elle posa un genou à terre. Plus de loups arrivèrent et commencèrent à la frapper. Ils utilisèrent un taser avant de lui tirer dessus une nouvelle fois avec un fusil tranquillisant. Sa vision se troubla puis elle ferma les yeux.

Jeneva avait du mal à retrouver des sensations dans son corps. Elle s'efforça de recouvrer quelques sens au moins pour ouvrir les yeux. Elle était couchée sur le dos, le ciel bleu comme seule vue. Elle tenta de bouger, sans y parvenir. Elle s'étira un peu le cou pour voir dans quelle position elle se trouvait exactement. Tout ce qui pourrait l'aider. Elle était totalement enchaînée, les bras le long du corps dans une boite de la taille d'un cercueil.

Elle entendait parler. Elle reconnut la voix de Shiloh et bientôt il se tint au-dessus d'elle, un pied sur sa prison, le sourire aux lèvres.

— Salut, ça fait un bail, dis. Alors, c'est ici que vous vous cachiez tout ce temps. Personnellement, je préfère les canyons et les réserves amérindiennes, ils ont toujours été bons pour nous. En plus, j'adore me balader à Albuquerque[17] de temps à autre.

Jeneva fronça légèrement les sourcils à son manque de discrétion. Elle lui adressa un regard noir.

[17] Plus grande ville de l'État du Nouveau-Mexique, à 370 km au nord d'El Paso, Texas et à 538 km au sud-sud-ouest de Denver, Colorado.

— Je ferais très attention à la prochaine étape, si j'étais toi. Si tu t'approches d'elle, tu as intérêt à me tuer maintenant, car je te retrouverai où que tu ailles, et je te ferai souffrir comme jamais tu n'aurais imaginé possible.

Jeneva serra les dents face au sourire sur les lèvres du jeune homme. Il regarda un des membres du pack.

— Emmenez-moi ça.

Avant qu'il ne parte, Jeneva affirma : ça ne me retiendra pas longtemps.

Une fois de plus, elle grinça des dents au sourire qu'il affichait.

— Oh, mais je compte dessus.

Il disparut ensuite.

Shiloh s'éloigna tandis que l'on hissait le cercueil sur un bateau.

— Envoie-lui une nouvelle dose, ordonna-t-il à l'un de ses hommes.

Le voyant prendre le fusil tranquillisant, Shiloh lui ajouta : une dose entière.

L'homme regarda le fusil dans lequel se trouvait un tiers de dose.

— Mais elle est complètement attachée et on va la balancer au milieu de l'océan.

Shiloh se tint en face de lui.

— Ne la sous-estime jamais. Maintenant, fais ce que je t'ai demandé. J'ai besoin d'au moins une heure. Je veux être sûr qu'elle soit K.O. pendant toute cette période, car dès qu'elle se réveillera…

Il secoua la tête.

— Vas-y maintenant.

— Pas de souci.

Le jeune homme rechargea l'arme et exécuta les ordres de Shiloh qui était déjà parti pour le reste de sa mission.

***

Sienna se trouvait assise devant l'ordinateur dans sa chambre quand la porte d'entrée s'ouvrit dans l'autre pièce.

— OK, s'il te plait, ne sois pas fâchée, mais j'ai cédé en t'attendant. Il fallait que j'attaque la saison trois. Mais mon sac est fait. J'éteins l'ordi et je suis prête.

Elle rit brièvement en rangeant l'ordinateur portable dans sa sacoche.

— J'ai bien l'impression que El et Mike vont rendre Hopper fou cette année.

—<u>Stranger Things</u> ? Tu me surprends.

Sienna se tourna d'un coup au son de cette voix qu'elle reconnaîtrait parmi mille autres. Cette voix qui lui apportait tant de réconfort auparavant, et qui évoquait désormais une peur incontrôlée. Avant même qu'elle ne puisse le voir, elle ressentit une douleur perçante dans le cou. Elle mit sa main dessus et secoua la tête, se sentant soudainement nauséeuse. Il lui fallut quelques secondes pour se sentir mieux et il se tenait là, juste devant elle.

Il pointa du doigt la seringue dans sa main qu'il posa sur la table à côté d'elle.

— Désolé pour ça. Mais je n'ai pas le temps de me faire éjecter cent mètres au loin comme la dernière fois. C'est un puissant bêtabloquant pour ton *petit* pouvoir. Ça *devrait* marcher. Enfin, j'espère. Les effets s'estomperont d'ici quelques heures, ou moins.

143

Sienna recula vers le mur. Elle jeta un rapide coup d'œil vers la fenêtre. Il suivit son regard et sourit. Elle savait très bien qu'elle n'aurait même pas le temps de l'atteindre. Elle chercha autour d'elle tout ce qui pourrait servir d'arme.

— Tu t'es mise aux séries surnaturelles finalement ? Moi qui étais si persuadé de te retrouver devant tes VM pour la millième fois.

Il s'approcha d'elle sans la regarder. Il détaillait la chambre à la place. Elle observa de nouveau par la fenêtre puis Shiloh. Il la fixait sérieusement.

— Elle sera bientôt là. Elle te tuera, Shiloh, indiqua-t-elle, son désespoir à peine dissimulé dans sa voix.

— Elle aura un peu de retard.

Sienna ouvrit grand les yeux.

— Qu'est-ce que tu lui as fait ? Qu'as-tu fait ?

Elle le frappa sur la poitrine. Il attrapa ses avant-bras et avança jusqu'à la plaquer contre le mur. La force de l'impact lui coupa la respiration.

— Elle survivra.

Il agita la tête pendant qu'elle reprenait son souffle.

— Ton affection pour ces morts-vivants m'a toujours échappé.

Sienna retint son souffle.

— Donc… tu es venu me tuer.

— Fort heureusement, non, répondit-il en lâchant ses bras et reculant un petit peu.

Sienna frotta ses bras où elle savait qu'elle aurait un bleu très bientôt par la force de ses mains.

— Et bien alors pourquoi ?

— Je suis là pour le plan B.

Il s'éloigna et elle serra fort les poings, se concentrant encore intensément, mais la seule chose que cela accomplit est de lui donner le tournis. Elle posa ses mains sur la table d'ordinateur pour retrouver son équilibre.

Il sourit.

— Content de voir que ce truc marche. Je n'en étais pas si sûr, car tu es certainement bien plus forte maintenant que tu ne l'étais.

Elle se tint de nouveau droite.

— Plan B, demanda-t-elle.

— Ouais.

Elle s'étonna du manque de conviction dans sa voix, et encore plus du voile qui passa devant ses yeux ; bizarrement, ce plan ne semblait pas le réjouir.

— Ça ne va pas te plaire, Sin.

Sienna avait maintenant le pire pressentiment.

Elle se recula quand il s'avança.

— Il faut juste que tu gardes en tête que les loups veulent ta tête, donc le plan A ; te tuer restait leur préféré, et le plus évident. Mais je tiens vraiment à toi, Sin, malgré ce que tu peux penser. Par conséquent, plan B…

— Tu me fais peur, Shiloh.

— Je dois sauver mon peuple. On se fait exterminer en ce moment même. Sûrement tu peux le comprendre ça.

Elle tremblait intérieurement, saisissant que quoi qui allait suivre serait l'enfer. Quelque chose dans le regard de Shiloh la terrifiait.

Elle retint son souffle quand il lui ordonna : monte sur le lit.

Elle secoua la tête.

— Quoi ? Non.

Shiloh vérifia sa montre.

— Sin, je n'ai pas toute la journée. Monte sur le lit, *maintenant*.

Elle partit sur le côté quand il s'approcha.

— Que–qu'est-ce que tu fais ?

Il saisit son poignet quand elle n'eut plus de moyens de se reculer. Il attrapa son visage de son autre main.

— Je vais essayer de rendre ça le plus agréable possible. Je serai doux, tu dois simplement te détendre et me laisser faire, tu as compris ?

— Non, non, non !

Elle le repoussa, mais il la jeta sur le lit et la plaqua de son corps sur le sien.

— Ne me force pas à te faire mal, Sienna.

— Ne le fais pas, s'il te plait, ne fais pas ça !

— Je n'ai pas d'autre choix. Toute décision a ses conséquences, Sin. Tu as fait ton choix, tu dois en payer le prix.

Il commença à déboutonner rapidement sa chemise.

— Je te promets d'être aussi doux que possible.

— Non, s'il te plait, s'il te plait, Shiloh, si j'ai vraiment compté à tes yeux, ne fais pas ça.

Il écarta sa chemise, déchirant les deux derniers boutons et lui caressa les seins. Elle tenta de le pousser, il s'arrêta.

— Si tu n'avais pas compté pour moi, Sienna, tu serais morte depuis longtemps. Ne le vois-tu pas ?

Il s'agenouilla et lâcha ses bras pour retirer son sweatshirt. Sienna pleurait.

— Je ne devrais pas avoir à le faire. Et là aussi, c'est de ta faute. J'avais un plan. J'avais pris une garantie ce soir-là. Quand tu es rentrée après avoir laissé cette sangsue bridée te baiser. Je te sentais glisser du mauvais côté. Voilà pourquoi je t'ai prise dans cette douche. Ça aurait dû suffire. Mais un peu de sang de ce mort-vivant se trouvait encore en toi. Son *sperme* a tué le mien. Et donc me voilà. Ça n'aurait pas dû se passer ainsi. Crois-moi, je n'ai pas envie de te faire ça, déclara-t-il en déboutonnant le pantalon de Sienna.

— Alors ne le fais pas, s'il te plait, je t'en supplie.

De ses mains sur son torse, elle tentait de le tenir éloigné.

Il prit ses poignets dans ses mains et s'allongea sur elle.

— Maintenant, détends-toi, Sienna, sinon ça va faire très mal. C'est ton choix. Mais je vais le faire quoi qu'il en coûte, alors laisse-moi le faire délicatement, OK ?

Sienna cessa de se débattre, acceptant la défaite en apparence. Il commença à l'embrasser dans le cou et caresser ses seins tout en finissant de lui ôter son pantalon et sa culotte.

Les mains enfin libres, Sienna glissa sa main droite sous l'oreiller ou Jeneva gardait toujours un couteau. Elle l'attrapa et ne perdit pas de temps, essayant de le poignarder, toutefois il bloqua le couteau d'un réflexe. Celui-ci avait tout de même pénétré ses côtes de près de deux centimètres. Dans le mouvement pour la stopper et avec sa puissance, Shiloh lui cassa le poignet. Elle cria. Il lâcha le poignard et la frappa du dos de la main, lui ouvrant la lèvre.

— Une fois de plus, tu fais le mauvais choix.

Il jeta son pantalon par terre et écarta les jambes de Sienna de force avec son corps. Il déboutonna son jean.

Sienna luttait en vain face à sa force.

***

Quinze minutes plus tard, il ne bougea pas, restant en elle un moment après avoir joui.

Elle avait cessé de se débattre il y a bien longtemps, pourtant elle pleurait toujours.

Il se retira enfin et s'agenouilla. Il la regardait. Elle en revanche gardait la tête face au mur de pierre.

Il tourna son visage vers lui, vérifiant sa lèvre qui avait arrêté de saigner. Il lâcha son menton et elle fixa de nouveau le mur.

— Je suis désolé. Je ne voulais pas que ça se passe ainsi.

— Va-t'en.

Il se frotta le front.

— Je suis vraiment désolé, répéta-t-il, mais le ton de sa phrase avait changé.

— S'il te plait, laisse-moi.

— C'est juste… je dois…

Elle le fixa, l'entendre quelque peu bégayer n'annonçait rien de bon.

— Je dois m'assurer que ça tienne cette fois.

— Non, non, s'il te plait, ne fais pas ça, le supplia-t-elle quand elle comprit alors qu'il attirait ses cuisses à lui.

Il monta ses jambes de manière à mettre ses chevilles sur ses épaules.

— S'il te plait, arrête. S'il te plait, Shiloh, ça fait vraiment mal.

— Je suis désolé, répéta-t-il en la pénétrant de nouveau.

Elle regarda à nouveau le mur et serra le matelas de sa main valide.

***

Jeneva revenait à elle. Un peu d'eau lui coulait sur le visage. Elle ne pouvait pas bouger. Elle attendit un peu de retrouver tous ses sens et d'un mouvement sec, se disloqua l'épaule gauche contre le côté de sa prison provisoire. Puis répéta le geste avec la droite et la chaîne ne la serrait plus. Elle remua et donna un grand coup de pied sur la boite. Une large quantité d'eau la submergea. La goûtant, elle comprit qu'elle se trouvait dans l'océan pacifique et non pas dans un des lacs de la région. Elle bougea aussi rapidement que possible, s'aidant de ses jambes pour glisser hors du cercueil et se défaire de ses chaînes par la même occasion avant que ses épaules ne guérissent. Elle remonta à la surface, très loin de la côte et

146

nagea aussi vite que sa puissance de vampire le lui permettait. Elle courut à la vitesse de la lumière, une peur qu'elle n'avait jamais connue s'emparant d'elle.

Elle rejetait de sa mémoire les images d'une Sienna morte, pourtant en toute logique, comment pourrait-elle ne pas l'être ? Cette fois, son sang n'y pourrait rien, arrivant trop tard. Combien de temps était-elle restée dans les vapes ? Suffisamment longtemps pour que Shiloh trouve Sienna. Jeneva espérait que la jeune femme ait pu se défendre avec ses pouvoirs. Elle l'entrainait dure pour cette raison, après tout. Oui, Sienna avait pu se défendre. Jeneva refusait de penser autrement. Elle ne supportait pas l'idée de la perdre.

Mais Shiloh n'était pas stupide et semblait toujours avoir un plan, ce qu'elle ne pouvait ignorer. Il aurait pu faire exploser leur maisonnette de loin, ne laissant aucune chance à Sienna de s'échapper. Quoi qu'il en soit, Shiloh avait obligatoirement un plan avant d'attaquer Jeneva et surtout en ne la tuant pas. La mettre hors course n'était qu'une partie du puzzle.

Elle arriva à la maison de pierres. Elle entendit les battements de cœurs de Sienna avant d'entrer ; elle était en vie. Jeneva se précipita dans la chambre et la vit, recroquevillée sur elle-même, face au mur. Elle ne portait que sa chemise, à moitié déchirée. Une microseconde suffit à Jeneva pour prendre en compte tout ce qu'elle voyait. Le couteau au sol. Les quelques taches de sang sur le drap, des petites taches d'*autre chose* qui lui firent serrer les dents, pas qu'elle ne puisse sentir le sperme et la sueur de Shiloh de toute façon. Une vision très claire des évènements se formait dans son esprit. Une autre microseconde et elle se tint au chevet de Sienna, n'osant pas la toucher. Sienna tremblait comme une feuille. Sa lèvre s'était remise à saigner. Elle regardait dans le vide.

Jeneva se redressa.

— Indigo !

Malgré son état de choc, Sienna leva les yeux en entendant Jeneva prononcer avec une telle panique le nom de son amie décédée.

— Indigo !

Sienna cligna plusieurs fois des yeux quand Indigo apparut dans la pièce, mais elle avait trop mal et était trop choquée pour comprendre. Son esprit lui jouait assurément des tours.

— Mon Dieu, murmura la jeune sorcière en constatant l'état de Sienna.

— Fais quelque chose !

— Je ne peux que la soigner physiquement.

— Qu'est-ce que tu attends !

Indigo, sans toucher Sienna, mit ses mains, paume en bas juste au-dessus du corps de Sienna. Elle les bougea de gauche à droite de son bassin à son visage et vice versa. Elle prit le poignet cassé de Sienna dans ses mains et le garda ainsi quelques secondes avant de le reposer sur le lit. Elle replaça ses mains sur le bassin de Sienna et son ventre. Les tremblements de Sienna diminuèrent et sa respiration se calma. Indigo remonta sa main au niveau du visage de Sienna et sa lèvre se referma.

Indigo recula pour laisser Jeneva s'approcher. Elle s'accroupit face à Sienna.

— Mon ange. Ça va aller, murmura-t-elle, prenant la main de Sienna dans les siennes.

Sienna les serra. Jeneva saisit une couverture et la plaça sur le corps quasiment nu de Sienna. Elle la prit ensuite dans ses bras et s'installa sur le lit, contre le mur, l'étreignant fort, s'assurant que la couverture protège bien Sienna de ses vêtements encore un peu mouillés. La jeune femme paraissait toujours choquée, pourtant, quand Indigo s'assit face à elles, elle cligna une nouvelle fois des yeux.

— Tu es réelle ?

— Oui, répondit sa meilleure amie d'une voix délicate.

Sienna voulait en demander davantage, mais se sentait vidée. Elle n'avait plus de force. Elle se mit à trembler de nouveau et respirait difficilement.

— Ssh, tout va bien, mon ange.

Malgré cela, la respiration de Sienna devint chaotique.

— Mon ange, regarde-moi. Regarde-moi, je suis là. Inspire, expire, inspire, expire.

Jeneva répéta ceci plusieurs fois jusqu'à ce que Sienna respire en même temps qu'elle. Sa crise d'angoisse s'estompa. Et sa tête retomba contre la poitrine de Jeneva.

Elle paraissait presque s'être endormie. Elle ne bougeait plus, recroquevillée dans les bras de la vampire.

Indigo se leva, observant tout autour.

— Tu sais, tu pouvais la soigner toi-même, souligna-t-elle sans méchanceté.

Jeneva la regarda et sourcilla. Indigo avait raison ; son sang l'aurait guéri, des blessures physiques en tout cas.

Jeneva ouvrit la bouche puis la referma. Elle secoua la tête en réalisant quelque chose.

— J'ai paniqué

Pour la première fois depuis des millénaires. Voilà le genre de choses qu'elle craignait par son attachement à Sienna ; réagir de manière inattendue et mettre Sienna en danger.

Indigo comprenait cette réponse. Elle se rassit sur le lit quand Sienna ouvrit les yeux et la fixa. La jeune femme regarda ensuite Jeneva.

— Tu aurais pu me le dire, déclara-t-elle d'une voix basse.

Jeneva voulut s'exprimer, mais Indigo la devança :

— C'est moi qui lui ai demandé de ne rien dire.

— Parce que c'est ma faute, indiqua Sienna, résignée.

Indigo sourit.

— Non, ce n'est pas ta faute, Sienna. Néanmoins, ce matin-là a changé ma vie. Tu te souviens quand je t'ai parlé de ma famille et que je n'étais pas prête à ouvrir cette porte pour le moment ? Eh bien, ce jour, cette porte s'est ouverte sans me laisser trop de choix. J'avais simplement besoin de temps pour comprendre son impact sur moi et pour apprendre, et grandir. Mais je vais bien.

Sienna se redressa un peu.

— Il t'a tuée.

— Il a tué quelque chose. Mon assemblée, enfin, c'est plutôt mon père et ma famille élargie, plus qu'une assemblée de sorciers et sorcières en tant que telle. Ils l'ont senti venir. Sans savoir ce que c'était, mais ils l'ont senti.

Sienna hocha la tête et frissonna. Jeneva resserra son étreinte autour d'elle.

Indigo soupira et se releva, elle commença à faire les cent pas.

— Cela n'a aucun sens, signala-t-elle.

Jeneva savait parfaitement de quoi parlait Indigo, sauf qu'elle ne voulait pas le dire. Indigo en revanche n'avait pas cette retenue.

— Désolée Sienna, mais je ne vois pas pourquoi tu es encore en vie.

Sienna la fixa, son regard glissa ensuite de nouveau sur le mur. Elle semblait si perdue.

— Il avait tout le temps nécessaire pour la tuer. Leur nombre décroit de jour en jour. Je ne crois pas qu'il perdrait de temps et… même si ça m'ennuie de le dire, je ne pense pas qu'il ferait une chose pareille juste par vengeance.

Jeneva acquiesça.

— Tu as raison. Il l'aurait tuée sans hésiter si cela les avait sauvés. Je n'en ai pas le moindre doute. Il croit en son peuple et fera tout pour leur survie. Il avait un plan sinon il m'aurait tuée également. Et leur nombre n'est sûrement pas aussi bas qu'on le pense. Ils sont bien plus nombreux comme lui, cette nouvelle génération. J'ai senti qu'un truc n'allait pas, mais trop tard. J'ai rapidement été dépassée par leur nombre. Je… j'aurais dû comprendre plus vite. J'aurais dû… c'est de ma faute.

Sienna secoua la tête et serra les mains de Jeneva.

— C'est plutôt de la mienne. Tu m'entraines dur pour ce genre de situation. Et tu t'en vas une heure et moi je ne trouve rien de mieux que m'installer devant une de mes stupides séries au lieu de rester sur mes gardes. Si je l'avais vu arriver, j'aurais pu le stopper. Au lieu de ça, il m'a injecté une seringue de bêtabloquant avant même que je ne puisse le voir. Et je ne pouvais plus rien faire. J'ai essayé, j'ai vraiment essayé, je jure, mais je… je n'ai pas pu.

Sienna s'étouffa sur ses mots.

— Ssh, la rassura Jeneva, prenant son visage entre ses mains pour l'apaiser avant qu'elle ne traverse une nouvelle crise d'angoisse.

Elle respira avec elle, lui caressant la joue avec les pouces.

— Ce n'est pas de ta faute. Uniquement la sienne. Et il paiera pour ça.

Indigo s'assit sur le lit.

— Nous devons comprendre ses motivations d'abord.

— Je crois savoir, indiqua Sienna, glissant une main sur son ventre.

— Il a parlé d'un plan B. C'est ça son plan B.

— Plan B ? Qu'est-ce…

Jeneva stoppa comme si elle venait de recevoir un coup de poing. Elle posa sa main sur la main de Sienna sur son ventre.

— Non.

— Quoi ? Que se passe-t-il ? s'enquit Indigo.

Jeneva resta calme tandis que Sienna répondit :

— Il a dit que c'était pour ça qu'il avait couché avec moi cette nuit-là, après Jackson. Une garantie, comme il dit. Il me sentait glisser du côté des vampires.

— Je ne comprends… pas tout, indiqua Indigo, qui n'en était pas loin, toutefois.

— Il a dit que le sang de Jackson encore en moi avait tué son… sperme. Que ça n'avait pas marché alors…

— Bon sang, souffla Indigo tout bas en observant le ventre de Sienna.

La respiration de Sienna s'accéléra alors qu'elle fixait Jeneva.

— Je ne le veux pas. S'il te plait, je t'en supplie, enlève-le, s'il te plait.

Sienna éclata en sanglots et Jeneva la serra fort jusqu'à ce qu'elle se calme, lui murmurant des mots rassurants.

— On va s'en occuper. Je te le promets, Sienna.

— L'avortement est illégal dans la plupart des pays d'Amérique du Sud et Latine, sauf conditions médicales exceptionnelles. Il faut la ramener au pays, affirma Indigo.

— Et il va falloir faire vite. J'entends déjà un battement de cœur.

— Quoi ?

— C'est très faible, mais il est là. Il va se développer rapidement.

— OK.

Indigo se leva.

Jeneva assit Sienna sur le lit, contre le mur. Elle se redressa ensuite en secouant la tête.

— Quelque chose nous échappe, signala-t-elle avant d'ajouter :

— Pourquoi ne pas emmener Sienna directement ? Pourquoi se casser la tête avec ce plan si un *simple* avortement le met en échec ?

Indigo fronça les sourcils et s'approcha de Sienna, elle tendit ses mains vers son ventre, regardant Sienna tout d'abord pour s'assurer qu'elle le pouvait.

Bien qu'elle ait toujours l'air un peu perdue, Sienna lui signala que c'était OK.

Indigo posa ses mains sur son ventre et se leva avec un soupir.

— Je ne pense pas qu'un avortement soit possible. Leurs shamans le protègent.

— OK. OK, prononça Jeneva, réfléchissant.

— Et ta famille ? Ce sont des sorciers et sorcières purs. La magie des shamans n'est rien à côté de la vôtre.

— Jeneva, tu sais comment c'est.

Jeneva tourna la tête avec un léger hochement de tête.

Sienna fronça les sourcils.

— Quoi ?

Indigo hésita avant de répondre :

— Ma famille ne veut pas rentrer dans cette guerre. Bien évidemment, ils ne sont pas fans de Shiloh vu qu'il a tenté de me tuer, mais nos ancêtres ont toujours souhaité rester neutres dans cette guerre, comme la plupart des familles de sorcellerie pure. Ma famille ne m'a cependant jamais interdit d'aider, ou guider Jeneva pour éviter quelques rencontres fortuites avec le gouvernement ou autres, mais ma magie est très limitée par rapport au reste de ma famille. J'apprends encore tous les jours.

Le visage d'Indigo s'éclaira d'un coup en regardant Jeneva.

— Mais et vos sorciers ? Ils sont très puissants. Je suis sûre qu'ils trouveraient un moyen de briser la protection des shamans.

— Ils ne nous aideront pas, affirma Jeneva d'un ton grave.

— On doit partir immédiatement, poursuivit-elle en rangeant la sacoche d'ordinateur dans son sac.

— Les vampires arrivent. Les anciens sont au courant. Ils viennent pour elle.

— Que veux-tu dire *pour elle* ?

— Ils viennent pour la tuer.

— C'est impossible. Elle leur donne tant de pouvoir. Les loups ont subi autant de pertes en deux ans qu'en une décennie.

— Oh, je vais le tuer, promit Jeneva tout bas avant de passer son poing à travers le mur de pierre.

Indigo et Sienna sursautèrent. Jeneva s'accroupit et prit la main de Sienna dans la sienne.

— Je suis désolée, s'excusa-t-elle de l'avoir effrayé, et de devoir lui annoncer ceci : nous devons aller là-bas, Sienna… où se trouve Shiloh.

Sienna ne réagit pas, Indigo si.

— Comment ça ?

Jeneva se leva.

— Sienna possède autant de loup en elle que de vampire. Cette chose en elle aura cette moitié loup, plus la part entière de son père, le loup-garou le plus puissant que l'on ait connu. La guerre pourrait de nouveau basculer instantanément et les anciens ne prendront pas ce risque. Encore moins avec cette nouvelle génération de loups qui nous surprend encore. Ils ont déjà pris leur décision de toute façon et… les seuls qui se battront pour Sienna désormais sont les loups. Je le hais.

Ces mots n'empêchèrent pas Jeneva de ramasser les deux sacs au sol, de les mettre sur son dos et de prendre Sienna dans ses bras.

— Comment vas-tu le retrouver ?

— Cette pourriture m'a laissé quelques indices. Je ne comprenais pas pourquoi à ce moment-là. Maintenant, oui.

— Je vais parler à mon père. Je suis sûre qu'il y a un moyen. J'essaierai de le convaincre de nous aider.

— Fais du mieux que tu peux, mais on ne peut pas attendre. Il faut se mettre en route tout de suite.

— OK. On se revoit bientôt. Prends soin d'elle.

Indigo disparut aussitôt et Jeneva s'en alla à toute vitesse.

Chapitre Deux

Jeneva regardait droit devant elle, jetant un coup d'œil de temps à autre dans le rétroviseur à la silhouette endormie de Sienna, étendue aussi confortablement que possible sur la banquette arrière. Elles ne s'étaient arrêtées que quelques rares fois pour acheter de la nourriture pour Sienna et que la jeune femme aille aux toilettes.

Jeneva soupira. Sienna était fatiguée, vidée et déprimée. À ce moment-là, Jeneva ne pouvait même pas l'aider à se remettre de son traumatisme. Pire, elle la ramenait à son bourreau.

Elle prêtait à peine attention aux panneaux. Elles étaient entrées au Honduras il y a quelques heures, au coucher du soleil. La nuit noire, telles les pensées de Jeneva, les entourait désormais.

Jeneva sentit Indigo avant que la sorcière n'apparaisse. Indigo était assise sur le siège passager, elle jeta un coup d'œil à Sienna.

— S'il te plait, dis-moi que tu as de bonnes nouvelles.

D'entendre ces mots et surtout le ton de Jeneva, Indigo se retourna et souleva le kilt qui couvrait Sienna. Elle inspira en voyant son ventre. Pas énorme, mais on devinait déjà sa grossesse.

— Eh bien, commença-t-elle en se rasseyant correctement.

— J'ai une bonne et une mauvaise nouvelle.

— J'ai besoin de bonnes nouvelles.

— Je peux le faire. Je peux stopper cette grossesse.

— Dieu merci, souffla Jeneva en se garant sur le bas-côté.

— Je ne vais pas avoir à l'amener là-bas.

— Euh…

Jeneva soupira.

— Achève-moi.

— Il faut quand même y aller. Ma famille était d'accord tout de suite pour m'indiquer comment casser la protection de leurs shamans et faire disparaître le fœtus, avec mes propres pouvoirs, mais pour cela… j'ai besoin que le géniteur soit à proximité.

Jeneva hocha la tête et redémarra instantanément.

— Pas besoin qu'il soit dans la même pièce, ce qui est positif. Juste proche. J'aurais besoin de deux bonnes minutes. Et il le sentira dès que je vais commencer. Il viendra droit sur nous. Tu devras le repousser jusqu'à ce que ce soit terminé, sans le tuer, sinon c'est mort, je ne pourrais plus rien faire. Penses-tu y arriver ?

— Oui.

— OK, eh bien on y va.

— Il va falloir que je la porte bientôt, si ça continue de se développer ainsi, ou elle accouchera avant qu'on arrive.

Elle préférait garder la voiture aussi longtemps que possible pour que Sienna puisse se reposer. Bien que toujours parfaitement calée dans ses bras quand elle la portait, elle craignait qu'une si longue distance à vitesse vampirique ne l'expose aux vampires, justement, ou même au gouvernement. Elles étaient finalement plus difficiles à repérer en voiture, néanmoins, si nécessaire, elles termineraient à pied.

***

Une fois à Albuquerque, Indigo se concentra et put lui donner l'endroit précis ou les loups se trouvaient. Ils étaient regroupés en masse, ce qui lui simplifia la tâche. Elle les sentit très facilement. Indigo disparu ensuite, afin de garder l'élément de surprise auprès de Shiloh qui la croyait morte.

Jeneva continua de rouler au nord sur la US Highway 550 jusqu'à la petite ville de Nageezi. Elle quitta la route principale et partit à l'est en direction des rochers que l'on voyait pointer au loin. Elle laissa la voiture quand elle n'eut plus d'autre choix. Elle prit le strict minimum et le mit dans un seul sac qu'elle porta sur son dos avant d'aller voir Sienna. Elle s'était rendormie. Elle était très fatiguée par tous ces évènements et sa grossesse express. Jeneva souleva la couverture. Sienna donnait l'impression d'être enceinte de huit mois, si ce n'est plus. Elle accoucherait très bientôt.

— Mon ange. Sienna ?

Sienna ouvrit doucement les yeux.

— On y est presque. Je vais te porter maintenant, d'accord ?

Sienna hocha la tête et laissa Jeneva la prendre dans ses bras.

Jeneva déposa un tendre baiser sur son front, espérant que sa fraicheur apaise un peu la légère fièvre de Sienna.

— Je vais tout arranger, je te le promets. Je vais effacer tout ça.

Jeneva partit à vitesse vampirique. Elle ralentit au milieu d'un canyon étroit, pas très haut, mais avec bon nombre de cavités. Jeneva les sentait. Les loups de la vieille époque, toutefois, elle ne doutait point que la nouvelle génération était présente aussi. Elle avait assez d'expériences pour savoir qu'elle était probablement entourée de centaines de loups, voire des milliers. S'étaient-ils tous rassemblés ici ? Tout ce qu'il restait des loups ? Cela prouverait à quel point la grossesse de Sienna leur importait et également qu'ils suivaient Shiloh aveuglément, dans la mesure où rester regroupés ainsi faisait d'eux une cible facile. Ils étaient prêts à défendre Sienna au péril de leur vie. Jeneva savait les vampires proches, et maintenant qu'elles s'étaient arrêtées, ils seraient très vite là. C'était une question d'heures.

Jeneva continua d'avancer lentement, Sienna dans ses bras. La tête de la jeune femme restait blottie dans son cou, mais elle regardait un peu, attendant de voir quelque chose. Jeneva les vit avant elle bien sûr. Ils apparurent les uns après les autres. Certains en forme animale, d'autres en humain. Shiloh se tenait là.

Jeneva s'arrêta. Elle serra les poings, visualisant l'un d'eux traverser le visage du leader lycanthrope. Oh, comme elle en rêvait, ou encore lui arracher le cœur. Pourtant, elle ne bougea pas. Elle posa Sienna au sol. Sienna baissa sa chemise pour cacher son ventre quand elle vit les yeux de Shiloh se perdre dessus. Et sourire ensuite.

153

Sourire que ne toléra pas Jeneva qui ne put se retenir. En une microseconde, sa main serrait la gorge du jeune homme qu'elle plaqua contre la roche qui s'effrita. Il pouvait à peine respirer, néanmoins signala à ses hommes de rester tranquille.

— Je vais te tuer, assura-t-elle d'un souffle non nécessaire.

— Pas aujourd'hui en tout cas, parvint-il à répondre malgré la main de fer l'étouffant.

Elle lâcha prise, n'ayant pas d'autre choix.

— Tu ne t'approches pas d'elle. Tu ne la regardes même pas.

Elle retrouva Sienna et ajouta : elle a besoin de se reposer. Elle est épuisée. Y a-t-il un endroit isolé, calme ici ?

— Oui. Elio va te montrer ou vous dormirez jusqu'à ce qu'elle... Il va te montrer.

Shiloh se ravisa de prononcer le mot accouchement, ou mentionner la grossesse de Sienna, et encore moins de s'en vanter.

Ce canyon de forme assez étrange possédait des sortes de galeries, voire des tubes avec quelques ouvertures et sur différents niveaux. Cela leur donnait la possibilité de voir leurs ennemies de loin par la seule entrée potentielle, terrestre en tout cas, sachant que les vampires n'arriveraient à l'évidence pas des airs. Ils avaient bien adapté l'endroit à leur avantage en creusant, construisant des escaliers pour atteindre ces galeries.

La plupart d'entre eux se trouveraient donc en hauteur pour *accueillir* les vampires. Jeneva ne doutait pas non plus qu'ils utiliseraient, exceptionnellement, des armes à feu et des bombes, ne serait-ce que pour blesser et affaiblir les vampires. Ils lui avaient bien tiré dessus au Pérou après tout.

Elle-même portait deux revolvers, un sur chaque côté de sa ceinture. Par conséquent, elle comprenait qu'ils useraient de tous les moyens possibles pour ralentir les vampires, pour une meilleure chance de les vaincre... et que puisse naître ce bébé qui inverserait la tendance, leur conférant plus de pouvoir encore que Sienna n'en avait *donné* aux vampires.

Elio conduit Jeneva, avec Sienna dans ses bras, vers l'une des galeries les plus hautes et dans une petite cavité. Un trou de la taille d'une mini fenêtre permettait de voir le canyon et l'agitation qui prévalait. Jeneva voyait Shiloh communiquer ses ordres à son *armée*.

Jeneva déposa Sienna sur l'épais matelas au sol puis se tourna vers Elio qui était toujours là. Le loup, assez jeune, ne s'attarda pas face à son regard. Voir que tous n'étaient pas sans peur, comme Shiloh, la rassurait.

Jeneva se leva et observa l'arche qui servait de porte à cette cavité. Ce n'était pas fermé, mais ferait l'affaire. Aucun loup ne se trouvait dans les alentours. Elle sentit Indigo dans son dos.

— Tu as tout ce qu'il te faut ? demanda-t-elle à voix basse en se tournant.

— Oui, répondit la sorcière sur le même ton.

Elle était déjà assise sur ses mollets à côté de Sienna.

Jeneva s'agenouilla de l'autre côté.

— Par contre, garde à l'esprit qu'elle va être complètement vidée après ça. Moi je m'occupe de la barrière de protection des shamans, mais c'est l'énergie de

Sienna finalement qui effectue cet avortement magique. Je serai seulement là pour diriger cette énergie. Elle ne pourra plus bouger ni rien faire.

— Elle est déjà épuisée de toute façon. Vas-y, fais-le. Je la sors d'ici dès que c'est fait.

— OK, je–

Une grosse explosion l'interrompit. Elle sursauta. Jeneva regardait déjà à travers leur petit trou, quand plus de détonations et de tirs résonnèrent dans le canyon.

— Bon sang !

Indigo voulut se lever, mais Jeneva la maintint au sol.

— Commence vite. Ils nous ont trouvés.

En entendant les hélicoptères, Indigo comprit rapidement que le gouvernement avait devancé les vampires. Les loups avaient des armes cette fois-là, mais n'étaient sûrement pas préparés à une attaque militaire de cette ampleur.

Le chaos régnait dans le canyon, Shiloh essayait malgré tout de réorganiser ses troupes par rapport à cette menace inattendue. Jeneva entendit des tirs de lance-roquettes et un hélicoptère s'écraser quelques secondes plus tard. Shiloh avait sorti le grand jeu… pour les vampires.

Jeneva ne doutait pas une minute que cela ne suffirait pas contre State 9. Deux loups sautèrent du haut du canyon, sur deux hélicoptères. L'un d'eux s'écrasa également. Les hélicoptères ne tiraient que sur la masse de loups au sol, jamais sur les galeries. Shiloh comprit donc qu'ils les avaient certainement repérés depuis des semaines, voire des mois. Ils cherchaient Sienna.

State 9 ignorait *probablement* cette prophétie et le choix que Sienna avait effectué, ou l'acte vicieux de Shiloh et ses conséquences. Ils cherchaient simplement Sienna comme ils l'avaient toujours fait, du fait de ses origines exceptionnelles. Ils avaient seulement surveillé les loups en notant un tel regroupement, espérant y voir Sienna.

Des centaines de militaires descendaient des hélicoptères, tandis que des véhicules d'artillerie lourde, chars et tanks de toutes tailles apparaissaient au loin, arrivant en renfort terrestre maintenant que l'offensive était lancée. Des centaines de soldats de plus en sortiraient.

— Garret, ton équipe de ce côté. Jerem–

Shiloh se figea. Il regarda en hauteur au canyon.

— Non !

Il partit en courant, escaladant, sautant de galerie en galerie, évitant les balles jusqu'à atteindre la galerie supérieure.

Jeneva serra les poings, elle se tenait devant l'entrée, le sentant proche. Indigo déplaçait ses mains le long du ventre étiré de Sienna.

Pour une fois, le sourire tranquille de Shiloh s'estompa quand il aperçut Jeneva, à l'entrée de la cavité. Il saisit avec certitudes que quelque chose se passait à l'intérieur qui menaçait sa *progéniture*. Jeneva aurait emmené Sienna loin du danger du gouvernement il y a bien longtemps, sinon. De plus, elle l'attendait fermement. Il ne perdit pas une minute et lui sauta dessus, la faisant reculer un petit peu vers la cavité. Il cligna des yeux en voyant Indigo près de Sienna.

— Salut, toi, glissa-t-elle sans briser sa concentration, tandis que lui était perturbé.

Cela donna effectivement l'avantage à Jeneva qui aurait pu le tuer à n'importe quel moment durant ces quelques secondes. Malheureusement, elle ne le pouvait pas encore, ainsi elle continua le combat. Shiloh se transforma aussitôt, dans la mesure où, humain, il n'était pas de taille face à Jeneva. Elle échappa de peu à ses griffes acérées qui lui coupèrent légèrement la paume de la main, toutefois elle lui asséna un coup de poing qui lui cassa la mâchoire. Il couina sans s'arrêter de combattre. Jeneva, bien sûr, resta concentrée, tâchant de ne pas laisser sa rage et la détresse de Sienna l'envahir. Lutter avec une rage non disciplinée risquait de la faire perdre et Sienna comptait sur elle. En conséquence, elle le repoussait loin des deux jeunes femmes pour le moment, plus que ne le combattait réellement. Elle désirait tant en finir, car elle n'oublierait jamais l'image de Sienna, recroquevillée sur ce lit, l'odeur de sang, de ses larmes, ses tremblements, la douleur et les souvenirs de ce traumatisme qu'elle ne pourrait jamais lui faire oublier.

Par conséquent, quand Indigo prononça enfin les mots 'c'est fait', elle le frappa avec une intensité nouvelle. Elle bloqua ses bras, les tordit en sautant par-dessus sa tête, entendant le craquement des épaules du loup. Son grognement de douleur résonna dans toute la cavité. Jeneva se tenait entre lui et les deux jeunes femmes. Elle ne lui laissa pas la moindre seconde pour récupérer et guérir. Elle le frappa si fort qu'il recula d'un mètre jusqu'à ce que son dos touche le mur. La force du coup de poing fut telle qu'il passa à travers son visage, jusqu'à atteindre le mur qui se fissura sous l'impact.

Sienna inspira d'un souffle court, tandis qu'Indigo recula d'un pas involontaire. Jeneva retira son poing du visage d'un Shiloh maintenant à nouveau sous sa forme humaine. Son corps inerte tomba au sol, ce qu'il restait de sa tête pas loin de la cuisse de Sienna. Le regard de Jeneva et son soupir de satisfaction rappelèrent aux deux jeunes femmes, si besoin était, que Jeneva n'était pas humaine. Oui, cette mort lui donnait une grande jouissance et elle n'en avait pas honte.

— Ne me demande jamais de m'excuser pour ça, dit-elle à Sienna qui la fixait.

Shiloh était mort la minute où il l'avait touchée. Tout le monde dans cette pièce le savait.

Jeneva s'agenouilla près d'une Sienna au ventre de nouveau plat, comme si elle n'avait jamais été enceinte. Pas que Jeneva doutait des compétences d'Indigo. Blanche comme neige, Sienna gardait les yeux fermés, mais allait bien physiquement, juste épuisée.

Les coups de feu se rapprochaient.

— Prends-là, Indigo. Je me débrouillerai pour sortir de là.

Indigo voulut regarder par la fenêtre, fort heureusement Jeneva bougea à vitesse vampirique et la protégea de son corps, prenant deux balles dans le dos.

— Emmènes-là maintenant !

Elle entendait déjà les militaires dans les couloirs de la galerie.

— Je ne peux pas, Jeneva. Elle est humaine, je ne peux pas la téléporter, tu le sais bien. Et toi tu ne sortiras jamais d'ici en vie. Ils sont partout. On est encerclées.

— Elle est plus qu'humaine. Tu peux essayer.

— Ça ne marche pas comme ça. Je risque de la tuer, surtout dans l'état où elle est.

— OK, OK.

Jeneva tentait de réfléchir rapidement.

D'une microseconde, elle tendit sa main, arme en main et tua le soldat qui apparut à l'entrée.

D'autres arrivaient.

— OK, vas-y, pars vite, Indigo.

Sienna ouvrit les yeux.

— Tu ne peux pas rester ici, glissa-t-elle d'un souffle à son amour.

— Ce n'est rien, je vais te protéger, Sienna.

— Tu ne peux pas tous les combattre, Jeneva. Ils sont largement trop nombreux et Sienna est K.O.

La vampire posa sa main sur la jeune sorcière.

— Tu as fait du bon boulot. Maintenant, va-t'en vite. Je ne veux pas qu'ils te blessent. On va se débrouiller.

— Pars avec elle, murmura Sienna.

— S'il te plait. Laisse-moi, ajouta-t-elle.

— Jamais, répondit immédiatement la vampire.

Elle était déjà en train de charger deux revolvers et ne vit pas le regard qu'échangèrent Sienna et Indigo.

Indigo toussa sous l'effet des gaz lacrymogènes qui envahissaient le canyon entier.

— Jeneva. Ils la veulent en vie. Toi, ils te tireront dessus. Elle risque plus d'être blessée, ou pire, si tu restes. On reviendra la chercher. Viens avec moi. Tu n'as pas d'autre choix.

— Je ne la laisserai jamais. Point final. Maintenant, va-t'en !

Sienna glissa quelque chose dans la main d'Indigo accompagné d'un signe de la tête, tandis que de nombreux pas, rapides, s'approchaient.

— Je suis désolée, déclara Indigo quand Jeneva la regarda.

La sorcière posa sa main sur son bras et en une seconde, elles disparurent.

Une dizaine de soldats encerclèrent Sienna une seconde plus tard, armes chargées et pointées sur elle. Elle ne distinguait pas grand-chose à cause des gaz de dispersion. Les soldats portaient tous des masques pour s'en protéger, mais autrement, à part le bout de leurs armes, elle ne voyait rien. Elle toussait par le fait de ces gaz.

— Général, nous avons le spécimen zéro en vue. Spécimen trois est mort. Aucun signe du quatre. Que faisons-nous ?

Sienna n'entendait pas les ordres en retour, mais bientôt, un autre soldat l'approcha avec une arme différente et lui tira dessus. Sa vision se brouilla.

***

Jeneva et Indigo apparurent dans la chambre d'Indigo, dans leur maison de famille dans l'Ontario au Canada.

157

— Qu'as-tu fait ? Renvoie-moi vite !

— Ils vont te tuer.

— Renvoie-moi vite ! s'exclama Jeneva encore plus fort, serrant les avant-bras d'Indigo.

La sorcière disparut pour ressurgir derrière elle. Avant que Jeneva ne puisse dire quoi que ce soit, elle fut projetée contre le mur sans qu'Indigo la touche. Elles se fixaient. Indigo n'avait aucunement l'intention de se battre, malgré cela, elle devait lui rappeler qu'elle aussi avait des pouvoirs.

— Renvoie-moi. Maintenant !

— C'est mon amie aussi ! cria Indigo avant de s'avancer vers elle : je peux et je vais la trouver. Mais sans toi, je ne pourrai pas la ramener de l'endroit où ils vont l'enfermer.

Jeneva se tourna et frappa le mur de ses deux paumes. Il se fendit. Elle prit une respiration dont elle n'avait nullement besoin.

— Elle est en vie. Ils la voulaient vivante. J'ai bien l'intention de lui rendre ça, affirma-t-elle en tendant le médaillon de Sienna en face d'elle.

Jeneva ferma les yeux un court instant.

— Je vais la retrouver. Et je vais avoir besoin de toi pour ça. Ta connexion avec elle va beaucoup jouer. Je ne peux pas le faire sans toi, Jeneva. Si je te renvoie là-bas, tu vas mourir… et on la perdra à tout jamais.

Jeneva se retourna. Elle paraissait plus calme.

— Tu me suis ?

— Quel est le plan ? demanda Jeneva.

Partie Trois : Sans Issue

Sienna avait les yeux lourds, pourtant elle se réveilla en sursaut, toussant le reste des gaz qu'elle avait inhalés dans la cavité. Elle se sentait nauséeuse et un peu somnolente. Elle se trouvait sur un sol froid et réalisa qu'elle était nue sur du carrelage. Elle ouvrit grand les yeux à cette constatation et s'assit, son dos conte le mur carrelé lui aussi. Elle plia les genoux de façon à se cacher, enveloppant ses bras autour de ceux-ci.

Elle observa ses environs. Les parois et le sol ressemblaient à du carrelage, mais, au toucher, n'en étaient pas. Elle ne reconnaissait pas ce composant. La pièce était d'un blanc immaculé et vide. Elle était seule au milieu de cette large pièce.

Elle réalisa à cet instant qu'elle avait quelque chose sur la tête. Elle le toucha, ça recouvrait l'ensemble de son crâne jusqu'à son front. Elle sentait des fils reliés partout et collés à elle par des ventouses. Une sorte de filet recouvrait le tout. Elle commença à le soulever.

— Je ne ferais pas ça à ta place.

Elle regarda autour d'elle sans distinguer aucune caméra. La voix résonnait de chaque coin de la pièce. Elle s'enveloppa de nouveau de ses bras pour se couvrir, sachant qu'on l'observait.

— Tu n'as pas le droit de le toucher, encore moins de l'enlever. À aucun moment. Comprends-tu cela ?

Sienna frissonna.

— Qui êtes-vous ?

— Est-ce que tu comprends ?

Sienna regarda tout autour d'elle une fois de plus, essayant de localiser la porte, en vain. Elle se trouvait dans un carré blanc.

— Laissez-moi sortir, s'il vous plait, laissez-moi sortir.

Elle se mit à pleurer.

Au centre de commandement, des hommes ne la quittaient pas des yeux.

— Elle doit être vraiment terrifiée, déclara le plus jeune d'entre eux.

D'une trentaine d'années, il revêtait un costume sombre. L'homme se tenant à ses côtés, celui qui avait parlé à Sienna avait plutôt une cinquantaine d'années et portait lui aussi un costume sombre. Il se tourna vers le jeune homme.

— Aurait-on de l'empathie envers notre petite acquisition ?

— Je voulais seulement noter que nous aurions pu au moins lui donner des vêtements.

— Non. Je la veux aussi vulnérable que possible. Nous devons la briser au maximum.

Sur ce, il appuya sur le bouton de l'interphone.

— Où est le spécimen quatre ? Ton amie vampire.

Sienna leva la tête.

— Je ne sais pas.

— Elle ne pouvait pas s'échapper, pourtant elle l'a fait. Je veux savoir comment.

— Je ne sais pas.

Il resta stoïque.

— Nos capteurs ont saisi des fragments de magie à l'endroit où nous t'avons trouvée ; est-ce ainsi qu'elle s'est échappée ? Quel type de magie a-t-elle utilisée ? Y avait-il une autre personne avec vous ?

D'un léger geste de la main, Sienna signifia qu'elle s'en fichait. L'homme continua de la questionner.

— Ce que je trouve étrange, c'est qu'elle t'ait si bien cachée des loups et de nous pendant deux ans, et là, elle t'emmène chez eux, volontairement. Pourquoi ?

— Je ne sais pas, répondit-elle avec le sourire.

Elle s'en fichait réellement à ce moment. Elle l'écoutait à peine.

— Très bien.

Sur ces paroles, l'homme coupa l'interphone et signala de la tête à son jeune collègue de procéder. Celui-ci, secouant légèrement la tête, pressa un bouton bleu.

Sienna se leva quand un gaz pénétra la pièce de deux côtés. Elle se tint aussi loin que possible. Aussitôt que le gaz l'atteignit, elle se mit à crier. Elle s'avança vers le mur d'en face, cognant la paroi, tandis que le gaz submergeait toute la pièce. Elle distingua la légère fente dans le mur et comprit que la porte se trouvait là, sans parvenir à l'ouvrir. Elle la frappa plusieurs fois, mais le gaz enveloppa son corps et elle tomba sur ses genoux puis au sol, se tordant de douleur.

Au bout de plusieurs minutes à l'entendre crier, l'homme allait appuyer sur le bouton, toutefois le responsable lui signifia d'attendre. Il lui donna l'autorisation trois minutes plus tard et le jeune agent pressa enfin sur le bouton. Le gaz se dissipa doucement. Ses effets s'estompèrent au bout de quelques minutes supplémentaires. Les tremblements de Sienna, de souffrance et de peur, stoppèrent progressivement.

Elle rampa au sol jusqu'au mur du fond contre lequel elle s'assit avec difficultés, recroquevillée en boule comme au début.

L'agent le plus âgé appuya sur l'interphone.

— Nous mentir n'est plus une option, Sienna. Dorénavant, tu vas coopérer.

— Pourquoi faites-vous ça ? Vous n'avez pas le droit de traiter les gens comme ça. Je veux sortir ! Je veux–

— Un avocat ? Tu veux qu'on appelle la police pour toi ? Tu veux appeler les Newton ? Serais-tu prête à les mettre en danger ainsi ?

Sienna se leva et ravala ses larmes.

— J'ai des droits. Vous ne pouvez pas me traiter ainsi. Je suis un être humain.

— C'est étonnement correct. Nous avons effectué tous les tests nécessaires pendant que tu… dormais. Tu es cent pour cent humaine. Excepté que tu ne l'es pas. Pas vraiment, n'est-ce pas, Sienna ?

— Si, je le suis !

L'homme ne parla pas pendant un petit moment, volontairement, observant le stress monter en Sienna par ce silence.

— Très bien, je vais t'expliquer comment cela va se passer. Je serai très honnête avec toi, Sienna, car c'est ce type de relation que je souhaite ; de l'honnêteté. Déjà, mets-toi bien dans la tête que tu ne sortiras jamais de ce bâtiment. Jamais.

Sienna baissa la tête. Les battements de son cœur s'accélérèrent.

— Cependant, cet établissement peut-être bien plus accommodant que ce que tu en as vu jusqu'à présent. Si tu coopères avec nous, tu pourrais même apprécier ta vie ici. Il ne tient qu'à toi de rendre cela agréable, c'est ton choix.

Sienna leva la tête instantanément. Ces mots retentirent amèrement dans sa tête. Elle entendait Shiloh prononcer les mêmes dans la maisonnette avant de la violer.

Elle ferma les yeux et serra les poings.

— Ne devrions-nous pas faire quelque chose, monsieur ? demanda le plus jeune, voyant bien que Sienna tentait d'utiliser ses pouvoirs.

L'homme plus âgé sourit.

— Elle n'a aucun moyen de sortir de cette pièce. De plus, elle est toujours sous l'effet des bêtabloquants. Laissons-la essayer néanmoins, cela nous donnera un avant-goût de ce qui nous attend.

Sienna commença à trembler.

— Je ne ferais pas ça si j'étais toi, Sienna. Tu vas te faire mal. Tu ne sortiras pas d'ici. Ne fais pas le mauvais choix ; laisse-nous t'aider.

— Vous appelez ça un choix ? Tout le monde dit que j'ai le choix, mais on ne m'en laisse aucun !

Elle ferma les yeux et son corps oscilla fortement.

— Bon Dieu ! s'exclama le jeune homme quand une vague secoua leur pièce comme les ondes d'un petit tremblement de terre.

Deux des nombreuses caméras invisibles de la chambre blanche ne fonctionnaient plus. Le responsable ne bougea pas. Sienna restait concentrée sur la porte qu'elle avait devinée auparavant. Elle cria et le bâtiment entier vibra, puis elle s'effondra au sol, épuisée par ce flot de pouvoir qui venait de passer en elle. La chambre blanche était intacte. En revanche, quelques fissures décoraient désormais la pièce dans laquelle se trouvaient les dirigeants.

Le responsable se tourna vers les hommes penchés sur des ordinateurs et d'autres appareils desquels sortaient des données.

— Et ?

L'homme retira les papiers de données recueillies et leva les sourcils.

— Nous allons avoir besoin de machines plus performantes, monsieur.

Le responsable sourit et s'approcha du moniteur pour voir Sienna, allongée au sol, ne bougeant presque plus.

— Elle est exceptionnelle.

— Exceptionnelle ? Elle va nous enterrer, oui.

— Détendez-vous. Elle ne peut pas sortir des deux pièces que nous avons conçues pour elle.

— En êtes-vous vraiment sûr ? Car elle est censée toujours être limitée par les bêtabloquants là ? Et de toute façon, je m'inquiète davantage pour nous ici.

Un homme habillé en militaire entra rapidement dans la pièce.

— Monsieur, les sujets sont très agités, surtout spécimen un.

— Envoyez-lui une bonne dose de tranquillisant.

Le soldat hocha la tête et quitta la salle.

— Tellement de puissance, répéta l'homme.

— Elle serait en mesure de balayer une armée entière d'un claquement de doigts, de faire exploser toutes les bombes sur les trajets de nos convois pour ne plus perdre d'hommes de cette manière. Elle peut faire sauter des chars, couler des flottes entières, faire s'écraser des avions de chasse de n'importe quelle zone au sol.

Les deux hommes se regardèrent.

— On doit juste la briser. Et *ça*, c'est mon fort. Le lavage de cerveau n'est rien à côté, nous maîtrisons ces techniques. Et ce pouvoir, cette puissance seront à nous.

Il fixa Sienna avec un sourire satisfait.

***

— Bordel, c'était quoi ça ? s'enquit Indigo en retrouvant l'équilibre.

Jeneva et elle se trouvaient en haut d'une colline dans l'état du Montana[18], regardant une large plaine à leur pied. La terre venait de les secouer comme un tremblement de terre, de la plaine jusqu'au sommet de la colline.

— C'est Sienna. Elle essaie de sortir. Bon sang, tu avais raison.

— Tu doutais de mes talents ?

— Je doutais des miens.

Indigo s'était *branchée* mentalement sur le lien qui unissait Jeneva à Sienna pour retrouver la jeune femme. Elle avait en quelque sorte plongé dans les sentiments les plus intimes et l'inconscient de Jeneva, effrayant la vampire. Elle craignait que son manque d'humanité signifie un manque de profondeur de ses sentiments, et une incapacité à récupérer Sienna. Au contraire, Indigo avait très rapidement ressenti cette chaîne de sentiments jusqu'à passer dans l'esprit de Sienna. Et, petit à petit, le lieu où elle se trouvait était devenu plus clair et les avait menées ici. Au premier abord, contempler cette plaine les avait un peu déconcertées, mais maintenant, elle savait que Sienna était proche. Elles comprenaient que sa prison se situait sous terre.

— Je t'avais bien dit que ça marcherait. Je suis allée loin… très loin dans son esprit.

Jeneva sourcilla. Quelque chose l'intriguait dans le ton d'Indigo qui s'avança en direction de la plaine sans en dire davantage. Jeneva agita la tête ; le temps était précieux. Ce qui comptait pour le moment était de sortir Sienna de sa prison.

— Et maintenant, que se passe-t-il ?

— Là, c'est mon boulot qui démarre vraiment. Je dois me concentrer. Tout visualiser ; les différents bâtiments, pièce par pièce, couloir par couloir pour nous trouver le chemin le plus rapide vers elle. Je dois savoir combien de portes se situent entre elle et la sortie, car t'amener vers elle sera facile, sortir avec elle et passer ces portes en revanche… Mon père sera connecté à mon cerveau, il va vous *frayer un chemin*, incapacitant leurs soldats. Mais on ne pourra pas ouvrir ces portes pour toi, alors je dois savoir comment elles s'ouvrent ; clé, carte électronique, reconnaissance faciale, vocale, etc. Savoir si tous les soldats ont les

---

[18] État du nord des États-Unis, à la frontière avec les provinces canadiennes de l'Alberta et de la Saskatchewan.

163

mêmes autorisations ou si certaines zones sont plus protégées, etc. Ça va me prendre un peu de temps, Jeneva.

— Combien de temps ?

— Au moins quelques heures.

— OK.

Jeneva tâchait de ne pas la presser. Rien ne servait de lui indiquer l'urgence de cette mission de sauvetage. Sienna ne semblait, de toute évidence, pas trop apprécier son séjour.

***

Sienna s'étira, la vague de pouvoir l'avait vidée. Elle essayait d'ouvrir les yeux. Elle sentait que quelque chose était différent. Déjà, elle n'était pas au sol et a priori, elle était habillée. Elle bougea un peu. Elle portait une chemise de nuit assez courte et se trouvait sur un lit d'une personne dans un coin de la pièce. Elle observa autour d'elle et vit une table et une chaise au milieu de la pièce et trois livres dessus.

Elle s'assit sur le lit.

— Ravie de te retrouver, Sienna.

Sienna couvrit ses oreilles. Elle avait envie de tirer ce filet sur sa tête et de tout arracher.

— Ah. Ah ! Ne fais pas ça.

Sienna prit une profonde inspiration.

— Très bien. Comme tu le vois, j'étais prêt à faire le premier pas en ta direction, Sienna. Il n'y a aucune raison que cela se passe mal.

Sienna regarda de nouveau le lit et la table.

— Coopère avec nous. Ça nous gagnera du temps et nous épargnera des soucis, pour toi surtout.

Sienna se leva. Elle ne bougea pas pendant une minute. Les hommes la fixaient sous tous les angles, les caméras ayant rapidement été réparées pendant qu'elle était inconsciente. Elle se dirigea vers la table, attrapa la chaise et la lança contre la porte. Puis elle souleva le lit jusqu'à le renverser. Elle retira sa chemise de nuit qu'elle jeta dans un coin de la pièce. Comme si cela ne suffisait pas, elle fit un doigt d'honneur.

Le second en commande ne put s'empêcher de sourire. Il inspira ensuite et s'apprêta à appuyer sur le bouton bleu pour envoyer le gaz, toutefois l'autre agent le stoppa.

Au lieu de ça, il alluma l'interphone.

— Je te donne l'opportunité d'être traitée en humaine, justement. Ne la gâche pas en agissant comme une enfant gâtée.

Sienna effectua un geste dédaigneux de la main et s'assit dans un coin, ses bras pliés sur sa poitrine.

— Elle ne sera peut-être pas aussi facile à briser que vous le pensiez. Que faisons-nous maintenant ?

L'homme plus âgé le regarda avec un sourire en coin.

— Elle est humaine, servons-nous-en.

164

Il appuya sur l'interphone.

— Tu sais, nous n'avons pas besoin de la chercher. C'est elle qui viendra à nous.

Sienna leva immédiatement les yeux.

— Elle viendra pour toi, elle va probablement *visiter* toutes les bases militaires pour te retrouver. Elle va s'exposer.

Il n'ajouta rien pendant quelques instants, laissant Sienna attendre la suite avec angoisse.

— C'est de son fait si tu nous as échappé pendant vingt ans, voilà pourquoi le plan initial incluait sa capture. Mais à l'inverse de toi, elle est remplaçable. Sa seule valeur était de nous mener à toi. En fin de compte, elle n'est qu'une vampire parmi des milliers, et nous en avons des centaines ici. Ce sera donc une simple mission d'extermination.

— Non ! Non, ne faites pas ça. Ne lui faites pas de mal ! S'il vous plait.

Sienna se leva.

— Qu'on la tue ou la capture ne dépend que de toi, Sienna. Tout comme ne dépend que de toi que les freins de la voiture de monsieur Newton ne lâchent pas pendant qu'il conduit les nouveaux enfants du foyer au lycée de Hoopa, ou Alyssa à l'université. Ou encore que Ben et sa petite amie ne soient pas les victimes malencontreuses d'un vol qui tourne mal à la sortie du cinéma à Seattle.

Sienna pâlit.

— Non, je vous en supplie, ne faites pas ça. S'il vous plait.

Elle regardait tout autour d'elle.

— S'il vous plait, plaida-t-elle.

Elle se dirigea vite vers le lit qu'elle remit en place, sommier puis matelas. Elle réajusta les couvertures. Elle ramassa sa chemise de nuit qu'elle enfila. Pour finir, elle redressa la chaise.

— Je suis désolée. S'il vous plait, ne leur faites pas de mal.

Le responsable attendit une bonne minute avant de déclarer :

— C'est un bon début.

Sienna inspira fort. Elle était piégée et n'avait aucune issue. Elle ne les mettrait jamais en danger.

— Nous avons tant de moyens de te blesser, Sienna.

— S'il vous plait, je vous l'ai dit, je suis vraiment désolée, je vous en supplie.

— Mais te faire du mal n'est pas notre but. Je t'ai dit ce que nous attendons de toi ; de l'honnêteté, et tout ira bien. C'est ce que nous voulons, Sienna. Je t'ai posé des questions simples. Si tu ne réponds pas, nous te ferons du mal, de quelque façon que ce soit.

Sienna baissa la tête, elle serra les poings et inspira profondément.

— Ils nous ont retrouvées, au Pérou. Et leur chef de meute, il…

Elle marqua une courte pause et enveloppa ses bras autour de son corps comme un réflexe en y pensant.

— Il m'a violée.

Elle prit une longue inspiration.

— Ils sont partis, mais on a vite compris leur plan ; me faire tomber enceinte, sans doute pour les renforcer. Et ça a marché. Le fœtus grandissait très rapidement et était protégé par leurs shamans. On ne pouvait pas s'en débarrasser.

Elle marqua une pause, regardant à droite à gauche, ne sachant pas d'où ils l'observaient.

— Et, de par ses liens avec les anciens, elle comprit que les vampires venaient pour me tuer, par peur de cette grossesse. Donc… nous n'avions plus d'autre choix que de se réfugier chez les loups. Voilà pourquoi elle m'a amenée là-bas volontairement.

Sienna s'interrompit de nouveau, réfléchissant à la suite de son récit. Elle devait dire la vérité pour qu'ils la croient. Mais en même temps, il lui fallait modifier quelque peu cette vérité. La dernière chose qu'elle souhaitait était d'impliquer Indigo et qu'elle se retrouve sur la blacklist du gouvernement.

— Que s'est-il passé dans ce canyon, Sienna ? Ne t'arrête pas là. Et ne nous mens pas.

Il y avait quelque chose dans le ton de sa voix. Sienna y réfléchit et se doutait que ses fils sur son cerveau la trahiraient si elle mentait.

Elle ferma les yeux et se remémora tous les moments passés avec Jeneva. Elle pouvait l'entendre lui murmurer à l'oreille *'Ton cerveau à des possibilités illimitées. Des capacités jamais vues encore. Tu es unique et personne, PERSONNE ne sait vraiment à quel point.'*

Et toutes les fois où Jeneva lui disait : *'Tu peux TOUT faire'*.

Elle répondit calmement, sa respiration stable.

— Elle avait un plan. Elle connaît bien la magie parce qu'elle vit depuis si longtemps et a beaucoup de connaissances chez les sorciers. Une possibilité existait de se débarrasser de cette… chose en moi. Et il lui fallait le géniteur à proximité. C'est aussi pour cela qu'elle n'a pas hésité à me ramener auprès d'eux. Une fois seule dans cette cavité, elle a commencé le sort. Votre assaut a débuté à ce moment précis. Le sort n'a pas pris plus de deux minutes et ça a marché. Par contre, j'étais vidée. Je l'ai entendu se battre avec le leader des loups ; c'était violent puis il est tombé au sol à côté de moi. Elle voulait m'emmener en vitesse, mais on savait que l'on ne passerait pas, surtout si elle devait me porter et me protéger à travers les balles. Je lui ai dit de partir. Je ne me souviens de plus rien ensuite. Je crois que je me suis évanouie, j'ai vu des armes pointées sur moi, je crois et je me suis évanouie pour de bon. Je ne sais pas comment elle est partie, je vous jure. Elle est si rapide. Je vous jure, je ne sais rien d'autre.

Elle lâcha enfin du regard le point du mur sur lequel elle s'était concentrée.

Le responsable se tourna vers l'homme en costume penché sur ses ordinateurs. Celui-ci hocha la tête.

Le général appuya sur l'interphone et sourit.

— Tu vois, Sienna. Ce n'était pas si difficile.

Sienna dissimula son soulagement. Ça avait fonctionné. Son récit comportait plus de vérité que de mensonge. Plutôt des omissions, modifications légères que des mensonges. L'essentiel était que ça avait marché. Cela lui redonnait l'espoir qu'elle puisse, un jour, s'échapper d'ici. Peut-être qu'elle était plus puissante qu'elle le pensait.

— Repose-toi un peu maintenant, Sienna.

Sienna hocha la tête. Pour le moment, elle agirait exactement comme on lui demanderait. Elle réarrangea les couvertures sur le lit et se coucha dessous. Les lumières baissèrent immédiatement en intensité, mais ne s'éteignirent pas complètement.

L'homme coupa l'interphone.

— Pour un premier jour, je trouve que ça s'est très bien passé.

Son second acquiesça de la tête. Un autre homme en tenue militaire entra dans la pièce.

— Spécimen quatre a été repéré dans les collines en présence d'une autre personne. Humaine, non identifiée pour l'instant.

— Ça ne lui a pas pris longtemps. Elle a réellement des liens avec les sorciers. Je la veux morte aussitôt que possible. Envoyez deux unités s'en occuper. Ne la laissez pas s'échapper encore une fois si vous tenez à votre poste.

Le soldat effectua un salut militaire et s'en alla. Les deux hommes observèrent Sienna dormir.

— Et pour elle ?

— Elle n'a pas besoin de le savoir. Dans quelques années, elle aura oublié cette amourette malsaine. En fait, elle aura tout oublié de ces gens auxquels elle tient tant. Elle sera notre arme ultime et c'est notre travail d'effacer toutes ces faiblesses.

Il se tourna vers son jeune collègue.

— Je veux qu'elle soit transférée dans sa cellule dans le bunker du cinquième étage.

— Vous craigniez vraiment cette vampire.

— Je ne prendrai pas de risques non nécessaires.

Il ralluma les lumières en plein et appuya sur l'interphone. Sienna se retourna et ouvrit les yeux.

— Sienna, je veux que tu te lèves et te mettes face au mur. Maintenant.

Elle s'exécuta, se tenant face contre la cloison près de son lit.

— Des soldats vont entrer, ils ne vont pas te faire de mal, donc tu ne feras rien de stupide, n'est-ce pas ?

Elle secoua la tête.

— Très bien. Tout va bien se passer. On va simplement te transférer dans une autre salle. C'est tout.

Sienna hocha la tête. Un *woof* résonna quand la porte s'ouvrit, telle une ventouse qui se décolle. Elle entendit des pas et sentit une piqure dans le cou. Elle se doutait qu'il s'agissait de bêtabloquant. Ils la retournèrent et la soulevèrent pour la mettre sur un brancard. Elle se laissa attacher poignets et chevilles ainsi que la taille sans rien dire. Elle voyait bien qu'ils se hâtaient et se demanda bien pourquoi. Elle tentait d'observer ses environs, mais ne voyait que du béton foncé. Elle était entourée de militaires et d'un docteur, la plupart surveillant autour d'eux, alerte au moindre danger. Elle remarqua deux soldats la fixant d'un regard froid.

Alors qu'ils traversaient un large couloir, Sienna les entendit. C'est comme si son passage les rendait fous. Les vampires emprisonnés se jetaient sur les portes de leurs cellules. Les soldats resserrèrent leurs prises sur leurs armes et avancèrent plus vite. Sienna tourna la tête quand une énergie inconnue, spéciale, la parcourut de la tête aux pieds, tandis que le brancard passa devant la dernière cellule.

Elle se débattit même un peu, elle voulait repartir en arrière. Quelque chose en elle s'était réveillé, quelque chose de profond.

Cependant, la dizaine de militaires accélérèrent. Puis elle le vit ; l'un des deux soldats au regard noir sortit un couteau. Un autre militaire l'abattu quelques secondes avant qu'il ne la poignarde. Le deuxième soldat la regardant d'un air mauvais tira sur le militaire qui avait tiré et se transforma en loup instantanément. Les soldats commencèrent à lui tirer dessus.

— Nous avons une brèche, les loups ! alerta dans sa radio un des hommes.

Ils étaient face à des loups de dernière génération, sinon ils n'auraient pu intégrer l'armée. Ils étaient effectivement infiltrés partout, pensa brièvement Sienna avant de continuer à forcer sur ses liens, sentant bien le danger. Elle tentait de toutes ses forces, en vain. Les soldats et le docteur essayaient tout de même d'avancer, mais le loup était trop fort et tua deux des soldats en dix secondes. Plus de militaires arrivèrent et commencèrent à tirer, mais là aussi, un loup se trouvait parmi eux. Un autre loup en forme humaine attira le brancard à lui.

Trente mètres plus loin apparurent Jeneva et Indigo devant le premier portail. La sorcière disparut aussitôt, laissant Jeneva à sa partie de la mission. Jeneva allait se ruer sur la scène de combat, malgré les balles l'atteignant quand un bruit sourd et un cri résonnèrent dans le couloir. En quelques secondes, le loup et deux soldats ainsi que le docteur tombèrent au sol, morts. Jeneva, pour la première fois de sa vie, se figea malgré le danger autour d'elle, face à ce visage se tenant à quelques mètres du brancard. Sienna ne pouvait pas la voir, toutefois, comme quelques minutes auparavant, elle la sentait ; sa mère était là, en vie.

Elle ne ressemblait en rien à la magnifique vampire que Jeneva avait connue. Elle était émaciée, les traits tirés, ses cheveux si brillants et soyeux à l'époque maintenant ternes. Après vingt ans d'emprisonnement, de torture et de sous-alimentation, elle tenait parfois à peine sur ses jambes. Pourtant, elle avait tout donné pour défoncer la porte de sa cellule au passage de sa fille, sentant la puissance qu'elle dégageait, en bénéficiant certainement. Elle ne resta pas longtemps debout néanmoins, tandis que les balles volaient dans tous les sens, l'atteignant de tous côtés. Le troisième loup, toujours sous forme humaine, sortit une grenade de son gilet.

Shiri tira la carte à puce de la ceinture du docteur étendu au sol. Elle se leva juste au moment où le loup dégoupilla la grenade.

Sienna paniqua quand il la déposa dans le creux de son épaule, mais une main forte le saisit au cou et le plaqua contre le mur.

Shiri regarda Sienna une microseconde avec le sourire, un sentiment de paix qu'elle n'avait jamais ressenti, envahit Sienna, au milieu de ce chaos. Aucun son ne résonnait dans sa tête, ni les balles, ni l'explosion imminente.

Cela ne dura qu'une seconde, malheureusement. Sienna ne sentit même pas Shiri récupérer la grenade. Elle la mit dans la bouche du loup qui se transformait à cet instant. Sienna ne put le voir, car sa mère avait poussé le brancard avec son pied en direction de Jeneva qui arrivait à leur rencontre.

— Maman !

Jeneva attira le brancard encore plus fort et vit la carte à puce dessus. Un dernier regard en arrière tout en défaisant les attaches du brancard. Shiri lui sourit malgré les balles qui continuaient de l'atteindre. Puis la grenade détona. Jeneva avait déjà tourné la tête, protégeant Sienna de son corps. Le dos de Jeneva était couvert d'éclats de l'explosion, ses vêtements déchirés et entachés de son sang. Rien de tout cela ne la ralentit, tandis qu'elle passa tous les portiques grâce à la carte magnétique, Sienna calée dans ses bras. Sienna appela sa mère tout le long.

***

Jeneva ne s'arrêta qu'au point de rendez-vous fixé avec Indigo.

— Tu as réussi ! Tu l'as fait ! les accueillis la sorcière, tout sourire.

— On doit repartir ! On doit y retourner !

Indigo ne saisissait absolument pas la détresse de Sienna. Elle comprit encore moins pourquoi Sienna se mit à courir en chemin inverse. Jeneva bien sûr la rattrapa en quelques secondes. Elle la stoppa, mais Sienna se débattait.

— Laisse-moi partir ! On ne peut pas la laisser !

— C'est trop tard ! C'est trop tard, Sienna. C'est fini.

— Non ! Non ! Elle était vivante. Tout ce temps. Et on l'a juste laissée là-bas. Il faut y retourner ! Elle est sortie de sa cellule et nous on l'a laissée là-bas !

— Sienna !

Jeneva prit ses avant-bras et la força à la regarder.

Sienna cessa de se débattre à la vue des larmes sur le visage de Jeneva. Le sang coulait à flots le long de ses joues.

— Non, dit Sienna qui éclata en sanglots.

— Je suis désolée. Si j'avais su qu'elle était en vie…

Jeneva la serra fort dans ses bras tandis que Sienna pleurait à chaudes larmes. Elle se calma un long moment plus tard.

— Elle a finalement réussi à s'échapper et on…

Jeneva lui caressa le visage.

— Elle ne s'est pas échappée, Sienna. Si elle avait pu, elle l'aurait fait depuis longtemps. C'est toi, Sienna. Ta présence, tu lui as donné la force de sortir de sa cellule. Mais elle ne l'a pas fait pour s'échapper. Elle l'a fait pour toi. Pour te sauver.

Jeneva essuya de nouvelles larmes sur les joues de Sienna.

— En fin de compte, c'est tout ce qui importe. Quand tu as vécu aussi longtemps que nous, plus grand-chose n'a d'importance. Mais toi, Sienna, toi tu en as. Tu étais tout ce qu'elle avait. Rien d'autre ne comptait pour elle que de te voir sortir de là. Et… elle a pu te voir, voir la magnifique jeune femme que tu es devenue. Elle est partie le sourire aux lèvres.

Sienna se remit à sangloter et Jeneva l'étreignit de nouveau. Indigo pleurait elle aussi.

***

169

Sienna était assise sur la plage, son regard perdu sur la mer d'Andaman, sa main caressant le médaillon autour de son cou. Elles avaient passé plus de deux semaines dans la maison de famille d'Indigo dans l'Ontario au Canada. Sienna y avait passé deux semaines, en tout cas. Jeneva s'était absentée un certain temps puis l'avait récupérée. Elles avaient effectué plusieurs stops avant d'arriver à l'île sentinelle du Nord dans la baie du Bengal. Jeneva y avait construit une maison en bois assez large, mais pas trop haute, et dissimulée par la forêt, avec un grand porche d'où Sienna voyait partiellement la mer. C'était une très belle maison et le paysage était sublime, pourtant Sienna avait du mal à l'apprécier. Jeneva vint s'asseoir à côté d'elle.

— Ça te plait ?

— C'est beau. À qui appartient la maison ?

— C'est la nôtre.

— Tu veux dire que ça appartient au patrimoine vampirique ?

— Non, j'ai coupé mes liens avec les vampires. Du moins, avec les anciens. Ils ne sont plus après toi, mais je ne leur fais pas confiance. De plus, leur magie pâle en comparaison de celle d'une vraie famille de sorciers comme celle d'Indigo. Nous sommes sous leur protection désormais.

Jeneva regarda derrière elle à la maison.

— Je l'ai bâtie pour toi.

— Quoi ? C'est vrai ?

Sienna se retourna, elle devinait le porche d'ici.

— C'est ça que tu faisais tout ce temps ? Mais pourquoi ? Ce n'est pas comme si on allait en profiter très longtemps. Désolée, je ne voulais pas le dire comme ça. C'est juste, tu vois ce que je veux dire, indiqua-t-elle, observant de nouveau la mer avec un air sombre.

Jeneva glissa deux doigts sous son menton pour la regarder dans les yeux.

— Ça sera différent cette fois, Sienna. Je ne dis pas que l'on ne va pas bouger, toutefois nous n'aurons pas à regarder derrière nos épaules autant qu'avant. Pas avec la protection de la famille d'Indigo.

Sienna hocha la tête, mais digérait toujours difficilement ces évènements et traumatismes récents.

— Les deux tiers des loups se trouvaient dans ce canyon. Ils ont été presque décimés par cette attaque.

— Tu sais tout comme moi que c'est loin d'être le cas.

— Oui, cette nouvelle génération pose encore problème, car ils peuvent s'infiltrer n'importe où. Mais les sorciers *travaillent* là-dessus, que ce soit Indigo ou sa famille, ou les anciens également. Et bientôt, nous serons en mesure de les différencier comme des loups réguliers, j'en suis persuadée. Donc pour l'instant, la plus grande menace reste State 9. Ils ne s'arrêteront pas de te chercher, c'est vrai. Mais comme je te l'ai dit, nous sommes protégées, nous ne craignons rien ici pour le moment jusqu'à ce que tu n'en aies plus besoin.

Sienna fronça les sourcils.

— Que veux-tu dire ?

Jeneva effectua un léger mouvement de tête sur le côté, Sienna réalisa à cet instant qu'Indigo arrivait à leur hauteur. La sorcière lui sourit et s'assit sur le sable près d'elle, sur ses tibias.

— Parce que je suis entrée dans ton esprit, Sienna. Jeneva et toi partagez un lien très profond et puissant. Et quand j'ai utilisé votre connexion pour te retrouver, je suis allée encore plus profond dans ton cerveau. Enfin, autant que possible vu la complexité de celui-ci. Je n'ai pas le millième des capacités qu'il faudrait pour le *décrypter*. Ma famille réunie n'y parviendrait pas non plus, c'est dire.

— Mais ça veut dire quoi exactement ?

Indigo regarda Jeneva puis retourna son attention sur Sienna.

— Ça veut dire que ce que j'ai fait avec Shiloh, enfin, ce que ma famille m'a aidée à accomplir avec Shiloh, le persuader qu'il m'avait bien tuée ce matin-là dans mon lit… toi, tu seras en mesure de le reproduire au millième. Convaincre des communautés entières.

Le froncement de sourcils de Sienna s'accentua. Jeneva plaça de nouveau deux doigts sous son menton pour qu'elle la regarde.

— Ça signifie, Sienna que, en temps voulu, ils oublieront tout de ton existence par ta simple volition. À commencer très certainement par State 9, mais plus tu t'épanouiras, plus ce pouvoir grandira en toi et bientôt les loups, même les vampires si tu le souhaites ; tu disparaîtras de leur mémoire, tu te libèreras *toi-même*. Tu stopperas même effectivement cette guerre en supprimant cette animosité entre vampires et loups. Tu peux *tout* faire, Sienna.

Sienna contempla la mer d'Andaman face à elle, le même froncement de sourcils au visage. Elle secoua la tête et ferma les yeux.

Indigo lui prit la main.

— Je sais à quoi tu penses, ou ce que tu ressens, car, encore une fois, j'ai eu un aperçu de ce qu'il y a dans ton esprit. Ça coince pour l'instant et ce blocage c'est toi. Tu bloques ce pouvoir parce que tu en as peur.

Jeneva lui caressa la joue.

— Pour l'instant, tu as besoin de temps, pour guérir de ces blessures, pour comprendre tout ceci et te comprendre toi-même. Et à un moment, cela ne sera plus effrayant du tout, je te le promets. Tu le sentiras dans tout ton être, que tu es devenue ce pouvoir. Tu ne fais qu'un avec lui. Ce pouvoir *c'est* toi. Tu te sentiras enfin entière… quand tu seras prête. Et je serai là pour t'accompagner.

Qu'est-ce… Comment cela pourrait-il être possible ? Pourrait-il être vrai ? J'ai la tête qui tourne. Je ne peux pas gérer ces infos pour le moment, je n'arrive pas à comprendre ce qu'elle me dit.

— Tu as besoin de temps, Sienna. Tu as vécu énormément de choses très difficiles en deux ans. Mais tu vas récupérer cette vie que l'on t'a volée. À commencer par quelque chose qui te tenait vraiment à cœur ; l'université. Alors pour l'instant, non, tu ne pourras pas y aller en présentiel, mais j'ai déjà bien avancé pour que tu passes la GED[19]. Tu as largement le niveau, et tu pourras ensuite suivre de vrais cours universitaires, en ligne dans un premier temps. Tu

---

[19] "General Education Diploma", "General Equivalency Diploma" ou "Graduate Equivalency Degree". Ensemble de cinq examens sur cinq matières qui, une fois réussis, affirment qu'une personne détient des compétences académiques de niveau *lycée* aux États-Unis ou au Canada.

voulais apprendre beaucoup de choses et tu le feras. Plus tard, tu trouveras même un emploi si tu le souhaites. Tu seras capable de faire en sorte que les Newton oublient Shiloh, ton départ ou ce qu'il s'est passé. Et tu pourras leur rendre visite comme n'importe lequel de leurs anciens protégés, et ils te demanderont des nouvelles de ta vie et tu auras beaucoup de choses à leur raconter.

Une larme coula le long de la joue de Sienna.

— Je...

Elle ne trouva pas les mots. Elle se rendit compte qu'Indigo était partie.

— En attendant, on pourra bouger et rester sous leur radar. Tu n'es pas prisonnière de cette île, Sienna. Je nous ai emmenées ici, car personne n'y vient. Les indigènes n'entrent pas en contact avec l'homme. Cependant, ils voient la différence entre vampires et humains. Ils nous regardent un peu comme des Dieux qu'ils craignent. Et, vu la façon dont ils t'observent de loin, ils ont senti que tu étais unique également, et il y a plus de chances qu'ils te vénèrent ou restent loin de toi, plutôt qu'ils te lancent des flèches. Personne n'a le droit de venir ici. Le gouvernement indou a même installé une barrière tout autour de l'île pour la protéger. Je cherchais un endroit calme pour que tu puisses te détendre et commencer à guérir de toutes ces blessures. Je veux seulement t'aider à les refermer, ou mettre un pansement qui tienne au moins.

Sienna lui sourit légèrement avant de laisser sa tête reposer sur l'épaule de Jeneva.

— Je vais te faire découvrir le monde, Sienna. Un monde dans lequel tu seras libre. Mais ici, ça pourrait être *notre* petit havre de paix. Rien qu'à nous. Pour l'instant, je veux juste que tu ailles bien. Ensuite, je t'aiderai. Quand tu seras prête, je t'aiderai et ça viendra tout seul. Tu te laisseras aller et tu t'ouvriras à toi-même.

Sienna vit Jeneva baisser la tête brièvement, l'air triste une seconde.

— Tu pourras par la suite faire en sorte que moi-même j'oublie ton existence.

Sienna s'écarta de quelques centimètres pour mieux la regarder.

— Et pourquoi ferais-je ça ?

— Parce que tout ce que j'ai toujours souhaité pour toi, c'est une vie pleine et normale.

— Est-ce que toi tu veux m'oublier ?

— Non.

Jeneva ne put mentir.

— Je ne veux pas t'oublier non plus, Jeneva. Est-ce que... est-ce que tu m'aimes ?

— Oui.

Là encore, la vampire répondit sans hésiter.

Sienna sourit, elle essuya une larme inattendue sur la joue de Jeneva qui secoua légèrement la tête.

— Mais je veux le meilleur pour toi, que tu aies–

— Toi.

Jeneva inspira profondément tandis que Sienna continua : je t'ai choisie une fois déjà. C'est le seul choix que l'on ne m'ait pas volé, ou imposé. Je te choisis dans ma vie. J'ai besoin de toi dans ma vie parce que je t'aime aussi.

Jeneva lui caressa le visage avec ce sourire toujours si apaisant pour Sienna.

— Serre-moi fort, lui demanda Sienna en se blottissant dans ses bras.
Jeneva l'enlaça avec un baiser sur le front.

À propos de Gaëlle Cathy

Née dans le sud de la France, Gaëlle partage son temps entre les montagnes de l'Ardèche et la métropole de Lyon. Très tôt, elle développe une passion pour la langue anglaise et les États-Unis, qu'elle a souvent visités. La série télévisée <u>Buffy the Vampire Slayer</u> scella ces deux passions quand elle se mit à écrire des fanfictions ; plus de 70 en six ans avant de finalement prendre son envol avec ses propres écrits.

Dès 2011, elle publie des romances et romans fantastiques en anglais, qu'elle traduit en français dès 2016.

« *Quand la Rivière Sort de son Lit* » sort en décembre 2016. « *Un Souffle à la Fois* » en juillet 2017. « *Le Feu et la Glace* » en septembre 2018. « *Une Semaine à Acapulco* » au printemps 2019. « *En Noir et Blanc* » sort en janvier 2020. « *Toi, moi… + elle* » en mai 2020. « *Scènes de Vie* » sort en février 2021. Un nouveau roman fantastique « *La Guerre* » sort en mars 2021 et une nouvelle romance, « *C'était un Vendredi* » en septembre 2021. En décembre 2021 sort un petit recueil d'histoires courtes, « *De l'Amitié, Beaucoup d'Amour, un Zeste de Magie et un Brin de Malice* ». Une nouvelle romance, « *Cette Nuit-Là* » sort en septembre 2023.

Gaëlle signe chez Homoromance éditions en 2023 pour une réédition de « *C'était un Vendredi* » ainsi que deux romans inédits ; un drame « *Faux Départ* » en mai 2024, et une romance intitulé « *Laisse-Moi t'Aimer* » en février 2025.

Elle autopublie « *Conséquences* » au printemps 2025, une suite de son premier roman, puis un nouveau drame, « *Coupable ?* ».

Une nouvelle intitulée « *Déjà Vu* » et une romance sont prévues au second semestre 2025.

Amoureuse de la nature et des animaux, Gaëlle effectue de longues promenades à travers les sentiers montagneux et passe le reste de son temps à écouter de la musique, s'occupant de ses sept chats.

Bibliographie

ROMANCES

Quand la Rivière Sort de Son Lit

La vérité vaut elle le risque de tout perdre ?

Une incartade de trop vaut un retour express, d'Angleterre aux États-Unis, à la jeune Eliza Carlisle, 19 ans, afin de passer son bac dans la riche petite ville de Lorien, New Jersey. La mauvaise nouvelle se transforme bientôt en un nouveau challenge pour la jeune écorchée quand elle rencontre Julia, une adolescente fragile, volontairement coupée du reste du monde. Déterminée à découvrir les secrets qui l'entourent, leur relation évolue en une amitié spéciale. Des sentiments inattendus surgissent… de nombreux dangers aussi.

979-10-96374-04-5

Un Souffle à la Fois

Alécia Moore a 21 ans, elle étudie à l'université de Berkeley. Elle rend très souvent visite à ses parents dans la région de Seattle durant les week-ends. Lors de l'une de ces visites, elle fait la connaissance de Spencer Davies, une photographe au sourire dévastateur.

C'est le coup de foudre immédiat pour toutes les deux. Mais lorsque Spencer lui révèle sa maladie génétique, le douloureux passé d'Alécia ressurgit, et lui impose des choix à faire.

Est-elle prête à s'investir corps et âme une nouvelle fois, pour risquer de finalement tout perdre ?

979-10-96374-08-3

Le Feu et la Glace

Le calme de Franklin, petite ville du New Hampshire, est juste ce qu'il faut aux Beckett après avoir fui Manhattan.

Emma a vingt ans, un break loin de l'université, mais surtout de ses tourments sentimentaux s'impose. Elle est donc ravie de cette escapade rurale.

Elle tombe en admiration devant des objets locaux en cristal, et se met en quête d'en trouver le créateur pour l'anniversaire de sa mère Élisabeth. Sa quête va la mener beaucoup plus loin, trop loin peut-être, passant du rêve au cauchemar…

Entre sa rencontre foudroyante avec Charlène Campbell, artiste désabusée ; son passé qui la rattrape et sa famille à protéger, Emma va se retrouver dans une spirale infernale qui ne lui laissera aucun répit.

Comment va-t-elle s'en sortir ?

L'amour peut-il vraiment tout conquérir ?

979-10-96374-12-0

Une Semaine à Acapulco

Charlène "Charlie" Campbell n'a jamais cru au grand amour jusqu'au jour où il lui tomba sur la figure, transformant sa vie en un chaos et une misère insondable. Pour oublier cette erreur, elle décide de passer Noël 2014 sur les plages d'Acapulco, espérant retrouver le plaisir et la liberté des ébats d'un soir, comme au temps de sa jeunesse.

Alécia Moore, au contraire, a toujours été sentimentale, d'autant plus qu'elle a connu l'amour avec un grand A… et perdu. Elle fuit Seattle et un nouveau Noël déprimant avec sa famille et ses amies qui l'étouffent.

Mais tandis que le soleil et l'océan ne semblent en rien chasser son blues, une rencontre importune avec Charlie, en revanche, change complètement la donne et le sens de ses vacances.

Cela sera-t-il suffisant pour qu'elle ouvre de nouveau son cœur ? Charlie sera-t-elle capable de miser sur ce en quoi elle ne croit plus ?

BONUS STORY : Une Nouvelle Vie (ou l'histoire d'Emma)

Et Emma dans tout ça…

979-10-96374-15-1

En Noir et Blanc

Sarah Weisman fuit constamment ses sentiments. Vers une université très loin de sa Californie natale pour éviter son premier coup de cœur, puis de retour à Los Angeles pour éviter son premier amour... Elle se concentre désormais uniquement sur ses études, faisant profil bas, et ignorant les sentiments qu'elle continue d'avoir pour le même sexe. Mais elle rencontre Letty Rodriguez, une bombe latine, militante animaliste et lesbienne affirmée, par qui elle se sent immédiatement attirée. Elle sait qu'elle devrait s'enfuir à nouveau... pourtant elle ne le fait pas. Au fur et à mesure qu'elles se découvrent mieux l'une l'autre, Sarah doit une nouvelle fois faire face à des sentiments conflictuels. Mais alors qu'elle arrive doucement à les accepter, Letty semble maintenant la plus confuse des deux. Et si elle avait un autre agenda ? Sarah survivrait-elle à une trahison ?

Histoire Bonus : Vanessa
979-10-96374-18-2

Toi et Moi... + Elle

Amatrice de musique, Sasha passe de nombreuses soirées dans les clubs de New York City pour assister à des concerts. Riley Becker joue dans ces mêmes clubs, enchantant les femmes par ses talents de guitaristes hors pair et son look androgyne à l'extrême. L'attirance est immédiate, et réciproque. Sasha est prête à y succomber quand elle apprend une nouvelle qui ruine toute chance de relation avec Riley.

Leurs routes, cependant, continuent de se croiser et elles ont beaucoup de mal à ne pas céder à la tentation.

Sasha prendra-t-elle le risque de se lancer dans une relation vouée à l'échec ?
979-10-96374-23-6

Scènes de Vie

Eliza, Julia, Spencer, Alécia, Charlie, Emma, Sam... Vous avez aimé leurs histoires, leurs rencontres, mais, comment cela se termine-t-il ? Emma trouve-t-elle réellement le chemin de la rédemption dans les bras de Sam ? Qu'en est-il de sa famille ? De sa relation avec Charlie ? Cette dernière épousera-t-elle véritablement Alécia malgré ses sentiments persistants pour Emma ? Alécia réussira-t-elle un jour à se défaire entièrement du fantôme de Spencer ? Qu'est-il advenu de l'épique duo Eliza et Julia ? À découvrir au gré de ces Scènes de Vies.

979-10-96374-36-6

C'était un Vendredi

Justine vit depuis plusieurs années sur une petite île de la Polynésie française, aidant au développement de l'agriculture locale. Très enjouée, elle profite de la vie avec ses amis, habitants locaux ou autres expatriés. Elle est très intriguée par Jenyfer, une Américaine séjournant sur l'île depuis plusieurs semaines sans aucune interaction avec la population. De nature très curieuse, Justine ne renonce pas malgré quelques tentatives infructueuses de se rapprocher d'elle. Elle se rend toutefois très vite compte que Jenyfer est prisonnière d'un très lourd passé. La curiosité de Justine passe très vite de l'intérêt à la compassion... et plus encore.

Justine pourra-t-elle exorciser le mal de Jenyfer ?
979-10-96374-39-7

De l'Amitié, Beaucoup d'Amour, Un Zeste de Magie et un Brin de Malice

Amour et amitié intense attendent ces jeunes femmes qui se trouvent et se découvrent avec, parfois, un petit coup de pouce surnaturel.
979-10-96374-42-7

Cette Nuit-Là

Lors d'une soirée estudiantine, Jillian retrouve sa petite-amie dans les bras de son ami David. Par un concours de circonstances, elle termine la soirée, puis la nuit, dans la chambre d'Hailey, la sœur de David.

Passionnée de photo, mais obligée de travailler dans l'entreprise familiale de déménagement, faute de mieux, Jillian tente d'oublier l'affront de cette nuit-là, et surtout le lien fort tissé avec Hailey.
979-10-96374-45-8

Laisse-Moi T'Aimer

Nicole mène une vie tranquille, bien ordonnée entre son métier d'expert-comptable et ses soirées hebdomadaires entre amies à Manhattan. Son univers bascule le jour où elle croise Eléa, une jeune femme libre et insaisissable, tout l'opposé d'elle : cheveux bicolores, tatouages, et une attitude audacieuse qui bouscule chaque règle établie. Contre toute attente, leur alchimie est immédiate et enivrante, pourtant Eléa n'est pas prête à s'engager et cache de lourds secrets.

Accrochée à cet amour aussi imprévisible que passionné, Nicole plonge dans une relation tumultueuse où chaque rencontre est une bouffée d'adrénaline, et chaque séparation, une souffrance.

Combien de temps cet amour survivra-t-il à la distance qu'Eléa lui impose ?

978-28-98442-99-5

Conséquences

Eliza et Julia s'aiment depuis dix-huit ans. Un couple fusionnel, une vie presque parfaite… où seul un enfant manque à leur bonheur. Mais quand une série d'évènements troublants bouleverse leur entourage, Eliza refuse d'y voir de simples coïncidences.

À New York, Cassidy, insaisissable et libre, croise de nouveau la route d'Emmy, son amour de jeunesse. Les années ont passé, mais le feu qui les consume n'a jamais cessé de brûler. Entre passion et regrets, elles devront choisir : se laisser une seconde chance ou tourner la page pour de bon.

Deux histoires qui s'entrelacent, des certitudes qui vacillent. Quand le passé ressurgit, jusqu'où iront-elles pour protéger ceux qu'elles aiment ?

979-10-96374-53-3

Déjà Vu (2025)

À vingt et un ans, Clara poursuit avec passion des études d'anthropologie à Los Angeles, et partage sa vie avec Allan, son ancien professeur, de huit ans son ainé. Mais quand l'ex-compagne de ce dernier réapparaît, les débuts chaotiques de sa relation avec Allan reviennent la hanter. Les tracas s'accumulent quand le flirt de sa monitrice de surf la rend plus confuse qu'elle ne le souhaite.

979-10-96374-51-9

ROMANS

Hannah

Hannah excelle dans le monde de la finance à Manhattan, occupant un poste majeur à vingt-cinq ans. En revanche, sa vie privée, faite de rencontres d'un soir assumées, est bien plus chaotique.

Sa rencontre avec Thomas risque de faire voler en éclat l'épais mur qu'elle a érigé entre elle et son passé. Elle aura beau tâcher de résister, la persévérance de Thomas fissure ses barrières. Mais Hannah n'est pas prête à y faire face, ou lui laisser plus de marge de manœuvre.

L'amour de Thomas lui permettra-t-elle de se libérer d'un passé qui l'emprisonne ?

979-10-96374-48-9

Faux Départ

Virée de chez elle par sa mère alcoolique, Sidney, seize ans, vit désormais à Ithaca, avec son père et sa belle-famille. Après une adolescence chaotique, elle s'efforce de remettre sa vie en ordre, malgré la sévérité de son père qui ne lui pardonne pas ses errements.

Son attirance immédiate pour la belle Keira et le lien fort qui se tisse avec le charmant Jérémy font rapidement ressurgir les fantômes du passé.

Fera-t-elle les bons choix ?

979-10-96374-54-0

Coupable ? (2025)

Épouse aimante, mère dévouée, Kristin Harris menait une vie sans histoire… jusqu'à sa disparition soudaine. Départ volontaire, comme l'affirme la police, ou acte criminel, comme le clament ses proches ?

Refusant d'écarter la moindre piste, la capitaine Raphaëlle Shepherd fouille chaque recoin de son existence, tandis que l'enquête prend un tournant dramatique.

Qui aurait voulu du mal à cette femme en apparence irréprochable ? Un amant éconduit ? Un mari blessé ? Une mauvaise rencontre ? Ou encore Eli, adolescente au passé trouble et ancienne amie de sa fille, dont le nom revient sans cesse malgré la brouille ?

Entre mensonges et révélations, Raphaëlle devra lever le voile sur la véritable Kristin Harris…

979-10-96374-56-4

ROMANS FANTASTIQUES

La Guerre

Willow Creek, petite ville tranquille de Californie du Nord où Sienna vit une vie d'adolescente sans souci, au sein de sa famille d'accueil, avec son meilleur ami Shiloh. Tandis que les forêts alentour sont marquées par une recrudescence d'attaques d'animaux sauvages et de disparitions inquiétantes, tout ce qu'elle espère, à l'aube de ses dix-sept ans, c'est d'avoir, enfin, un petit-ami. Le jour J pourrait s'avérer le bon quand, lors de sa fête d'anniversaire, non pas un, mais deux jeunes hommes l'attirent irrésistiblement. Cependant, une autre invitée mystère va bouleverser sa vie par d'intenses révélations… et sentiments. Sienna se retrouve au milieu d'une guerre millénaire avec la possibilité d'y mettre fin. Elle découvrira que rien n'est jamais ce qu'il paraît et que tout choix a ses conséquences.

979-10-96374-30-4

LEGACY (GC Lehane)

Dylan Evans, one of many Hunters, trained by the Academy to fight vampires, returns home after some time away following traumatic events. However, time did not heal much, that it be in her relationship with her mother, or with her AR Mrs. Cooper (Academy Representative), her friends as well and even less with her boyfriend Jordan. What's more, she has to face the presence of another Hunter, Santana, sent to town during her absence. The clashing personality of both Hunters, as well as Dylan's bitterness, makes it difficult for her to pick up the pieces of her life. Comes in to play Angelina Kane, a mysterious and fragile young girl with a troubled past. A strange yet immediate change in the group dynamic occurs, with some dreadful results.

978-13-01160-74-7

Contact

Merci d'avoir lu *« La Guerre »*.

J'adorerais savoir ce que vous en avez pensé donc n'hésitez pas à laisser un commentaire, par mail ou sur Amazon ou tout autre endroit où vous avez pu l'acquérir.

Vous pouvez me contacter à GCLehane@gmail.com
Ou via mes pages Facebook et Goodreads.

Et n'oubliez pas de visiter mon site web : Les Romans de Gaëlle Cathy ou mon Blog pour plein d'exclus, nouvelles sorties, bande-annonce, livres offerts, etc.

Gaëlle DECROSSAC

ISBN : 979-10-96374-30-4
Dépôt légal : Octobre 2022

Impression Hors-France